悬疑世界文库

命运有无限种可能

THE INVESTIGATOR

永城◎作品

秘密调查师

家族阴谋

作家出版社

目录
Contents

自序

上次为《秘密调查师》写序是 2010 年的初冬，在由北京飞往莫斯科的航班上。七年之后，为《秘密调查师》的再版写序，仍是在飞机上。这次是由北海道飞往北京，舷窗外的北国大地又是白雪茫茫。也不知我有多少时间是在飞机上度过的。早年是漂洋过海求学谋生，然后是肩负着公务四处奔波，现在则是全职码字的闲云野鹤。无论调查报告还是小说，加起来总有十几万字是在机舱里写就的。看来，不管从事何种职业，注定是一个漂泊的人生。

转眼离开商业调查已有数年。但既是为《秘密调查师》作序，总要再提一提那“神秘”的行业。

每当有人让我从《秘密调查师》里挑一句最具概括性的话，我总是不假思索地选出这一句：

> 我们的产品，是秘密。值钱的秘密。

这是小说中充满神秘感的 GRE 公司中国区老大对前来面试的年轻女子说过的话。这两个人物自然都是虚构的，就像这小说中的大部分人物和情节。但生动的故事往往来自真实的素材。比如，作为中国区的领导，我也曾面试过许多踌躇满志的年轻人。他们大多从中外名校毕业，拥有数年的金融、媒体或法务的工作经验，但对商业调查一无所知。因此目光里总是交织着忐忑和兴奋。他们希望加入的，是鼎鼎有名的“华尔街秘密之眼”——全球顶尖的商业调查公司。其数千名员工，隐藏在六十多个国家的金融区摩天楼里，秘密执行着数百起商业调查项目。他们为投资者调查未来合作对象的背景和信誉，为遭遇欺诈的公司找出销声匿迹的罪犯，为陷入经济纠纷的客户寻找对手的漏洞和把柄，另有一些为 VIP 客户提供的隐秘服务，是公司里大部分员工都不知道的。

十几年前，当我心情忐忑地接受面试时，对此行业同样一无所知。参与了数百个项目，走过十几个国家，顶过南太平洋的烈日，也淋过伦敦的冻雨，在东北的黑工厂受过困，也在东京的酒店避过险。在积累了许多经验之后才真正明白，一个商业调查师到底需要什么。面对那些拥有傲人简历的面试者，我总要问一个问题。这问题和英美名校的学历无关，和硅谷或华尔街的工作经验也无关。那就是：

应对一切可能性，你准备好了吗？

我这样问，因为我也曾被问到过同样的问题，并不是在面试时，而是在更尴尬也更紧迫的时刻。

那是在大阪最繁忙的金融区，一家豪华饭店的餐厅里。

“老兄，你准备好了吗？”

问我问题的，是个铁塔般巨大的西班牙裔男人，短发，粗脖子，皮肤黝黑，戴金耳环和金项链，体重起码有三百斤。若非见到他的名片，我会当他是西好莱坞的黑帮老大。可他并非黑帮，他叫 Mike，来自洛杉矶，是国际某知名律师事务所的合伙人。他身边是个身材娇小的西裔美女，那是他的私人秘书，他身后则是四名人高马大的保镖：两名白人，两名日本人，表情严峻，严阵以待。Mike 低头凑近我，补充道：“他们几个都带着家伙！”

我摇摇头。一个小时之前，我才刚刚在关西机场降落。民航不会允许我带“家伙”搭乘客机，即便允许，我也没有。

Mike 也摇摇头，脸上浮现一丝不屑：“没人告诉你吗？今天要见的证人，有可能是很危险的。我们不知他打的什么主意。但我们知道，他有黑帮的背景！”

这是一桩拖延了数年的跨国欺诈大案。骗子拿着巨款销声匿迹，直到三天前,Mike 在日本的同事接到了匿名电话举报，声称见到过他。听声音举报人是女性，日语并不纯熟，操着些中国口音。同事在电话中说服她和我们秘密约见。我和 Mike 就是为了这次会面，分别从北京和洛杉矶赶到大阪来。时间地点由对方定，我们严格保密，尽量减少随行人员。

Mike 的顾虑并不是多余的。销声匿迹的诈骗犯可不喜欢被人一直追踪，为了警告律所和调查公司不要插手，以“举报”为名把接头人约到僻静处“灭口”，也是发生过的。Mike 无奈地看着我，抱起双臂说：“我给你半小时做准备。半小时后，我们在酒店大门见。”

重温一下项目背景：被骗的是一家美国金融企业，骗子和日本黑社会有染。Mike 的律师事务所受聘为美国企业尽量挽回损失，而我所就职的公司协助 Mike 的律师事务所，在全球追查骗子的行踪。半小时之后，我将同 Mike 在他的保镖和本地律师的陪同下，去接头地点和举报人见面。对于这位神秘的举报人，我们一无所知。她曾在电话里声称是那骗子的情人。但，谁知道呢?

半小时，我能做什么准备? 举目四望，酒店门外有一家便利店，想必是不卖枪的。就算卖，我也不知怎么用，或许比没有更不安全。我回到十分钟前刚刚入住的酒店房间，取出手提电脑，给在北京的同事发了一封邮件，简单做了些安排——如果我发生了意外，请帮我……

写完那封具备遗书功能的邮件，我微微松了一口气。举目窗外，是一条被樱花淹没的街道，身穿和服的女人们，打着伞在花下拍照。原来竟是樱花怒放的季节，之前竟然丝毫也没注意到呢。

生活是美好的，但危险无处不在。作为一名商业调查师，危险似乎就更多一点儿。母亲因为我的职业抱怨过很多次：不务正业！在她看来，一个获得斯坦福硕士的机器人工程师，就该毕生研究万人瞩目的人工智能，改进那些我曾经研发的“蟑螂机器人”——那是我研究生时的课题：为丛林作战设计的仿生学机器人——穿越各种气候和地质条件下的丛林，深入敌人腹地，拍照，监听，执行其他更为秘密的任务。

毕业十几年之后，深入“腹地”的却并不是那些“蟑螂机器人”，而是我自己——整天西服革履地出入全球各地的高级写字楼，同银行高管和企业家们打着交道。我远离了机器人和人工智能，被众多的合同、账务、新闻、八卦、公开的和不公开的信息，还有无处不在的蛛丝马迹所淹没。

母亲一辈子做学问，无法量化商业咨询的技术含量和价值。一切用不上数理化公式的营生，她都当作不大正经。后来我辞了职，专心写起小说来。母亲就更失望了："你凭什么能写小说？又不是文科出身。而且，想象力又未必出众。"我不敢言语顶撞，只在心中默默辩解：没有经历，哪来的想象力？

因此，凭着当年寒苦的漂洋，在硅谷设计和生产机器人，以及之后走遍世界的调查师经历，想象力似乎真的日益发达了。那些匪夷所思的调查，跨越国境的历险，生意场上的尔虞我诈，绞尽脑汁的陷阱设计，高科技伪装下的原始冲动，被财富和欲望撕扯的情感和良知，就这样跃然纸上了。

当然，事实毕竟是和小说有所不同的。商业调查通常并不如小说里那般惊心动魄，正规公司的从业者也绝不会轻易踏入法律和道德禁区。而且这一行最需要严谨，容不得半点儿的牵强和不实。所以专业调查师会补充说："如果无法证明是真相，秘密一文不值。"

不过，前文所述的"大阪经历"却并非虚构。之所以要写这样一篇序，正是为了向读者透露一点儿藏在小说背后的真实情形。只不过，此类"情形"并不多见，而且只有资深人士才会亲自涉险，绝不会把既敏感又危险的任务推给普通员工。至于那次经历的结果：瞧，我还健在呢！至于其他细节，抱歉，那可不能直接透露。正如这部《秘密调查师》里写到的诸多"秘密"，是要经过了小说式的加工才能见人的。

说不定您手中的这部小说，就已经把谜底告诉您了。

2017 年 11 月 2 日

于札幌飞往北京的航班上

楔子

1

狭长的包厢里空气有些污浊。中间挖空的榻榻米房间里，围着木桌满满坐了一圈子人，各种肤色和口音，闹闹嚷嚷的。这是 GRE 公司亚太区短期培训的最后一晚，聚餐之后各奔东西。东道主东京办公室美丽的年轻总监下川直子叫了不少酒水，此时已喝了七七八八，就连昏黄的灯光里似乎都掺着酒精，令人飘飘欲仙，昏昏欲睡。

美丽的直子小姐，借着酒劲儿依偎在英俊的东方男人身边。她的头并不过于倾斜，目光也保持着矜持，腰身却在暗中贴紧，仿佛被无形引力牵引着。男人身上酒气正浓，势头远超古龙水的暗香，却又始终不能完全取胜。两种气味相互纠缠，不停挑拨着直子小姐。加之那炽热饱满的雄性身体，被面料柔细的高档西服紧紧包裹，竟给人健壮的感觉，与他清瘦的视觉效果很有几分出入。这男人有着苍白俊秀的面孔和严肃干练的神情，好像十年前曾风靡日本的电影明星。可他并不讲日语。他来自中国，衣着和发型却时髦而精致。这与直子小姐印象中的中国男人不大相符。

今晚，直子小姐为此人敬酒无数。一屋子来自亚洲各地的同事，她都假装看不见。日本办公室的一把手有事提前离席，特意吩咐二把手直子小姐要“照顾”好这位来自中国的同事。直子小姐对领导的指令并不反感，而且还格外卖力一些。直子小姐已经三十出头，却尚未完婚。住在福冈的父母越来越操心，不停地为她安排相亲。其实父母并不知道，直子小姐已经和一个男人秘密拍拖了三年。只不过不是个日本男人，却是个美国白人，在美国还有老婆孩子。直子的父母是无论如何难以接受的。

直子小姐再度敬酒，暗中扭动腰身，只有身边英俊的中国男人才能感觉到细微的错动。那人不动声色，目光中隐隐有些笑意，眼角浮现几道浅纹，如微风在湖面拨起的涟漪，令直子小姐心醉神迷。她看着他举杯一饮而尽，一道柔光从下巴滑到喉结顶端，象牙一般细腻。她的醉意更浓，轻声在他耳畔低语：

“Steve-san，do you like Tokyo？（Steve先生，你喜欢东京吗？）”

“Of course.（当然。）”

“Then，don’t go.（那就别走了。）”直子小姐莞尔一笑，眼神令人遐想无限。

他仿佛被那眼神击中，微微一怔，眼中流过一道光，令直子小姐心猿意马，恨不得整座餐厅立刻发生停电，她就能尽情扑进他怀里。

然而直子小姐并不知道，他眼中的那道光，和直子小姐没什么关系。

他突然想起另一场聚会。同样是一家日本料理店，同样是深夜，同样的昏黄灯光，却是十一年前，在太平洋的另一侧，洛杉矶郊区的某个小镇上。七八个年轻人在包厢里推杯换盏，大声聒噪。餐厅的墨西哥侍者遥遥地看着，悄悄担心着这群比他们还穷的中国留学生有没有足够的钱买单。

“阿文！不够意思啊！明天的机票，今儿才告诉我们？不把我们这帮穷哥们儿当朋友吗？”

“哦……”

正中落座的是个二十多岁的短发小伙子，眉清目秀，体型魁梧，面色因酒精格外红润，看上去却全然没有微醺的兴奋，对众人的所说不置可否，目光紧紧盯着桌面，时不时飞速往对面瞟上一眼，赶忙再低垂下去，惶惶恐恐，忧忧郁郁的。

坐在他对面的，是个年龄相仿的男生，身材却瘦小许多，早已喝了太多，双手勉强撑着头，眼神迷离，原本苍白的脸上已没一点儿血色了。

刚刚提问的人自己给自己打圆场说：“哈哈！我开玩笑呢！你还当真了？大伙儿为你开心还来不及呢！来！大家敬阿文一杯！祝他未来大富大贵！”

众人纷纷举杯，喧嚣之声闹成一片。这群离乡背井的穷学生，一起分租最便宜的公寓，在高犯罪率街区的中餐馆里打工。然而直到今晚之前，谁也不知道，他们当中竟然藏着一个资本家的少爷，而且马上就要回台湾去继承亿万家业，直到临行前一晚才通知大家。

大家高高举起杯，起哄要他喝干满满一杯啤酒，只有对面瘦弱的男生并不参与，也不看男主角，只管用双手捧着头，仿佛已经睡着了。可偏偏等众人都安静下来，他却突然仰起头，胡乱抓起一只半满的酒瓶，将酒一饮而尽。众人都吃了一惊，见他双目圆睁着，似乎并没睡意。可他并没开口，没有祝福，也没有道别。他的目光甚至并没有对焦在对面那个就要远走高飞的人脸上，而是直直地穿过他的头颅，穿过他背后的木板，投到南加州那无边的夜幕中去了。

*

突然间，中国男人感觉有一只手落在自己腿面，指尖轻柔，却富有侵略性。是直子小姐的柔荑，把他从遥远的回忆里拉回来。

男人面不改色，轻轻贴近直子小姐的耳朵，让她感觉到自己嘴里呼出的热气。他用轻柔的英语低声道："能问你一个问题吗？"

"当然。"直子仰起脸，却轻轻阖上眼睛，从眼缝里挤出一丝柔媚的微光。

"你的身体里，住着几个人？"

"什么？"直子又把眼睛睁开，眼中的兴奋又多了几成。她并没听懂这问题，只是觉得字里行间就透着热辣。

男人却坐直了身体，认认真真地说："直子小姐没听说过吗？有些人的身体里，住着不止一个人。"

"噢？"直子笑起来，眼睛变成弯弯的细线，"你的身体里住了几个人，Steve-san？"

"两个。"男人也把眼睛眯起来，继续靠近直子小姐。她的脖颈已能真切地感觉到他蠢蠢欲动的体温。她大体猜到了他的用意，声音变得更细嫩：

"跟我说话的是哪一个？"

"是 Steve。"

"那另一个呢？"

"一个小孩子，Steve 的敌人。"

"你的敌人？小孩子？"直子小姐意外地瞪圆了眼睛，一秒钟之后突然大笑起来，"哈哈，Steve-san，你喝醉了！"

直子小姐笑得前仰后合。这动作也有些故意的成分，她发现有几个同事正不怀好意地看着他们俩。中国男人却反而挽住她的细腰，毫无顾忌地把她拉回自己身边，把唇贴近她的耳垂儿：“美丽的直子小姐，能告诉我，厕所在哪儿吗？”

2

半个小时之前。

位于东京赤坂的全日空洲际酒店，如一根通体发亮的三角形灯箱，一柱擎天地立在一群密集的商业楼宇之中。这地处核心办公区的五星级酒店不仅是商务旅行者的首选，在春季还会吸引众多赏樱的游客。但现在，初秋的深夜里，街上空寂一片。

然而此时，却有个身着西服的白种男人，正孤零零地从那黑暗的街道走过。他五十开外，身体已很有些发福，下巴也很松弛，面部表情却很紧张，脸上的肌肉绷紧了，额头闪闪发光，像是浮着一层油脂似的。

他是从两公里外的一家居酒屋走过来的。今天是 GRE——全球风险专家公司——亚洲区高级员工培训的最后一天，在那居酒屋里，他的下属兼情人直子小姐，正在和 GRE 亚洲各地前来东京参加培训的经理们把酒言欢。他借工作之名提前告退，没叫计程车，徒步穿过几条小巷，兜了个不大不小的圈子，从侧门进入酒店，在大堂的角落稍事停留，确认没人跟踪，再搭电梯到第三十层。走出电梯，又在寂静的走廊里站了片刻：电梯留在这一层不再动弹，走廊里也安静之极，他似乎能听见汗水从自己额头和脊背上汩汩冒出来的声音。他深吸了一口气，向着走廊最深处缓缓走去。

此人叫马克·本（Mark Ben），全球顶尖商业调查公司 GRE 东京办公室的负责人，也就是直子小姐的顶头上司。

这是马克在东京的第三年，也是任期的最后一年。他是 GRE 早期元老级的成员，在过去的二十五年里，他曾为 GRE 在美国以外建立了七个办公室，东京则是这几个办公室里成长最快的，也是规模最大的。在许多人看来，马克在日本的业绩是个奇迹，因为日本的生意圈子并不十分欢迎老外，这里注重的是人脉资源。但马克既然屡屡在海外市场获得成功，自然有他的法宝——入乡随俗。自己做不来的，就要依靠做得来的人。他打算在这酒店里会晤的，正是一位“做得来的人”——羽村株式会社的年轻总裁。羽村株式会社是一家名不见经传的小侦探公司，马克都不知道它真正的经营地点在哪里，但他心甘情愿每年支付二百万美金的服务费给羽村公司，以换取大量的内幕消息。羽村公司从没让马克失望过。

马克对羽村家族的背景略有了解，因此从不过问对方获取信息的细节。羽村家族帮他创造业绩，他则以服务费作为回报，这原本是一桩顺理成章的买卖，在过去的两年里一帆风顺。直到一个月前，羽村却突然向他提出一个棘手的要求：GRE 刚刚完成的一份秘密商业调查报告。那报告跟羽村家族其实没什么关系。那是 GRE 中国分公司在两个月前为一家美国私募基金完成的一项秘密尽职调查。那美国私募基金旨在对中国的一间在美上市的医药公司增资扩股，合资开设企业。项目一旦确定，医药公司的股票必定大涨；而 GRE 的调查报告对此至关重要——有小道消息称，GRE 的这份报告“营养丰富”。

每年两百万美金的服务费用已经不能满足羽村家族，他们需要的，是通过 GRE 所掌握的秘密商业情报，让自己在股市上谋取暴利。

GRE 每年完成的秘密商业调查，涉及来自全球数千家公司的内幕。在未经客户授权的前提下，私自向第三方提供这些信息，不但有违 GRE 签署的保密协议，更违反几乎所有国家的相关法律法规。GRE 为杜绝此类内部舞弊行为，在全球范围内实施严格的公司内部保密政策。不仅调查报告在公司各团队间严格保密，还明文禁止公司员工直接或间接购买公司参与调查过的任何企业的股票。即便像马克这种元老级别的地区级高管，也无法随意获取其他办公室完成的项目报告。

然而那份报告却并非掌握在别人手里——那是 GRE 北京办公室的年轻二把手 Steve，GRE 公司这几年的冉冉新星。Steve 升到了透明玻璃板上，正需要在公司高层建立人脉。马克对东亚人的思维还是很有些了解的。加之他和 Steve 常有合作项目，在北京和东京的小酒馆里也喝过几次酒，关系似乎比跨区域同事更融洽些。Steve 雄心勃勃，能力毋庸置疑，却有三大阻碍：肤色和口音，在 GRE 缺乏政治同盟，给顶头上司造成威胁。马克对 Steve 的顶头上司——中国区大老板苏珊颇为了解。像她这样凭着一张白脸在发展中国家混饭吃的老外，马克见多了。马克没耗费太多唇舌，就让 Steve 意识到，他是 Steve 的外援。当然除此之外，也顺利搞到了那份报告——那家医药公司背景强大，资源丰厚，近期将出台一系列收购整合计划，均有政府特殊政策的支持。增资扩股已成定局，股票必将大涨。这就是所谓的营养，不必加引号的。

羽村家族拿到报告不过两天，果断购入了该医药公司的巨额股票。

然而就在几个小时之前，地球另一侧的纳斯达克开市不到十分钟，该医药公司的股价却急转直下，不到半小时，已跌至原股价的五分之一。起因是一家叫作“泥潭”的私人调查机构昨晚披露的调查报告，揭露了该医药公司的各种违规和舞弊丑闻。这些丑闻在马克提供给羽村家族的 GRE 报告里却只字未提。

羽村家族瞬间遭遇巨大经济损失，仿佛吃了闷头一棒，找不到别的目标，手上就只有一个马克。马克略知羽村家族的背景，知道此事非同小可。直到今天，日本黑帮依然盛行，而且和政府保持暧昧关系。二十几家势力最大的暴力团体甚至是半公开的“合法社团”，披上株式会社的外衣，表面上经营企业、房地产、投机股票；背地里从事赌博、走私和卖淫。尽管羽村家族并不在这二十几家的名列，跟它们的关系却千丝万缕。具体如何马克并不了解，此刻他真希望能多了解一些。

马克轻轻敲了三下房门。门开了，房间里却没开灯，也看不见人影，巨大的落地窗外，是金光灿烂的东京塔，骄傲地屹立在夜幕下，好像掌握着生杀大权的女王。生平第一次，这塔让马克感到恐惧。黑暗中，马克听见带着日本口音的英语：“马克，请进吧。”

马克迈步进屋，房门立刻在身后关闭。有人从背后搜查他的身体，动作生硬而粗暴，不容丝毫的反抗。这不是他第一次与羽村家族的大公子羽村雄一见面，之前见过两次，都是在五星级酒店的酒吧，对方由秘书陪伴，虽不苟言笑，却礼敬有加。这一次的境遇却完全不同：黑暗的酒店房间，保镖搜身，还有羽村雄一冰冷的口吻。马克顺从地举起双手。他并不喜欢这种方式，但懂得顺应时局。

马克努力睁大眼睛，却仍无法适应屋内的黑暗，只有一座东京塔，耀眼地立在窗外。突然一个黑影在马克眼前一闪，灯光豁然明亮，一个矮个子中年男人赫然站在眼前，双手抱胸，频频摇着头：

“马克，这样不行。”

羽村雄一眯起眼睛，眼缝里竟有一丝笑意。马克后背顿时一阵寒，肌肉忍不住抽搐。他用力耸了耸肩，尽量做出放松的姿势，动作难免过于夸张，脖颈子上顿时有了汗意。那份报告的完成者 Steve 是 GRE 中国办公室的二把手，GRE 全球最年轻的副执行董事，GRE 公认的商业调查天才。他怎会写出如此失败的调查报告？到底是调查失败，还是——别有用心？

“羽村-san，我很抱歉，不过，我们从不承诺能找到一切，所以，我们的每份调查报告上都有诸多免责条款……”

“不不，这样不行。”羽村雄一继续重复着自己，就像根本没听见马克的话似的，嘴角那一丝笑意越发的诡异，“这不公平。我们为你们提供过那么多消息……”

“羽村先生，您提供给 GRE 的信息，都是由 GRE 花钱购买的。”

这句话终于抵达羽村的鼓膜。他把眼睛睁开一些，射出两束寒光：“你认为，那点服务费配得上我给你的那些秘密吗？”

“GRE 支付给贵公司的服务费，在全球都算是最高的。”

“哈哈！”羽村雄一仰头笑道，“我不关心全球，我们讨论的是日本。你知道，在日本，有些秘密能值多少钱？”羽村稍事停顿：“你知道，你和你公司的名字，如果卖回给那些秘密的主人们，又能值多少钱？”

马克自知理短，却还是硬着头皮为自己辩护：“我们每次使用贵公司的服务都是有合同的。你情我愿，受法律保护。”

“哈！马克！你的脑子不会是出毛病了吧？”羽村雄一张大眼睛，脸上瞬间堆满了好奇，“受法律保护？你知道那些信息是怎么得来的？你有多了解日本的法律？你又有多了解这里的‘规矩’？”

羽村雄一脸上的笑容顿然消失了，连同眼中的好奇。他的双眼彻底瞪圆了，仿佛吸入了满屋的灯光，再一股脑向着马克喷出来：“你知道，我们刚刚损失了多少钱？”

马克又暗暗打了个寒战，表面强作平静：“股市总有风……”

“一千万美金！”羽村雄一恶狠狠地打断马克，“你需要补偿！”

听到这最后一句，马克浑身一抖，心中反倒突然平静了些。破罐破摔，还能坏到哪里去？

“我可以保证，GRE 将持续和贵公司合作，GRE 在日本的业务正在扩大，未来几年的合作额肯定还会增加。”

羽村上前一步，胸脯几乎贴到马克身上：“你不明白！我们等不了几年！一年也不行！”

“可我只是个打工的，没有那么多钱。”马克摊开双手，动作竟然自如流畅。羽村雄一没答话，眼中划过一丝诡异的光。马克的心脏再度收紧，片刻前的放松荡然无存。

屋里的灯突然熄灭，身后似有人在靠近。马克立刻意识到将要发生什么，高声喊道：“不需要几年！一年都不需要！我们有 GRE 帮忙呢！”

灯光顿时又亮起来。羽村雄一已退到三步之外，双手抱胸，笑意回到嘴角：“马克-san，我知道你是聪明人，但我也不是小孩子。GRE 在日本能有多少生意，我心里很清楚。”

“当然不能只靠现在这些生意！羽村先生，我带了一份计划，就在包里！”马克提起手中的公文包，却被身后的保镖一把夺过去，打开来，把包中的一切都倒在桌子上。

叮的一声，一粒微小的金属颗粒经桌面弹落地面。

马克顿时一阵地转天旋，恍惚中弯腰捡起那东西。众人的目光都集中在他掌心。谁都分辨得出，那是一粒最普通的微型窃听器，网上很容易买到。

“不！这不是我的！”马克清醒过来，已被更巨大的惊恐所包围。他抬头看着羽村，声音已在微微颤抖，“是别人放进我包里的！”

一张苍白俊秀的面孔突然闯进马克脑海。Steve！刚才在居酒屋里，正是 Steve 坐在自己身边，这公文包就在自己和 Steve 之间！马克恍然大悟，又是一阵心惊肉跳：那份报告是故意篡改过的！难道这一切都是事先设计好的？

马克想冲进卫生间去把窃听器丢进马桶，双臂却被人狠狠锁住了。羽村雄一那似笑非笑的脸突然近在咫尺。

马克的声音更剧烈地颤抖：“我知道是谁！放心！我有所准备的！我保证，他跑不了！”

马克没有说谎，他的确有所准备。二十分钟前，当马克离开居酒屋时，Steve已经颇有醉意。马克暗中指示直子，要让Steve多喝几杯。医药公司的股票突然大跌，他总要多留一手。这一手果然必要。得想办法让Steve再多喝几杯，多到说出幕后的指使人，多到明天上不了回北京的飞机，干脆把他留给羽村雄一作为临时的交代！天意如此。一年一度的GRE亚洲区经理人的培训今年正巧是在东京，Steve也报名参加，显然怀有不可告人的目的！可Steve却没有料到，就在几个小时前，那医药公司的股价跌了。这次是Steve自投罗网！

马克却并不知道，就在两公里之外，在寂静无人的后巷里，Steve正悄然从居酒屋的后门里溜出来。居酒屋里正人声鼎沸，热气腾腾，根本没人注意到他已经离开了。

Steve一身正装，手提公文包，乍一看，和街上那些刚加完班的日本男人无异，只是西服的腰身更加严丝合缝，从发尖到皮鞋也更一丝不苟，比东京大街上那些本来就善于打扮的日本男人更精致一些，居酒屋里的酒精和美人也没能让他乱了方寸。

Steve穿过马路，截下一辆计程车。他的确喝了不少酒，但还不至于醉倒。他借着上厕所为名，从直子小姐眼前金蝉脱壳。那美丽的直子小姐——GRE东京办公室的年轻总监，这会儿正在接听老板马克的电话。但为时已晚。Steve已经登上计程车，目的地并非自己下榻的酒店，亦非成田机场。那两个地方都变得不够可靠。从刚才监听到的对话，Steve已经猜到马克在和谁密会。Steve早和日本黑道打过交道，深知他们的厉害。他必须立刻改变计划，临时制定一套方案。他的目的地并非成田机场，而是东京站，然后搭乘新干线连夜赶往大阪，赶明早首班航班飞往北京。留在酒店里的行李并不重要，重要的是护照和电脑，都在他手提的公文包里。

计程车快速驶过深夜的街道。坐在后座上的Steve悄然掏出手机，按入一串长长的国际号码，极力压低声音用英语说：

“被他发觉了，不过没有关系，我也发现了一些，我猜他打算铤而走险了……”

第一章

失踪的出纳

1

“东京的培训感觉如何？”国际顶尖商业调查公司GRE中国区负责人苏珊，隔着偌大的黑色办公桌挺直了上身，高高扬起下巴，笑盈盈看着Steve。这是她惯用的姿势：用微笑表示亲切，用体姿表明身份。苏珊是个年近五十的独身美国女人，体形比大多数美国本土的同龄姐妹们苗条不少。这是在中国生活的好处。除此之外还有诸多其他的好处：轻松登上外企高管的位置，混迹于各色名流之间，需要的仅仅是一双蓝眼睛和一口流利的英语。

苏珊在中国生活了二十年，中文已算纯熟，却仍不够了解中国人。而她所领导的这家分公司，却又靠着“了解人”而赚钱——绝非普通意义的了解，而是钻进骨子里的了解，揭开面纱、洗掉妆容。苏珊是聪明人，深知自己的缺陷，因此日渐缺乏安全感，想多参与业务却又不能丧失尊严。

七年前，也就是GRE北京分公司成立的第三年，苏珊从另一家在上海的跨国咨询公司跳槽，加入GRE北京公司，肩负起中国区的领导职能。与其说是她一手把北京办公室从一个可有可无的三人小作坊变成GRE在远东的重要基地，不如说是她搭了中国的顺风车。最近这些年，大量的外企到中国来投资，有不少遇上了麻烦。当然苏珊对中国的了解并不足以让她解决这些麻烦。所以，她需要一位得力助手。

但苏珊并不笨。她知道政治斗争的含义，更明白外行上级管理内行下属的隐患。特别是像Steve这样一个下属，不但会干活，英语其实也毫不逊色，只是平时并不张扬。苏珊知道中国人有谦逊的美德，但Steve的聪明早已超越美德。凭他写的报告和偶尔流露的美式口音就知道。尽管他似乎一直在刻意遮掩，但苏珊是美国人，自然还是听得出的。然而Steve的简历里并没出现美国的经历。既没在美国上学，也没在美国工作。苏珊并不相信那份简历，自然也不太相信那份简历的主人。

而更重要的还不只是英语。近几年大量扩充的人脉资源和服务商网络，和逐渐稳固的调查师团队，共同组成了 GRE 北京办公室的强大引擎，这引擎和苏珊之间，隔着一个 Steve，就像司机和汽车引擎之间，隔着一个具备自动驾驶功能的方向盘。这让苏珊越来越不舒服。但车是不能没有方向盘的。

“还不错！” Steve 耸耸肩，脸上浅浅一笑。Steve 的笑容在这办公室里难得一见。一人之下，众人之上，只有对苏珊才需要偶尔地笑脸相迎。但笑与不笑都未必代表真实感受，GRE 公司里的人自然比普通人更明白这个道理。

苏珊也耸耸肩，目光中流露无限欣慰。她虽然对中国的政治经济文化不够了解，却也绝非普通人。其实大家心里都明白，东京的培训对 Steve 毫无意义。Steve 的业务水平早已超过这种培训的级别，根本不需要看任何其他办公室的小总监指手画脚。但苏珊还是主动让他去参加，因为 Steve 平时出国参加公司活动的机会并不多。除了这种培训，其他国际会议的级别都更高，与会者都是 GRE 的高管，苏珊自然要独自参加。就算其他地区办公室里和 Steve 同级别的同事都出席，苏珊也绝不会带上 Steve。Steve 只是个方向盘，留在车里就好。

“昨晚回来的？”

这本是一见面就该问的，苏珊却等了片刻。见面就问总有几分敷衍，现在问出来，则显得诚恳一些。而且 Steve 出现得这么早，也的确让她有点儿意外。昨天的培训一直到傍晚，之后又有东京办公室安排的酒局，苏珊早就弄清楚了。

“今天早上。”Steve 若无其事地回答。苏珊背后的茶色玻璃窗之外一片昏黄，看不出是阳光明媚的午后，倒像雾霾浓重的黄昏。在国贸 A 座 38 层的这近千平方米的公司里，只有苏珊办公室的百叶窗帘是打开的。苏珊不喜欢阴森的气氛，她的桌面上也不常有与调查项目相关的秘密档案或报告。她就只负责和更高的领导开会、对接重要的客户，具体的项目执行工作都是由 Steve 负责的。

“那该在家休息才对，不必着急回公司来。”苏珊在中国多年，口头上做好人的功夫早已驾轻就熟。其实她心里清楚，只要不是深更半夜，Steve 必然会一下飞机就直奔公司，每次出差都如此。不是为了在老板面前表现，而是确确实实需要。Steve 是工作狂，除了工作似乎再无其他乐趣：很少见他外出旅游度假，没听他和同事闲扯过任何工作以外的话题，更没听说他结婚或是交往过女朋友。以大部分中国人的审美，Steve 该属于英俊的类型。尽管在西方女人眼中，他略显瘦小，也过于精致了。

Steve 再度微笑，不置可否。做了苏珊七年的“二把手”，肩负一切执行的重任，唯有两项功能被苏珊牢牢把守着：接洽客户和面对领导。无可厚非。过去这些年，外企本是外国人的天下，但总有变天的时候。Steve 的能力越来越强，苏珊对项目的具体执行就越来越不了解。客户总是更希望直接和项目执行者交流，就像病人最想和自己的主刀医生交流。

可 Steve 并不想让苏珊感觉到威胁。在自己不够强大时，那样做一定不会有好下场。Steve 刻意回避和客户或领导的接触，在必须接触时，也必定把苏珊摆在首位，自己做个少言寡语的跟班。但即便如此，苏珊的神经也越来越紧。这些逃不脱 Steve 的眼睛，索性处处加倍小心。

“说出来有点儿让人为难，你才刚回来。”苏珊突然话锋一转，面露难色。Steve 立刻就猜到苏珊要说什么。东京的培训结束得太早，Steve 回来得也有点儿早。从明天开始，GRE 的全球 CEO 要到北京访问两天。总部的大领导以前也曾到北京来过几次，Steve 却从没见到过。他每次都会临时得到一两件到外地出差的任务。这次的日本培训本来也如此，但全球 CEO 临时把行程拖延了两天，恰巧错过了日本培训。Steve 早就料定，自己一回到北京，马上就又要出发了。

苏珊满怀歉意地继续说下去：“有个新项目，内部欺诈调查。需要飞到深圳。我担心别人难以胜任。”

Steve 心中了然，一脸轻松地说：“我马上就订票。”

2

严格说来，新项目应该是在东莞，而非深圳。苏珊口中不提东莞，却把记着东莞地址的纸条递给 Steve，以此证明她了解东莞的位置，因此不是初来乍到的老外——去东莞总要飞到深圳机场。但 Steve 心里很清楚，苏珊对这项目其实并不了解多少。

此项目看上去很急，苏珊大概并未和客户有过深入交流。一个没拿过手术刀的医生，本来也不愿意跟病人多聊。苏珊让 Steve 自己打电话了解详情。让 Steve 纳闷的是，这是个新客户，以前从没和 GRE 合作过，居然如此痛快地签了合同。GRE 收取昂贵的服务费，每个项目动辄几万美金，不经过一番细致的分析推介，很难说服新客户签合同付定金。当然也有例外，有些内部欺诈案就像突发的重病，来势汹汹，患者措手不及，难免惊慌失措，怕的不是付钱，而是“名医”不肯收。GRE 名声在外，如果遇上这种“急症病人”，苏珊只需保持高贵矜持的姿态，说得越少，客户反而越是迫不及待。

这项目的名称叫作“保险箱”。客户是一家香港的投资公司——香港银河置业有限公司。正如 Steve 所料，客户确有“急症”。这家公司在东莞的子公司两天前发生了一起内部盗窃案，一名出纳从公司偷走巨款——这是东莞子公司的总经理在电话里告诉 Steve 的，口气万分急切，内容却过于简单。总经理不愿在电话里多说，只是催促 Steve 快去。Steve 也并不多问。公司里出了事，总经理难免会杯弓蛇影，草木皆兵，大概在办公室接听电话都觉得不放心。总经理不仅表述不细致，而且极不严谨。Steve 在备忘录里做了简单记录：银河置业所提供的信息表明，其东莞分公司巨款失踪，分公司的出纳同时失踪，是主要嫌疑人。

此项目的确需要 Steve 亲自出马。并非为了立刻投入调查，而是为了进行正确的“诊断”。去东莞了解情况，修正客户的预期目标——嫌疑人未必就是贼；即便嫌疑人的确是贼，贼也未必只有这一个；即便找到了贼，也未必就能绳之以法；即便将其绳之以法，也未必就能追回赃款。这些其实该是签约前的工作，这项目多少有些本末倒置。客户已经心急火燎地签了合同，支付了五万美元的定金。反正苏珊的目的就是签合同，剩下的都由 Steve 擦屁股——把不能的变成可能，或者让愤怒的客户接受现实。

*

中午十二点，飞机在深圳宝安机场准时降落。银河东莞公司的司机等在接机口，手举写有“Steve”字样的纸牌子。Steve 瞥一眼那牌子，角落里还印着银河置业的公司 Logo，看来是因为频繁“接客”而专门准备的，很有些派头。

银河置业是香港数一数二的房地产集团，由知名香港富商家族控制，产业及项目遍及东南亚和澳洲，进入大陆市场却晚于其他香港地产企业，大约三年多前才开始在东莞投资盖楼，这也是银河置业在大陆唯一的子公司。东莞子公司规模不大，开发的是个地点偏僻的普通小区，三座十层的居民楼，以小区规模和投资额来说，算是银河置业的所有项目里最不起眼的，除了东莞当地的几家报纸和网站，其他媒体基本没有报道。

公司派来迎接 Steve 的车子是一辆半旧的别克君威，内饰简单但车内很整洁，没有杂物或异味，或许是公司领导的专车。但车子并不豪华，可见子公司规模不大，公司领导并不常驻或非常低调。

银河东莞的司机是个四十多岁的男人，身材干瘦，讲广东口音的普通话，衬衫西裤算得上整洁却极不合身，皮鞋长久不曾打理，头发倒是梳过，后脑勺却仍有一撮顽强地翘着，那是镜子照不到的位置。他对 Steve 毕恭毕敬，要为 Steve 提箱子，Steve 谢绝了，他又赶着去为 Steve 开后车门，好像生怕怠慢了老板的“要客”。

Steve 平时少言寡语，尤其是在 GRE 北京办公室里，面对同事一字千金。但此刻北京在千里之外。从深圳通往东莞的别克车里，Steve 好像换了个人，变得随和而善谈。司机却始终拘束寡言，不知是对自己的国语缺乏信心还是本来就不善言语，Steve 问一句，他只答半句。Steve 其实并没提任何敏感的问题，只是随便聊聊家常。保险箱失窃的事并没向普通员工公开，保密是必要的。

司机姓陈，本地人，公司成立前在深圳开计程车。Steve 的问题到此为止，之后都是有关天气和风俗的闲扯。土生土长的本地司机，没受过多少教育也没去过多远的地方，对远方的陌生来客有些畏惧是自然的。Steve 也明白，自己的某些气场无法完全隐藏。初次见面，还是尽量少让对方感到别扭。

公司的位置果然偏僻，距离深圳机场一小时高速公路车程。公司是一座当街小楼，旁边有独立的院子，院子后屹立着三座尚未封顶的高楼，想必就是银河东莞开发的楼盘。当街的店面是售楼处，办公区却要通过院子才能进入。Steve 用手机定位搜索，此地距离东莞市中心大约三十公里，是个叫作龙关的小镇。龙关虽只是个镇，看上去却很发达，街道整齐，高楼林立。珠三角已高速发展了三十多年，是中国最早工业化的地区，从深圳机场一路驶来，房屋早已连成一片，真正的田野是看不见的。

银河置业东莞分公司的总经理姓李，讲香港口音的英语，名片上印的中文名叫李约翰，和英文名 John 十分的吻合。他五十开外，秃头，身材瘦小，像日久脱水的胡萝卜，处处都皱巴巴的，唯有肚皮兀自饱满。Steve 在办公室里看了一圈，陈设简单，桌面很整齐，主人看来工作并不繁重，或者不在这里常驻。这又和 Steve 的猜测吻合。难怪先前能从电话里听出来，这位李总对公司环境缺乏安全感。不出所料，李约翰和 Steve 寒暄之后，立刻带他离开办公室，再次坐上别克车。李约翰用广东话和司机交谈，把司机称作"阿强"。阿强问去哪儿，李约翰踌躇了片刻，说出附近另一座小镇的名字。Steve 通过后视镜悄悄观察阿强，见他面无表情，眼神木讷，只默默地开车，与老板同样没有话说。

车子停在另一座小镇的一家五星级酒店门口。其实龙关镇也有五星级酒店，Steve 早就注意到了。在珠三角地区，即便是小镇也少不了五星级酒店，外观豪华气派，内部设施和服务就另当别论。李约翰故意选了个距离公司稍远一点儿的，可见格外谨慎，生怕走漏了风声，在公司和车里都只字不提。

"这件事，公司里只有三个人知道。我，我的财务总监，还有人事经理。"李约翰和 Steve 在咖啡厅里坐定，似乎终于松了一口气，声音却仍压得极低。尽管这咖啡厅里并无人影，就连侍者也在端上咖啡后就消失了。

Steve 微微点头，正如所料。公司巨款失窃，管理层尚在慌乱之中，首先想到的一定是严格保密和避免张扬，而非向领导或者警察报告。员工贪污当然也是分公司总经理的疏漏。贪污金额越大，责任也就越大。看得出来，李约翰是从香港总部空降的管理者，大概也学会了一些殖民总督的管理方法。说得不好听些，叫作欺上瞒下。

Steve 安静等待李约翰描述案情，李约翰却沉默了，默然注视了 Steve 几秒，竟然烦躁起来，像是要叫醒 Steve 似的："周先生？你在想什么？你准备怎样找到她？”

Steve有些意外——原以为李约翰带自己来到这远离公司的酒店里，是为了详细介绍案情，没料到他什么都不说就直接打听自己的计划了。

“能描述一下具体的情况吗？”

“具体情况？”李约翰耸耸肩，似有些不满地说，“我不是在电话里都说过了？”

Steve心中却更加诧异：李约翰在电话里几乎什么都没说。

“比如时间，地点，金额，还有出纳的年龄……”

李约翰扬起一侧的眉毛，毫不犹豫地打断Steve："你需要她的资料？等我们回到公司，我会让人事经理把她的一切材料都交给你！”

“我还需要了解，她是何时何地怎么把钱偷走的。”Steve面不改色地把自己的话说完。

“怎么偷走的？”李约翰显然越发不耐烦了，声音也不太能压得住了，“就那么偷走了嘛！从公司把钱偷走了！难道你不相信我？”

Steve也扬了扬眉毛。不只是为了做给李约翰看，他也的确感到意外了。按照常理，付了款的客户通常会迫不及待地详细介绍案件详情，生怕遗漏任何细节，就像病人迫不及待地向医生描述症状一样。通常这些细节也会对调查师大有帮助——公司的财务政策如何？需要多少批准程序才能支配账户里的现金？这位出纳的具体工作职责和权限是什么？Steve解释道："我不是这个意思。我只是需要了解一下，出纳是怎么把钱拿走的，从公司账户里转走的吗？她是怎么获得许可的呢？”

“许可？她没获得任何许可！”李约翰瞪圆了眼睛，“她把钱从保险箱里偷走了！就这么简单！”

“你是说，出纳并没动过银行账户里的钱，而是从公司的保险箱里偷走了现金？”

李约翰颇为不满地说："是啊！当然是这样！我没在电话里告诉过你吗？”

“也许我没听清。”Steve耸耸肩。李约翰的确没在电话里告诉过他，但多半告诉过苏珊。怪不得苏珊把这项目叫作“保险箱”。看来，苏珊也并没把她所知道的一切都告诉Steve。

"她趁着 Stanley——我的财务总监——打开保险箱的工夫，从里面偷走了所有的钱！ Stanley 只是出去接了个电话，也就两分钟而已，再回到办公室里，钱和出纳就都不见了！就这么简单！"

"你是说，就两分钟的工夫，那位出纳就拿着巨款从公司这么多人眼皮底下逃跑了？"

情况的确出乎 Steve 的预料。他调查过上百起内部贪污案，这次却是独一无二的：没经过银行账户，不需要任何许可，从保险箱里拿了钱就跑，简直就是光天化日之下的抢劫。

"是啊！就这么跑了！有什么不可能的？"李约翰摊开双手，脸上的烦躁已难以掩饰。Steve 却不能不继续问下去：

"她用什么工具装那些钱？"

"不知道，大概是放进背包里吧！"

"她偷走了多少钱？"

"大概有二十万。"约翰耸耸肩，轻描淡写。

"美金？"

"人民币！"

Steve 着实吃了一惊：只有二十万人民币？为了这个调查项目，银河集团已经支付了 GRE 五万美元定金。李约翰见 Steve 不语，终于忍不住喋喋地抱怨起来：

"Steve，我真的不明白这种问答有什么实质意义。我想我跟你的老板——她叫什么来着，苏珊？我和她已经说得很明白了，我就只需要你们帮我做一件事情：找到她在哪儿！"

"我想提醒您的是，即便找到了她，也未必就能拿回那笔钱。"

"周先生，"李约翰眯起眼睛，一字一句道，"我再说一遍，找到她在哪儿。其他的，就不用你们操心了！"

3

结束了短暂而秘密的会晤，李约翰把 Steve 带回公司，安排他向人事经理和财务总监进一步了解情况。

偷钱的小出纳叫黄美珠，二十九岁，未婚。

人事经理是个中年女人，身材臃肿，却生了一张瘦长脸，因此显得格外严肃，似乎对谁都充满戒心。但她对黄美珠的介绍却格外温和：性格安静内向，工作认真负责，从不迟到早退，和同事的关系也很融洽，从没跟谁吵过架，总是一副笑盈盈的样子。

除此之外，人事经理还提供了黄美珠的所有员工资料，一共只有三张纸：员工卡片，身份证复印件，三年前入职时提交的简历。三张纸所包含的信息非常有限：家住龙关镇，读小学和初中都在本地，之后就读深圳的一家财会中专，毕业后到东莞一家电子配件厂工作了五年，之后加入银河东莞，是分公司成立时的第一批员工，至今已在银河工作了三年多。加入时的工资是每月四千人民币，职位就是出纳。没升过职，但加过一次薪，从四千到五千。

资料里也有黄美珠的照片：身材瘦小，典型的广东式小瓜子脸，长相并不出众，但眉眼算得上甜美。恬静和善的女孩，默默工作了三年多，表现一贯良好，却突然有一天，趁着领导走出房间接电话的当口，从保险箱里拿了钱就跑，这确实令人匪夷所思。人事经理连说了许多遍意想不到，仿佛直到现在还无法相信这是真的。

然而每个成功的盗贼，靠的都是意想不到。否则怎能得逞呢？

财务总监是个中年男人，身材瘦高，却偏有一张方脸，和人事经理恰巧相反。他对黄美珠的评价与人事经理大体相同，但显然多了些愤怒的情绪，甚至还有些委屈。他是黄美珠的顶头上司，每天跟她共事，关系原本不差。乖巧温顺的下级突然背叛了自己，造成的伤害恐怕还不只钱这么简单。

但毕竟只丢了二十万人民币，这是Steve接过的金额最小的贪污案。

GRE是全球顶尖的商业调查公司，平均每个项目都要收取数万美金的服务费。而“保险箱”虽然听上去案情简单，但难度却一点儿不小，不是三五天就能完成的：银河东莞并未报警，小出纳此时有可能已经到达这世界的任何角落。即便她果真还留在珠三角地区，找到她也如同大海捞针。Steve的个人身价是每小时四百美金，仅这次出差，一天就要耗费几千美金。而这只是熟悉项目的过程，真正的调查还尚未开始。作为定金，银河集团已支付五万美金。等到调查结束，或者客户认为可以结束为止，费用至少还会高出一倍。丢了二十万人民币，再花十万美金去找，这样的生意还真是有些令人匪夷所思。

然而李约翰显然已经下定决心，志在必得。他显然对酒吧里的密会并不满意。Steve 只问了一些在他看来毫不重要的问题，却并没说出寻找黄美珠行踪的具体计划。Steve 从李约翰的目光里，轻易就读出了不信任：Steve 看上去过于年轻单薄，不像大侦探福尔摩斯，倒像香港枪战片里的小警察。香港满大街都是像 Steve 这般西服革履故作深沉的年轻人，合身的行头和精英的表情只不过是一层包装纸，脑袋里其实什么都没有。李约翰了解这些，因为他年轻时也曾像他们一样。

但 Steve 和他们不一样。

Steve 亲手管理过近千个项目，从不容许自己在任何一个项目上懈怠。他并非每次都能让病人起死回生，但绝不容许因自己的疏漏造成失败。他在 GRE 奋斗了十年，他知道这十年自己做了多大的努力和付出。因此他会在任何一个项目上坚持完美。即便是像“保险箱”这样一个多少有些不明不白的项目，外加李约翰这样一位打着小算盘的客户。

但 Steve 并不打算急于表现自己。那只能证明李约翰的设想是正确的。在尚未掌握足够信息之前，他从不草率提出任何行动计划。就像在完成充分的检查之前，医生不该草率地开处方。依照 Steve 多年的经验，“医生”面临的最大困难往往并非“如何治疗”，而是“查出病因”。以 Steve 的直觉，黄美珠并非“病因”，顶多是个“症状”。症状可真可假，可以直指病灶，也可以是个误导。如果只是为了寻找黄美珠，Steve 和 GRE 公司都未必是最合适的。GRE 的专长在于商业调查。但苏珊还是接了。或许她没弄清楚客户的本意，或者她有意扔给 Steve 一个烫手的山芋。但这难不倒 Steve，尤其是在 GRE 有史以来高层政治最微妙的时刻。他得让自己的履历保持完美。好在他的“专业”知识和经验远远不限于给投资者做几个尽职调查。

对于找人这种事，Steve 心中早有打算：

寻找一个主动失踪的人，需要从三方面入手：个人信息、公共渠道、社会关系。“个人信息”，顾名思义，就是姓名，地址，电话号码，这些算是初级的；更高级的还有银行，信用卡，兴趣爱好，等等等等。所有这些信息，都可能成为重要线索。“公共渠道”，无非就是航空公司、酒店、商场、餐厅……所有这些与失踪者有可能相关的地方。一个有经验的调查师总有办法让航空公司的客服说出乘客的旅行信息；或者从租车公司找到租车记录，通过银行的客服热线获取信用卡消费记录，或者从酒店的前台弄到一张新门卡。当然这些未必都是合法的，作为一家在美国上市的跨国公司，GRE 理论上是不能违反任何当地和美国法律的。所以“社会关系”就更加重要：按照 Steve 得到的信息，黄美珠不该是个喜欢冲动的人。她采用这种极端的方式抢钱逃跑，多半早有预谋，而且背后必定有人协助。无论如何，她是不会回家的，大概也不会联系家人。但除了家人，她还能联系谁？

黄美珠只是个普通人，历史背景貌似很简单，当然也可能很复杂，只不过银河东莞的三位领导并不了解。每间公司都有这样的人——好像和谁的关系都不错，却又和谁都不真的亲密。按照李约翰的要求，此案必须严格保密，因此无法直接询问任何其他员工。

财务总监招集自己部门的员工去会议室开会，趁机让 Steve 检查黄美珠的工位。还是平时上班的样子，有半杯凉茶和一本笔记本，本子只用了几页，胡乱涂抹了一些文字，Steve 都用手机拍了照。

Steve 看过黄美珠的工位，随即离开银河东莞公司。李约翰显然有些不满，Steve 假装没看见。既然不能访谈其他员工，留在公司里意义不大。再说手头还有其他必须处理的工作，与银河东莞无关，也不方便在银河东莞里完成。

Steve 走出公司办公楼，别克车已停在门前。有人趁 Steve 下楼的工夫通知了司机，不知是服务周到还是为了掌握 Steve 的行踪。

司机阿强从车窗探出头来打招呼，显然已不如接机时殷勤，大概是受了老板李约翰的感染。Steve 说去酒店，自己把拉杆箱放进后备厢，随即开门上车，坐在副驾驶的位置。阿强没料到 Steve 会坐在自己身边，显然浑身都别扭。Steve 却是故意的。这次他可不只是想要聊家常了。司机算不上要职，却往往是各种信息的接收中转站：领导会在车里接听电话，同事会闲聊，无意间能透露不少信息。像银河东莞这样的公司，所在地比较偏僻，又有一些闲不住的年轻单身员工，别克车难免要为大家捎脚。

如果黄美珠也曾搭过这车子，估计也该是坐在同样的位置。

Steve 悄然浏览车前的每个角落，打理得干净整洁，视线之内没有任何属于司机的私人物品——没有香烟盒，却有淡淡的烟味。该是司机阿强身上的。看来阿强和老板的关系并不密切，却把老板的脾气摸得很透，看出 Steve 不讨老板喜欢，却又不得不继续伺候着。Steve 故意看着阿强不说话，让车里保持安静，让气氛更别扭一些。

阿强发现 Steve 正默默盯着自己，不禁吃了一惊，没话找话道：“您的事情做好了吗？”

“哪有！还早着呢！以后还要常常麻烦您！”Steve 故作客气，阿强勉强笑了笑。Steve 笑而不语，继续盯着他，像是在等下文。

“您是……做什么的？”阿强没话找话似的问。可 Steve 知道，这问题应该在阿强肚子里憋了一阵子了。

Steve 知道自己的机会来了，故意有点儿心不在焉地回答：“我？做财务的！”

阿强点点头，继续专心开车，但眼神发生了变化。Steve 猜到自己的回答正产生作用。果然，阿强又问：“来做审计吗？”

阿强的目光微微一闪。Steve 心中一动：阿强知道 Steve 不是来做审计的。现在还不是年终审计的时候。阿强和公司财务也许有点儿瓜葛。Steve 摇摇头：

“临时帮帮忙……最近好像缺人手？”

“是来顶替阿珠？”阿强一语中的。

Steve 心中暗喜：阿珠大概就是黄美珠。阿强知道阿珠没来上班？他还知道什么？

“阿珠是谁？是会计吗？我倒是没听人说起。”Steve 不动声色地反问。

“是出纳啦。”

“辞职了？”

“那倒是没听说。只是这几天没见她来上班。”阿强顿了顿，又补充说，“她和我顺路的，所以下班经常搭我的车！”

Steve 不禁暗暗点头：是的，阿强和黄美珠很熟。Steve 说：“说不定已经辞职了。现在的年轻人，说走就走，也想不起来和同事们打声招呼。说不定到外地去找工作了。是不是？”

“不会吧！”阿强随口一答。Steve 却已听出点儿意思，追问道：“为什么？”

“我……我不知道她是不是想要去外地。”阿强有些措手不及，“只是她前一段还说想买房，搭我的车去过售楼处。”

“就在龙关？”Steve追问。

“嗯。”

“龙关家园？”Steve脱口而出。那是刚才经过的一个小区，楼盘销售的大牌子就立在路边，Steve过目不忘。

“不是。是青林……另一个楼盘！”阿强把剩下的字硬吞回肚子里，一脸诧异道，“你为什么说龙关家园？”

“哦，没什么。我刚才看到龙关家园，还以为这里的商业楼盘没几个。”Steve耸耸肩，暗暗记下“青林”二字。

“这几年，多了！你常来龙关？”阿强似乎有点儿警觉，越发认真起来。

“还好，来过几次。”Steve微微一笑，“到了！”

Steve说的是自己订的酒店，到了。他其实更想去另一个地方，但不必着急。等阿强离开之后再去不迟。

4

“青林”指的该是青林雅墅。这并不难打听。龙关镇毕竟不大，哪里新开发了一个楼盘，酒店的服务生都很清楚。

青林雅墅距Steve入住的酒店大约二十分钟车程，需横穿龙关镇。龙关虽是无名小镇，面积却也不算太小，房屋密布人口稠密，只是位置不够便利，开发又比较晚，不如东莞其他的市镇更发达。正因如此，房价才比其他地区略低，难免成为开发商的新目标。

Steve完成了入住手续，去房间换掉西装皮鞋，下楼打车去青林雅墅。计程车穿镇而过，再次经过银河东莞的大门。北方的初秋，在珠三角还是盛夏，下午四点正湿热难当。街上的人很少，银河东莞门口空无一人，院子里很安静，院门里露出半截别克车。阿强显然已经回到公司了，整座公司都像是睡着了，只有院子后三座未封顶的楼盘仍在低声哼哼。黄美珠要买房，为何不考虑自己公司盖的楼？员工不是都有更实惠的员工价？莫非是户型或价位不合适？青林雅墅就更适合？

青林雅墅项目地处龙关镇边缘，位置很是偏僻。楼宇还没影子，只有一座售楼处，孤零零立在一大片野草丛生的荒地边缘，外观却又富丽堂皇得有些诡异，好像荒野里突然冒出来的海市蜃楼。

售楼处的厅堂里同样冷冷清清，只有一位售楼小姐在强颜欢笑，掩饰不住随时就寝的愿望。Steve 知道自己不像本地人，找了个帮父母落叶归根的借口，要在故乡买一处养老之地。小姐勉强添了几分热情，为 Steve 介绍楼盘，Steve 越听越迷惑不解：黄美珠打算买这么贵的房子？

按售楼小姐介绍，青林雅墅是一个由独栋别墅和联体低层组成的豪华小区，配备高级会所、花园和十八洞高尔夫球场，目标客户群是珠三角和香港的有钱老板，房价丝毫不亚于深圳或广州。一个月薪五千的小出纳，打算买豪华别墅？

银河东莞的楼盘倒是看上去更像工薪阶层会考虑的。

“开发商是哪家公司？”Steve 问。

“林氏地产。”

Steve 暗暗点头：林氏地产集团是另一家香港房地产公司，在香港和银河置业旗鼓相当。两个对头竟然在龙关这弹丸之地也摆起了擂台。

“价格稍微贵了些。”Steve 面露难色，“本地的房价有这么高吗？我看过一些别的，比如银河东莞……”

Steve 停得恰到好处，耐心观察小姐表情。银河和青林原本不在同一档次，面对的也绝非同一客户群体。这个问题售楼小姐应该能够轻松应对。

但小姐却仿佛把耐心都用光了。她把眉头微微一皱：“价格可以和我们经理谈，我可以叫他出来。”

售楼小姐掏出手机，脸上又顿时充满倦意。是她根本没兴趣卖房，还是“银河”二字触动了什么？

售楼小姐把手机从耳朵上拿下来，皱着眉自言自语：“怎么没人接电话？经理应该在办公室……”小姐抬头隔着玻璃窗眺望，“噢！经理可能是要出去！”

Steve 顺着她的目光望向窗外，遥遥地看见一个壮实的背影，正快步走向计程车。那人身穿衬衫西裤，和所有房产中介经理的扮相相同，头发有些过厚过长，不负责任地堆在脑后，有点儿民国遗老的风范。看上去该是个不修边幅的本地人。

可偏偏在他侧身钻进计程车的一刻，Steve猛然一愣：怎么那么像？

可这不可能！不可能是他！

从Steve记忆中突然冒出的是个二十五六岁的青年，个头和Steve相仿，肌肉却多了不少，尤其是肩膀和胸部，把白色T恤衫撑得圆圆鼓鼓，散发着混合了汗气的暗香。

其实Steve和阿文并非严格意义上的同学。他们从没在同一间教室里上过课。Steve是本科生，阿文是研究生。尽管他比Steve还小着一两岁。台湾的学制或许与大陆本来就不同，到美国读书的过程也更顺畅。不像Steve，大三的时候转学到美国，学分转不过太多，又要打工挣钱，总要浪费不少时间。

那所大学在美国北方，距离汽车城底特律几十公里。校园所处的小镇因大学而闻名：Ann Arbor。大陆人翻译成“安阿伯”，台湾人则叫它“安娜堡”。校园里集结了来自全世界的年轻人。台湾人和大陆人就像互相吃过亏的亲戚，因为有一层并不情愿的关联而加倍提防，故意隔着些距离，井水不犯河水。Steve却是例外，是落进井里的鱼。但井水好过没水。Steve初到美国时，是一条出了水的鱼，没钱也没朋友，缺乏必要的生活常识，听不懂教授的英语，一切都陌生得令他绝望。十几年前，前往美国读本科的中国留学生还很少。性格再孤僻些的，哪个圈子都融不进去。

Steve和阿文的相遇极其普通。两人只是一同打工的“工友”，在一个杂乱而陌生的语言环境中，能用国语顺畅地交谈。因此谈得略多一些，成了朋友，彼此给过一些帮助，当时看来很重大，年头久了却也并不刻骨铭心。或许所有的感情大都如此，又或许只不过是小孩子长成大人了。

他们认识的半年后，阿文获得一笔来自加州大学洛杉矶分校的奖学金。因此转学去了洛杉矶。Steve受不住阿文的鼓动，也追随着去了。年轻人之间的情谊原本更真挚些，孤独的异乡又是催化剂。Steve在阿文的公寓里落脚，没日没夜地打工，勉强负担突然加倍的学费和生活费——即便是对异乡最亲密的伙伴，他也不愿在财政上有所亏欠。他们有时谈到未来：一同旅游和创业。即便不创业，在同一座城市工作也不错。然而，突然有一天，阿文把所有会讲中文的朋友都请到日料店，宣布他将放弃学业，回台湾去继承家业。之前没和 Steve 商量，甚至没有任何暗示。

Steve 愕然发现，原以为的情谊其实并不存在。未来的那些计划也不存在。急需设法谋生的其实只有他自己。“哥们儿”这词是北京话，原本是他教给阿文的，阿文一直说不标准。也许他根本就不可能教会。Steve 有被欺骗的悲伤，却找不到可以发作的立场。他原本不善言辞，也向来没有胆量多言。他就只能沉默着喝酒。当二十多小时的宿醉突然消失，他仿佛获得了新生，瞬间明白过来：他也该离开美国，去做另一个人。他没什么东西可以继承，却有不少东西可以舍去：他的懦弱，他的自卑，他的情谊。他本来就不需要任何感情：母亲在他五岁时抛弃了他，父亲在他二十岁时撒手人寰。这个迫不及待去继承家业的“哥们儿”，原本就不值一提。

所以这龙关小镇上遥遥瞥见的售楼经理不可能是阿文。此时他该住在台北的豪宅，开着欧洲的豪车，穿阿玛尼西装，给妻子买卡地亚的首饰。他不可能穿着粗陋的工服，在珠三角的某个无名小镇上卖房子。即便是十一年前，大家都只穿大卖场的打折牛仔裤的年代，阿文也是最精致的一个，一头寸发时常修剪。那时最不堪的是 Steve，穿国内带去的旧衣服，两三个月才找中国学生会的同学帮忙理一次发，和现在全无任何相似之处。那时的他甚至不叫 Steve，他也不姓周。那时他姓夏，叫夏冬，典型的大陆穷学生的名字。Steve 已经和那一切一刀两断了。

“先生。先生？”售楼小姐重复了两遍。Steve 把目光从窗外收回来。

“经理可能临时有事走了。您要不要明天再来？或者给我您的电话，我让经理给您电话？”

Steve 摇摇头：“不用。我明天再来。”

Steve 又向窗外瞥了一眼。他知道售楼小姐正看着他。他本该目不斜视地转身走掉，却还是忍不住瞥了这一眼。计程车正缓缓驶远，车里一片模糊。

Steve 向售楼小姐微微一笑，转身迈开大步走出售楼处，面前却突然跳出一个人影子，是个面色苍白骨瘦如柴的男孩，瞪着大眼睛惶恐地看着他。Steve 吃了一惊，却没停住脚步。他知道售楼小姐正注视着他的背影，而且小姐看不见那个孩子。只有Steve才看得见他——他就是从Steve身体里跳出来的。他们共处同一个躯体很多年了。令Steve吃惊的是，那孩子居然挣脱了枷锁，再次跳了出来。Steve在多年前就成功地禁锢了他。自那时起，这个躯体去掉了多余的感情，制定了明确的目标，变得强大无比。他参与了上千次秘密商业调查，建立和管理着一支由天才组成的队伍，他战无不胜。这躯体里早就没有能让那孩子跳出来说话的余地了。

Steve面无表情地大步前行，像是遇见障碍却并不打算制动的火车头。那孩子转眼间消失了。豁然一片蓝天。Steve已经来到热腾腾的大街上了。

街上依然闷热而空旷，四周看不到计程车的影子。Steve转身沿着马路前行，眼角的余光穿透售楼处的落地玻璃窗：售楼小姐仍站在窗前——该是在看他，不然就坐下了，本来不是很困的吗？Steve仔细回忆刚才的自己：确实有个小插曲，但以他的职业训练，不足以给小姐留下太怪异的印象。她为什么要一直盯着他？

Steve再次环视四周。售楼处孤零零立在一片杂草丛生的空地中央。项目尚未动工，只有一个售楼处。龙关镇并非大城市，这里更不是闹市。这项目的确有些新奇。而且，黄美珠为什么要来这里看房子？

手机铃声突然响起，音量并不大，却让Steve一震，仿佛半梦半醒之人被闹钟彻底惊醒。

“Steve，见过客户了吗？”手机里传出苏珊的声音。她怎会突然打来电话？按照惯例，把项目扔给Steve之后，她就万事大吉，坐等Steve交调查报告了。

“见过。一切顺利。”Steve简短作答。其实顺利与否对坐在北京的女老板而言无所谓，不顺利她也帮不上忙。她关心的肯定不是这个。

“嗯，Steve，你明天能回北京吗？”

这才是苏珊要说的，但出乎Steve的预料。Steve原本是准备三天后返回北京的：弄清客户的用意，做一些初步调查，制定整套的行动计划，三天已经满打满算。不到一天就走，岂不是要让银河东莞的客户更加失望？

而且，不正是因为GRE的大老板这两天在北京，苏珊才把Steve

打发到外地的？即便没有银河东莞的项目，她也必定会安排一些别的差事给 Steve。莫非是办公室出了什么紧急的事情，或者有更重要的项目需要 Steve 来参与？总裁只在北京停留两天，如果 Steve 明晚抵达北京，也未必还见得到。

“我可以赶在明晚到达。”Steve 向来善解人意，尤其对于上级。不然他也没有今日在 GRE 的地位。

“不不，明晚就太晚了。能中午到达吗？或者最迟下午？比如，三点以前？”苏珊稍事停顿，清了清嗓子，似乎有点儿不情愿地说，“是杰森，我们的 CEO，他说，务必要见到你。”

Steve 吃了一惊，居然是总裁要召见。他来北京这么多次，这还是头一回。为什么呢？中国区的结构不是一直很清晰吗？苏珊是老大，Steve 是她的二把手。中国人自一百多年前就在自己的土地上为洋人当二把手，洋人早习惯了这样的方式。总裁为何突然想到要越级召见 Steve？

“必须要赶回去吗？”Steve 试探道，“客户可能不太满意，因为调查计划还没准备好。”

“Steve，杰森的确很希望见到你。”苏珊用尽量平缓的语气，听上去却并不自然。Steve 心里很清楚，她的确不希望他赶回来。

“明天上午的航班未必还能订到票。”Steve 继续善解人意。

苏珊却突然坚决起来，不容反驳地说：“那就订头等舱。反正需要在下班前赶回公司！”

“好！”Steve 回答得很干脆。既然如此，就去见见总裁大人也无妨。Steve 脑子里突然闪出那荒地里的售楼处。他本打算明早再到那里去的，尽管那售楼小姐好像起了些疑心。

5

Steve 订了 11：30 起飞的航班。

如果按照苏珊的要求——能在下班前赶回公司，这就是最晚的选择。中午起飞，下午三点抵京，到公司估计最早也要四五点了。其实 Steve 不喜欢过于紧张的安排，更早的航班自然是订得到的。可他实在不能不再去一趟青林雅墅，那座孤零零的售楼处，有些让 Steve 寝食难安。

Steve 八点半到达青林雅墅。自然是打车，没搭阿强的别克。尽管按照原计划，阿强将于八点四十等在酒店门外。只能让他白等了。Steve 有种预感，事先让银河东莞的三位领导知道自己的动向，他们不但要大惊小怪，还会立刻派人在他眼前出现。索性到了机场再打电话通知他们，自己必须马上赶回北京去。

昨天那位售楼小姐休息，换作另外一位。但仍是只有一位，在空旷的大厅里游荡。仍是满脸倦意，似乎尚在梦游，费了些力气才听明白 Steve 的来意——昨天来过，今天回来找经理谈价。Steve 没再提银河东莞，没有必要。昨天那位小姐已经有所警觉，尽管 Steve 不能确定是何原因。

小姐和经理通了电话，看样子这次经理就在里间。Steve 心情莫名地紧张，这让他很有些不适，暗暗怪自己小题大做。况且，昨天瞥见的那位经理，绝对不会是阿文的。

今天的值班经理果然不是 Steve 认识的人——是个大腹便便的矮个子中年人，并非 Steve 昨天看见的侧影。Steve 对胖经理说："昨天那位小姐让我找另一位经理。"对方不解道："是老李吗？昨天下午是他值班。可为什么必须要找他呢？"

那人姓李。阿文并不姓李。Steve 暗暗松了一口气，却又莫名地有些失望："这里只有两位经理？您和李经理？"

"现在只有我了，李经理调到外地去了。"胖经理微微皱眉，表示正对李经理的问题失去耐心，"找我也是一样的。有什么能帮您？"

Steve 又把昨天下午编好的故事重复了一遍，这让他感觉很乏味：也许这地方并没有任何价值。黄美珠只是随便看看，或者是陪朋友……有一百种可能，每一种都和黄美珠的失踪没什么关系。而且，这里和阿文也根本不会有任何关系。

Steve 找个借口告辞，转身走出售楼处，背后并无声响，胖经理应该还站在原地。这不太符合常理。他该走回办公室里去，或者和售楼小姐说些什么。都没有。什么声音都没有。Steve 的直觉告诉他：这里还是有些奇怪之处的。

Steve 继续走向售楼处的大门，维持均匀的步伐。售楼大厅似乎明亮起来，许多细节跃入眼中：没发现保洁员，桌面浮着一层灰尘，烟灰缸和垃圾桶是从昨夜就一直空着的。看来光顾这里的客人很少，此等豪华的别墅地产，本镇的普通居民自然不会有兴趣。但黄美珠除外。

其实，有钱人会感兴趣吗？落地窗外是一片杂草丛生的野地，却并没有停车场。为何不设计一个？有钱人来看房子，难道不开车吗？

除此之外并无其他不妥。室内的装饰正如一切售楼处，墙壁上悬挂着大幅宣传广告、设计蓝图和宣传画，大门拐角处还挂了一张销售人员的集体照，上下两排，每排五名，一共十名。这售楼处真的不像是能有这么多人上班的。这么多细节，昨天怎么都没看见？

销售人员的照片！

Steve 不动声色地走出大门，那些照片和照片下的小字已被目光扫尽。第一排第三个，肤色黝黑，面目沧桑，发型的确过时，大概是龙关镇路边小发廊的作品；脸上泛滥着笑，从眼角到两腮褶成了梯田，有些谄媚的意思，卑卑微微的。

但 Steve 还是瞬间就认出来了。就算精干的寸头变成过时的长发，就算眼角和两颊多出许多裂痕，就算他看上去仿佛老了二十岁，变成不修边幅的中年人，Steve 还是能认出他！阿文！他居然把名字改成了“李怀安”。

李怀安？

Steve 大步走出大厅，留下毫无悬念的背影。售楼小姐和胖经理一直目送那背影出门，却并没看出来，Steve 的双腿正变得僵硬。他用尽全力驱感一切念头，有个念头却无论如何赶不走。这是 Steve 和那个叫作夏冬的孩子都共同关心的：

阿文怎会变成这样？

*

此时此刻，一列飞奔的红皮火车，正沿着京广线向北疾驰。

在软卧车厢狭窄的走廊里，一个房屋中介打扮的中年男人，正背靠在包厢门外，把手机贴在耳边，脸上堆满谦卑的笑容：

“这……不太方便吧？把办公室租在国贸……”

“这有什么不合适？”电话里是个苍老沙哑的声音，“你到底有什么问题嘛！直接说出来嘛，不要吞吞吐吐的！”

“没问题！就在国贸好了！”

“真的没问题？”

“真的没问题！”男人不禁立正了身体，仿佛要向两千公里之外的谁表明决心。

“那就好！你这次去北京，任务非常重大！不仅要搞定中原，还要尽可能弄清 GRE 的动向。不要让他们破坏我们的计划！明白吗？”

“明白。”中年男人轻声应答。老人却似乎并不满意：“你知道，为了这块地皮，我们把一切都赌上了！”

“明白！”这一次回答得很坚决。

“那就好！那女的怎么样？”

“在包厢里，睡了。”

“嗯。万事小心！这是一场危险的游戏！”

这最后一句格外低沉沙哑。男人垂下拿着电话的手，眼角的纹路渐渐凝固。车窗外，朝阳下的田野明亮透明，树木的枝杈都像镀了金。他不由得看得痴了，目光仿佛穿过那金色的画面，伸向更远的地方。那里尚未天明，月光穿过树林，落在地面的厚雪之上。雪面上有一串深深的脚印，深得像是雕刻在石壁上，永远也不能磨灭。

第二章

意外重逢

1

“Steve！你终于回来了！”苏珊看见Steve挎着电脑包拉着箱子从门前经过，挺直身子高声叫道。她办公室的门开着，像是故意为了要看见Steve经过似的。苏珊露出一个巨大的笑容，像是有双无形的手，猛地把她的小尖脸上下撕开了。西方人的笑肌通常比中国人发达，因为从小就强化训练。这笑意也未必都是假的。Steve毕竟是她的左膀右臂。她只不过不想让这“胳膊”取代“大脑”罢了。

GRE的创始人、董事长和总裁杰森·布朗（Jason Brawn）是个身材瘦小的白人老头，金发碧眼，额头和眼角皱纹密布。人虽瘦小，面容却充满智慧，令人想到爱因斯坦。但他并非犹太人。他拥有纯正的英格兰血统，三十年前，他还是纽约一名专门负责商业欺诈案件的检察官。后来，他创立了一家专门为华尔街那些大银行和投资商提供商业调查的小公司，并用十几年的时间，把这家三人小公司变成了数千人的跨国企业。他不但创立了GRE，也创造了秘密商业调查这个行业。尽管GRE是一家上市公司，拥有十几家大财团股东和成千上万的小股东，他却始终拥有至高无上的权力。

杰森和Steve握手，笑容的幅度并不亚于苏珊。但这并不能让Steve感到愉快。Steve加入GRE十年，从小调查师干到中国区二把手，今天才头一次见到CEO。他是GRE全世界所有副执行董事里最后一个和总裁握手的人。这只能说明一件事：苏珊不想让Steve见总裁，总裁也从没想过要见Steve。但现在又为何突然改了主意？

莫非和东京发生的事情有关？

东京办公室的负责人马克，违规雇用黑社会作为服务提供商。Steve已经拿到可靠证据——马克和羽村的谈话录音。Steve知道东京之行已经把自己暴露给了马克，使马克处于被动境地——马克向羽村家族提供了信息不实的报告，导致羽村家族在股市的投资遭遇重大损失。羽村家族可不是好惹的。Steve 本不喜欢把事情做绝，但他必须完成任务——这可不是苏珊给的任务。

总裁杰森在这个节骨眼上要面见Steve，莫非是对此事有所察觉？作为杰森一手提拔的亲信，马克算是给大老板挖了个巨大的坑。

“Steve，我都等了你一下午了。很遗憾，我必须马上去机场了。”杰森把笑容收敛了些，竟有些慈父的意味。老实说，这让 Steve 更觉得别扭。

“我非常抱歉。”Steve 微微颔首，心中却并无歉意。没时间多聊其实更好，他不想在此时节外生枝。

“所以，我想，”杰森稍事停顿，俏皮地眨眨眼睛，“也许，你并不介意亲自开车送我去机场？我听苏珊说，你的车很舒适。”

“当然！非常荣幸！”Steve 点头，心中却愈发诧异。杰森是想在更私密的环境里和他独处？这意味着什么？

Steve 和杰森走出专为杰森准备的临时办公室。苏珊正垂手站在门外，好像一直在等。杰森朗声对苏珊说：“我要占 Steve 的便宜，请他开车送我去机场了。你可要给他报销汽油费！”

苏珊哈哈一笑，同时用生硬的中文叫道：“方！帮杰森把箱子搬下楼！”

走廊里随即闪出一个中年胖子，油亮的笑脸仿佛盛开的花。胖子用带有北京口音的英语回答：“OK，没问题！”此人姓方，是 GRE 北京办公室的高级调查师，也是元老级的员工。老方曾经当过警察，是个有实地调查经验的老调查师，但英语太差，又不会使用电脑，最近这些年工作量越来越不足，给 GRE 北京办公室的总绩效拖后腿。Steve 灵机一动：“保险箱”这种有点儿不太符合 GRE 专长的项目，正适合老方来做的。

杰森带头向公司外走，脚步有些急，好像担心赶不上飞机。Steve 看了一眼自己的办公室，电脑包和箱子都扔在里面。苏珊正跟着杰森和老方走出公司，已比 Steve 领先了好几米，此时突然回过身：“Steve，还回公司来吗？我想跟你谈谈东莞的案子。”

“送完杰森我就回来。”Steve 回答得坚决。当然要回来。苏珊表面是在发问，实则是命令。东莞的案子其实没什么好谈的：毫无进展，

Steve却临阵脱逃。银河东莞的经理李约翰本来就对Steve有些成见，此时必定火冒三丈。Steve在临登机前打电话给李约翰告知行程有变，对方没说再见就把电话挂断了。看样子Steve明天必须得再赶回东莞去。

Steve快步赶上杰森一行，一起走出公司。电梯来了，苏珊也陪着一起走进轿厢:“我送你们到停车场。”

Steve心中明晰:有关这趟送机，苏珊和杰森早就商议过了——这是专门用来给杰森和Steve独处的机会，苏珊故意回避。Steve隐隐有些不安，仿佛遗漏了什么重要的东西。他很想返回公司去检查一下到底遗漏了什么，但为时已晚。电梯已经降到一层，轿厢门正向两边分开。

门外站着一个穿西装的男人，正急着钻进电梯来。

Steve和那人四目相对，心中不禁猛然一震!

是他！青林雅墅售楼处的销售经理，李怀安。还是那身粗陋的打扮，一头很久不曾仔细打理的头发，还有急急忙忙的姿态，并没遵守先下后上的基本礼仪。即便是在房地产销售者里，他也算是素质低的。

但他们近在咫尺。Steve已毫无疑问，这就是他曾经再熟悉不过的人。上次这样彼此对视还是十一年前。那时他还叫阿文。林俊文。

难道青林雅墅那位胖经理口中的“外地”正是北京，而且他偏偏在此时搭乘国贸A座这部专供高楼层使用的电梯？这是偶然吗？

Steve内心惊诧，外表却波澜不惊。这要感谢他多年调查师的素养，连他自己都对自己外表的平静难以置信。对方却并没有调查师的素养，早难以克制惊异之情，顿时目瞪口呆，过了半秒，口型微微一变，Steve已判断出他要说什么，连忙抢先开口:“哎呀！是你！还记得我吗？ Steve Zhou！”

Steve迅速向他伸出手。杰森、苏珊和老方就站在他身后。他不能让这位“李先生”叫出当年的名字——这里没人知道那名字。更何况，那名字本来也不属于Steve。它的主人早就被Steve押禁在最深秘的角落了。

对方眼中生出一丝不解，但瞬间就化解成无限的笑意，眼角随即裂变出许多裂缝来。他用力抓住Steve的手，笑道:“Steve！好巧啊！真没想到，在这里遇到你！”

"是啊！好多年没见了！"Steve故意把每个字音都发得理直气壮。苏珊能听懂简单的中文，老方就更不必说了。多年不见，关系自然不密切。这只是巧遇罢了。

"对啊对啊！你这是……在这里上班吗？"他的音色没变，口音却变了，一丝台湾口音都没了。

"不，去机场送我的同事！"Steve侧身展示身后的几位，顺势抽出手来，手背仍滚烫着，热流顺着胳膊上行，半个身子都僵了。

"噢噢！那快忙！回头聊！"李怀安说罢侧身让开电梯门。他比十年前略胖了些，脊背也有些弯了。岁月对他显然是过于严苛了。

Steve微笑着点头，引领几人走向通往地库的电梯。Steve没再回头，后背热辣辣的，好像被激光穿透西服、衬衫、肌肉和骨骼。十几年不见，却竟然还有一些默契，能够完成一场小小的即兴表演。尽管他们谁都不清楚，对方现在到底是谁。

Steve就只知道他现在叫李怀安，是林氏地产在大陆的一名普通员工，一个穿着邋遢不修边幅的中年男人，有着多年销售工作培养出来的卑微的笑容，走到大街上立刻就会被人流淹没，没人会多看他一眼。除此之外，Steve对他一无所知。

在某一瞬间，Steve甚至再次怀疑自己认错了人，但他突然听见一个孩子的呐喊：没错！就是他！阿文！ Steve吃了一惊，知道是被自己关押的孩子又在不安分，赶忙微微摇了摇头。他绝不能再随便把那孩子放出来了。

2

"Steve，你知道，我一直很期待见到你。"这是总裁杰森·布朗在Steve车里说的第二句话，就跟第一句一样地缺乏诚意："Mercedes！是辆好车！"

其实根本不算好车，尽管花掉Steve四个月的薪水。奔驰C260，四十万人民币，在北京大街上完全算不上奢侈。Steve并不在乎车的牌子，也不在乎原产国和中国人民有没有世仇。不论民族还是个体，都不足以让他动用感情。早在多年之前他就下定决心：要做个冷漠无情的人。只有如此，他才能变得强大。

也正因如此，Steve也并不喜欢任何新鲜事物。苹果手机、微博、3D电影，这些都和他无关。除非那东西能帮他完成调查项目。他也不喜欢任何人。熟人、同事或者陌生人。除非那人能帮助他获取秘密，值钱的秘密。

所以Steve不喜欢任何人进入自己的世界，包括自己的车里。更不必说是杰森这样的人。尽管GRE的每个员工都期待能有机会和总裁同车。当然，Steve很清楚怎样掩饰这种不喜欢。他善于掩饰自己的感受，不论那感受是好是坏。以至于有时候连他自己都分不清，他到底是在掩饰，还是根本已经不在乎好坏，或者分不清了。有人说这是退化，但Steve认为这是进化，是一个真正强大的人所需要的。

Steve不言不语地开车，保持均匀车速，同时尽量避免被人加塞。在北京开车就像电子游戏，充满着各种意外。下午五点，高峰将至，京通快速路已水泄不通，勉强留出一条装满摄像头的公交车道。Steve没走公交车道，尽管他知道如何避开每个摄像头，也希望早点儿把总裁送到机场。但他不想让总裁看出这个想法，更不想让总裁觉得他为了达到目的不惜破坏规则。

反正总裁看上去也并不着急。

"Steve，我能问你一个问题吗？"杰森轻声发问。Steve知道他终于要言归正传："当然。"

"'丽江'那个项目是你完成的？真的令人印象深刻啊！"

"谢谢！"Steve耸耸肩，稍显腼腆，恰到好处，"我只是尽力配合大家。"

那项目发生于两年前。GRE有个共识："丽江"是近年来GRE承接的最艰难也是最危险的项目之一。客户是德国一家医药公司，雇用GRE秘密调查一个跨国假药制造销售网络。项目由GRE全球负责反欺诈调查的副总裁尼古拉斯·维德领导全球七个办公室共同执行，最终发现那企业的工厂隐匿于中国云南那些刀砍斧凿般的大山里。Steve单枪匹马冒充采购商进入工厂，偷拍到内部设施并窃取了假药的样品，并把这些证据提供给中国警方，里应外合端掉了那家年产量上亿美金的黑工厂，也为GRE顺利赚回二十万美金的佣金。

"哈！你很谦虚啊！尼克跟我说过很多次了！那都是你的功劳！"

"尼克过奖了。"Steve继续认真开车，不动声色。尼克是尼古拉斯的昵称，领导"丽江"项目的全球副总裁，也是杰森之外在GRE权力最大的人。

"你觉得尼克怎么样？"

杰森话锋一转。Steve若有所悟：或许这才是总裁的本意——了解尼克的动向。就像苏珊也常要关注Steve的动向。"臂膀"有时并不安全。但总裁怎会找上Steve？仅仅是因为两年前"丽江"项目的合作，还是总裁已经察觉了Steve和尼克之间秘密的联系？

"尼克是个很有魄力的领导，能力非常强。"

"就这些？"

"老实说，我并不了解尼克，也没见过面。只和他一起做过那一个项目。仅就那次合作而言，他给我留下了这样的印象。"

Steve轻描淡写地回答。但事实是，通过那次合作，他和尼克互相留下了异常深刻的印象。他们都明白，自己在GRE的前途与对方有关。

"噢，是这样。"杰森把头缓缓靠向头枕。Steve凝视前方，并不侧目去看，可总裁身体发出的细微声响告诉他：总裁对他的回答并不满意，不会就此罢休。

果然，杰森的头再次离开头枕：

"你说得没错。尼克是个非常有能力的人。当年他只是纽约办公室里一名最普通的调查师，但他的表现很突出，所以我让他跟着我，亲手教他很多东西，帮他成长成为公司里坐第二把交椅的人。在GRE，真正有能力的人是不会被埋没的。比如你。Steve，我们都知道，你是很有能力的人。"

"谢谢！我会努力把工作完成得更好。"

Steve说着"标配"台词，心中已基本明白总裁的意思：尼克再有能力，也仍在总裁的手心里。有能力的人只有靠着总裁才能在GRE更有前途。但仅仅听出潜台词是不够的——Steve的大脑正飞速搜索潜台词背后的含义：莫非，总裁怀疑他和尼克暗地勾结，所以在"策反"他？

但这正说明总裁早已怀疑尼克，并且了解到尼克和Steve联系密切。Steve和尼克在执行"丽江"项目的过程中的确接触过几次，但之后的所有联络都只通过私人手机和邮箱，并没在GRE的服务器里留下任何痕迹。看来，仅仅是两年前的那次紧密合作，就足以令总裁对尼克和 Steve 之间的关系忧心忡忡。这也同时说明：总裁和尼克已经势不两立了。

但既是如此，总裁就更不会信任和尼克有过任何联系的人。更何况，Steve 又是一个跟尼克一样“真正有能力的人”。Steve 很清楚尼克已经是杰森心中的敌人。而自己，也因此上了杰森的黑名单，在 GRE 再无翻身之日。杰森现在向他示好，只不过是想把他当成个卒子。以前无关痛痒，现在加以利用，以后严加戒备。

杰森微微一笑，再没说什么，直到抵达机场。

这多少让 Steve 有些意外，他本以为杰森还会继续说些什么，比如进一步试探 Steve 的态度，或者继续聊一些有关尼克的事情。杰森却没有。“策反”的工作只开了个头，就莫名地结束了。总裁此行的目的到底是什么？

Steve 帮总裁取出箱子，和总裁握手道别，中规中矩，不卑不亢。杰森拍了拍 Steve 的肩膀，像是为这次短暂而诡异的会面画上句号。

Steve 驱车返回公司，脑子里走马灯似的变换着问题：总裁，尼克，苏珊，黄美珠，还有李怀安。除了黄美珠，别的都算不上是迫在眉睫，却让他更加耿耿于怀。黄美珠只是一个项目，如同他做过的近千个项目。但其他几个问题却没那么简单。

回到公司，苏珊的办公室已关灯锁门。前台秘书琳达告诉 Steve，苏珊有急事先走了。

Steve 心中诧异：苏珊是在耍他？莫非，她另有所图？Steve 若有所悟：难怪自己刚才离开公司时会感到不安！他疾步走回自己的办公室。旅行箱和电脑包都还放在原地，Steve 的心脏却狠狠一沉：电脑包已经被人打开过了，再细微的变化也逃不出他的眼睛——他从不把拉锁拉到底，现在却完全拉紧了。这些都是事先策划好的——让他务必在下午赶到公司；让他开车送杰森去机场，再返回公司来，因此可以安心把电脑留在公司！

电脑硬盘想必已经被复制过了。自己已经成为了目标——总裁和苏珊的目标。

其实这也没什么可奇怪的。GRE 的每个员工都有可能成为被调查目标：被对手查，被客户查，或者被老板查。Steve 只是没想到，苏珊已经荣升为总裁的心腹。以前只当她喜欢在总裁面前表现，看来只要表演得多一点儿，南郭先生还真能变成大腕。

无论如何，Steve 的判断千真万确：他已经上了杰森的黑名单，在 GRE 再无前途可言。

Steve 让自己保持镇定，并不怎么惊慌。他的手提电脑里也没什么不能让总裁看到的。和尼克的联络怎能通过公司电脑？只不过，他得和尼克通个电话。他们已经成了一根线上的蚂蚱。尼克早该知道总裁不是朋友；但他或许尚未意识到，总裁已经开始行动了。

Steve 抬手看看表：北京时间晚上七点半，纽约时间早晨七点半。当然不能使用办公室的座机，或是公司发的黑莓手机——表面是便利的特权，实则是枷锁和耳目。即便使用私人手机，也不能在公司附近。Steve 背起电脑包，拉起行李箱。电脑包其实再也不必拿回家。但他不能让别人发觉自己突然改变了习惯。Steve 径直走出公司，走进电梯。电话得到楼外去打，找个安全僻静之处，自己的车里也不行——总裁刚刚“光临”过，不知会不会留下什么嗅觉灵敏的“小玩意儿”。谁也说不好，GRE 的总裁会不会亲自做一次调查师该做的活儿。这辆车子需要彻底检查。电脑包和行李箱也得查。家里有工具，这里没有。

电梯门在一楼左右分开。

门外却又站着那形如房屋中介的中年人。仿佛时间倒流，两小时之前的事情再度重现。只不过这一次，那人并未打算要走进电梯，而是站在四五米开外。他是在特意等着谁。

这回电梯里就只有 Steve 一人。两人因此少了些顾忌，也就无需再像刚才那般默契。

“Steve Zhou？”那人张大眼睛，黝黑的额头上出现几排梯田。如果换身衣服，说他是个农民也不会过分。

“你呢？”Steve 反问。其实，Steve 知道他现在使用的名字。

他尴尬地笑了笑，露出一口漂亮的牙齿。只有牙齿还和当年一样。他递上一张名片。

李怀安／总经理助理

林氏地产集团北京分公司

“李怀安。”

李怀安低垂了目光，仍咧着嘴笑，比通常的销售更谦卑些，仿佛多了一层含义，是 Steve 看不懂的。

为什么改叫李怀安呢？ Steve 扬一扬眉，心中无端地升起一阵烦躁：人家叫什么与你何干？安阿伯又与你何干？这楼里的任何人都不知道安阿伯和 Steve 有什么关系——整个 GRE 都以为他是在中国土生土长，和美国没有半毛钱关系。这要感谢十年前，进入 GRE 完成的第一个项目：他被派往香港秘密工作了三个月。为了保密，当时的上司建议他使用假名完成那个有些敏感的项目。三个月后，全亚洲的同事都知道，新建不久的北京办公室来了一名叫作 Steve Zhou 的年轻人，就任三个月就完成了一项几乎是不可能完成的调查任务。Steve 当时的上司——另一位元老级的人物——对 Steve 说：索性以后你就叫这个名字吧！作为全新的开始！一个真正的调查专家最好没有任何历史。Steve 这名字得以沿用，一切就是从那时果真重新开始了。

电梯门等得不耐烦，自顾自地合拢。李怀安忙抬手撑住它：“现在，是要下班了吧？”

他在没话找话，十足的销售范儿，却算不上是足够敬业的：西服皱皱巴巴，皮鞋擦得并不干净，还有头发——最糟糕的就是头发。起码一个月前就该找个像样的地方剪一剪。Steve 愈发觉得烦躁，甚至有那么点儿腻味。不论这无话可说的邂逅到底是不是偶然，他想一走了之了。

“今晚有个电话会议，明早还要出差。”

“哦，很忙啊！”他的双眼黯淡下来，讪讪地闪开身子，“那是要早点儿回家去的！”

Steve 快步走出电梯，脚下又有些迟疑。李怀安果然快步跟上来，陪他一起走向另外一部通往地库的电梯。也许算不上是默契吧！ Steve 这样告诫自己。

“为什么是 Steve？”走到电梯门外，李怀安突然开口。Steve 暗暗吃了一惊。他竟然和他怀有同样的疑问。Steve 敷衍地一笑说：“需要一个英文名字，第一个想到它。”

“和咱们实验室的那个 Steve 有关系吗？”他又在讪讪地笑。眼睛里充满试探，仿佛在说：这套房子您满意吗？而且他用了“咱们”，而不是“我们”。这不是台湾人该用的。他竟然彻底变成大陆人了。当年，他们共处了那么久，那么多时时刻刻，他也没学会一句北京的方言。Steve 耸耸肩，不置可否。电梯门终于开了，Steve 急着走进去，坚决而潇洒。他顿了一顿，再转回身来。李怀安站在电梯门外，脸上保持着一成不变的笑容，他说：

“我还是喜欢夏冬这个名字。”

“这里没人知道那个名字。”

电梯的金属门把那尴尬的笑容关在外面。钢索拖动电梯，发出均匀平滑的声音。Steve 长出一口气，闭上了眼睛。

*

密歇根大学实验室的那个“Steve”是个美国白人，是台湾教授手下唯一一个非华裔的学生。当然那美国人分不清楚。其实十几个华裔里，有一个和其他不尽相同。他来自大陆而非台湾，他也并非研究生而是本科生。他叫夏冬。是阿文介绍他到这所实验室里来工作的。本科生本来就很难找到实验室的工作。多亏了阿文在教授面前大力美言。本科生无法独立完成科研项目，只有给更资深的博士研究生做助手。夏冬被安排在美国本土博士研究生 Steve 的手下，每周工作十二小时，收入六十美元。Steve 腼腆而安静，总是默默地做着实验。夏冬也默默地帮着他。实验室里总是非常安静，就像根本没有人。直到楼道里传来一连串喷嚏声——阿文夏天花粉过敏，他常要找借口路过这间实验室，顺便塞给夏冬一袋麦当劳的外卖，或是一杯星巴克的热拿铁。

后来，夏冬回到北京，加入一家叫作 GRE 的公司。当他的老板对他说：“我需要你去一趟香港，大概要住三个月，不要带自己的电脑，其间不能和任何朋友或家人联络。另外，你最好给自己起一个新的名字。”他一下子想起那楼道里传来的声音：Steve！冬！你们在吗？罗教授叫你们去……阿……嚏！

3

“大约两个半小时之前，他搭我的车去机场……”

Steve 把手机贴紧面庞，用极低的声音说。那是一只简陋的翻盖手机，早已过时多年。GRE 为总监以上的领导配备最新款的黑莓手机，也可以选择苹果手机。Steve 既有黑莓又有苹果，算是公司对他的特殊优待。他却并不打算依赖它们。真正供私人使用的手机，不该注册在公司名下，更不必拥有太多智能。

Steve 正独自站在河堤上。这是一条狭长的城市花园，一侧是沉寂如镜的河水，另一侧是车灯川流的二环路。奔驰车停在几十米开外。二环路上的车灯太亮，反倒使这不久前重新整修过的河堤显得格外幽暗。

"他想要重用你！"GRE 全球副总裁尼克说话喜欢直截了当，声若洪钟，像是在发号施令，与他的老板杰森风格迥异。但这一句却显得颇有些口是心非。

"你知道他不会重用我。苏珊复制了我的硬盘。我现在是目标。"

"像你这么能干的，在 GRE 难免成为目标。"尼克对 Steve 的才华和能力早已赞赏有加。

"但我并没想过要和谁为敌。"

"可有人一直对你严加防范。"

Steve 知道尼克指的是苏珊。只要苏珊在，Steve 就永远只能是 GRE 中国的二把手。苏珊虽然和总裁的关系突飞猛进，但毕竟仍在 GRE 的权力核心外围游荡。中国虽是最重要的新兴市场，但距离纽约太遥远。苏珊在 GRE 的前途已基本无法超出亚洲区，但总比 Steve 强。Steve 说：

"但现在，我在 GRE 更没有前途了。"

"让我修正一下，"尼克故作停顿，"是在杰森所领导的 GRE 里更没有前途。"尼克故意拖长了"杰森所领导的"几个字。Steve 当然知道尼克的用意，但他从不接受暧昧的承诺，承诺必须简单干脆："尼克，之前我还以为，你是在为杰森办事的。"

"Come on，Steve，你不会以为我花这么大的气力，就只是想针对马克吧？日本办公室算得上什么？"

Steve 的猜测是对的：尼克是想通过挖掘马克的劣迹来推翻杰森的领导。但这件事需要仰仗 Steve。

"但这件事没那么容易。"

"是的。所以我需要你。"尼克再次短暂停顿，"你说，马克现在打算怎么办？欠了日本人那么多钱。"

Steve 沉默不语。他能猜到马克要怎么办：给羽村家族更多赚钱的机会，即便 GRE 日本公司本来就没有那么多生意。就算假造一些合同出来，反正一时半会儿也不会被总公司发现。当然这只是猜测，Steve 并无真凭实据。猜测是不该随意说出来的。

"有办法弄到证据吗？"尼克再度开口。聪明人之间的交流，常常无需过多的语言。

Steve 沉默片刻："我得再去一趟东京。"

"你不是已经被马克发现了吗？这样不是会有风险？"

"中国人有句话：不入虎穴，焉得虎子。"

"哈哈！"尼克笑道，"那位直子小姐，是不是真的很美？"

"是的。"Steve 也微微一笑，"不过，得过几天。我手头有工作。"

Steve 马上要去的是东莞。

十年的职业生涯正在接近最关键的时刻，不能容许发生任何闪失。"保险箱"虽然只是个不起眼的小项目，却让 Steve 隐隐感觉到异样：貌似不相干的事情突然发生。比如十几年不曾联络的熟人突然出现，从龙关镇到北京国贸，如影随形。

这倒真让他产生了些兴趣，无论如何也得把这案子做下去。看来，果真得把老方派上用场了。

Steve 收了手机，从从容容地走向车子。初秋之夜，微风拂面，河面却不见波纹。三十年前，这河堤只是长满杂草的土坡。河水散发着难闻的臭气，水面漂浮着一团团油迹，草丛里的蛙鸣此起彼伏。这些其实都与 Steve 无关，只不过是留存在记忆里的图像，无意间被 Steve 调取。十一年前，某架越洋航班在首都机场着陆的一刻，这躯体已更换了主人。他所看到的这座城市，与记忆库里的老图截然不同。一切都已变化，翻天覆地。这本来就是宇宙的公理。人更是要变的，名字都变了。

李怀安。林氏集团北京分公司的总经理助理。

按照记忆库的信息，从密歇根大学到 UCLA[①]，他曾是每一所名校

① 加州大学洛杉矶分校。

的高材生，研究高级控制理论的博士。而且，他十一年前就回台湾去继承家业了。如今怎会沦落到如此地步？

Stevc 掏出那张名片：林氏集团北京分公司的办公地址竟是国贸 A 座 23 层。

国贸 A 座 23 层本来并没有这家公司。Steve 知道国贸 A 座里的每一间公司。作为 GRE 中国办公室的实际运营者，他必须熟悉自己的邻居。他把黑莓手机掏出来——一切和 GRE 可能产生关联的人都不该知道翻盖手机的存在，除了尼克之外。

Steve 联系了物业公司，也委托服务提供商到工商局做了核实：林氏集团北京分公司的确租用了国贸 A 座 23 层的办公室，签约时间是一天之前。林氏集团北京分公司的注册地址却在东方新天地，最近没有变更。Steve 又联系了东方新天地的物业办公室：林氏集团的办公室租期未满，至今仍未退房。

这些调查都是在护城河河堤上完成的，几个电话而已。深夜也无法阻止 Steve 获得他需要的信息。对 Steve 而言，工作就是一切。河堤和办公室并无区别。只有那个被他成功囚禁的傻孩子才会为了一条河或几棵树而动容。Steve Zhou 是强大而无情的，他不但能够统领 GRE 北京办公室，亦能驾驭一副健康的躯体，镇压住个把迷茫懦弱的灵魂。

4

“黄美珠名下没有车。最近三天也没有任何叫作黄美珠的人在东莞或深圳租过车。黄美珠在建行和工行各有一张信用卡，但这三天都没有过消费。她的手机关机了。三天内都没有任何通话或短信！”GRE 北京办公室的高级调查师老方，规规矩矩站在 Steve 办公桌边，两只胖手摆在身前，一只手指抠着另一只手背，一字一句地向 Steve 汇报，好像个汇报功课的小学生。

老方快一个月没正经项目做了，好不容易有个活儿，必然尽心尽力。早上八点从 Steve 那里接到任务之后，他把自己在“电话调查间”里关了两个小时。那是一间特殊的房间，被隔音板隔成许多封闭的小室，室内配置IP电话和录音设备。这房间是专供调查师打匿名电话用的。这种工作老方最拿手。其实老方并没有动用“特殊渠道”，但他有些特殊的手段和技巧：如果打给租车公司，他会说：是租车公司吗？我老婆租了一辆车，可她刚刚出了事故！她叫黄美珠！如果打给信用卡公司，他又会说：我信用卡三天前丢了！我不记得卡号！我叫黄美珠——老方很会学女人说话，隔着电话听不出问题。这种手段当然越来越算不上合法，所以老方也就越来越没活儿干。但“保险箱”这个项目本来就有些特别，恰巧是老方的用武之地。

“机场和航空公司呢？”Steve端坐在办公桌后，手提电脑打开了放在面前。

“附近机场都联系过了。深圳宝安、广州白云、珠海金湾，都查过了。三天内没有叫作黄美珠的人搭乘航班离港。”

“香港和澳门呢？”Steve的目光越过电脑射向老方。

“没查。不过，出入境记录是没有。”老方皱起眉头，一脸的沮丧。

Steve并没追问出入境记录是怎么查的。他知道老方自有办法，冒充了警察也说不定。这种事还是不问的好。Steve微微眯起眼，盯着老方看了一阵，突然开口说：“老方，跟我演戏呢？”

“嘿嘿！老板！真厉害！”老方哧地一笑，竖起大拇指来，“又让你看出来了！我挨个儿给航空公司打了电话。深航有个给黄美珠订的座位，ZH9003，后天夜里11∶25，从深圳飞曼谷！”

“所以，黄美珠还在那附近？”Steve依然面无表情，眼睛里却微微一亮，被老方发现了。老方连忙用力点头，得意地说：“估计是！”

“立刻订两张去深圳的机票。越快越好！”Steve把目光转向电脑屏幕。

老方一愣：“两张？您和谁的？我的？”

Steve点点头。

“可……您看，我家那口子，还有……”老方用力揉搓着手，眉毛眼睛鼻子挤成了一堆儿，圆圆的胖脸眼看着要冒油。以他此时的仪表和神态，实在不该属于一家神秘的跨国商业调查公司。GRE的调查师随时备战，绝不会对工作挑剔。当然老方的家境的确有些特殊：老婆尿毒症，常年卧床不起；女儿上大学，儿子上中学，全家就靠他一个。但GRE又不是福利院，如果真想养尊处优，当年就不该从体制内出来——老方曾经是公务员，刑警，违反了计划生育政策，不得不被迫离职。当年 GRE 刚成立不久，老方的确立过不少汗马功劳。但那毕竟是十年之前了，当年老方手下的初级小调查师，如今正坐在这张大办公桌后耀武扬威。

"等从东莞回来，多找两千块的餐票。" Steve 始终盯着自己的电脑屏幕，仿佛在自言自语。老方谦卑得有些猥琐，他不想多看。老方是一块心病，却又不能随便开刀。好在 Steve 尚且不是 GRE 北京办公室的总负责人，办公室的总绩效和他也就没那么大关系。

"好嘞！我这就订机票！给您订头等舱？" 老方的笑容立刻由衷起来。两千块的外快，小小的违规，天知地知。

Steve 盯着电脑不再吭声，就好像老方已不存在。老方也并不催促，只笑嘻嘻地站在原地，静等 Steve 的答复。在 GRE 混了十年，他最明白什么叫能屈能伸——实惠能要就要，面子能不要就不要。Steve 做的每件事都有目的，他不做的每件事也都有原因。他现在沉默不语，自然有他的原因。

Steve 果然又开口了，眉间隐隐地一抖："订你自己的票就好。"

老方连忙点头，可没敢吭声。Steve 眉间的细纹虽然轻得难以察觉，但老方很了解 Steve。他猜 Steve 心里说不定正在风云突变。

果然让老方猜中了。Steve 的电脑屏幕上是苏珊刚刚发来的邮件：

"客户说不希望你参与这个项目了。我明白，不是你的问题。但你暂时不必去东莞了，我去东莞见客户。但项目还是要你负责。OK？"

当然 OK，没第二个选择。Steve 倒是并不感到特别意外。李约翰和司机阿强的态度早都打了伏笔。其实类似情况也曾发生过：在初次合作的客户眼中，苏珊是体贴入微的"神医"，为他们排忧解难；Steve 只是"神医"手下的小医生，能力有限而且自命不凡——若非能力有限，怎会问了许多问题还做不出具体方案？客户并不清楚，"神医"只管拉客不管看病开药，更是拿不了中国的手术刀。不论他们喜欢不喜欢，最终为他们治病的人只能是那个不愿轻易下处方的"小医生"，Steve Zhou。

Steve 其实并不十分在意，任凭"神医"苏珊渔翁得利——随随便便向客户做出承诺，再由 Steve 创造奇迹。在意也没办法。土生土长的中国员工，想在外企里出人头地，最有效的方法，无非是跟着顶头上司“水涨船高”。当然怎么涨都会遇到上限。Steve 自知上限到了。再想多涨就需要契机。“丽江”带来了这样一个契机——尼克。尼克有风险，但值得一试。

所以，Steve 无所谓再多做一次嫁衣——出色完成东莞项目，不必在意客户把功劳给谁。GRE 的总裁早把苏珊拉上同一条船。另一条船上的尼克不会在意客户反馈。再说像李约翰这种自以为优越的香港人，得不得罪又有何妨?

老方仍站在 Steve 办公室里不动地方，这间公司里就他最了解二老板：Steve 必定是遇上了不顺心的事儿。此时不能多言，退下当然也不成，因为 Steve 并没发话。既然让他飞速去东莞做实地调查，是不是还要再嘱咐些什么?

“我没别的线索。”Steve 仿佛隔着电脑也能看穿老方的心思。

“得嘞！那我这就买票走人！”老方嘻嘻一笑，转身走人。没线索就没线索吧！又没说必须查出什么才能拿到两千块的外快。老方刚到门口，背后却突然又传来 Steve 的声音：

“注意银河的司机阿强。还有青林雅墅。其他的，会在邮件里。”

老方赶忙再转回身来，很坚决地点了点头。

Steve 还全神贯注地注视着电脑，在键盘上敲出一串短促之声。那是给苏珊的回复：“Understood”。

对老板要绝对服从，不说废话。祸从口出——人类社会永恒的真理，当然也适用于同一条战壕里的战友。刺刀捅向身边之人，往往又准又狠。同理：对老方也不必多语。仅从做项目而言：最终报告就是一幅完整的拼图。调查师负责局部，项目经理负责“总装”，关键的几片必须掌握在自己手里。

5

Steve 用眼角的余光目送老方出门，确认房门完全关闭。使用余光是调查师必备的本事。他轻轻拉开办公桌的抽屉，取出那只简陋的翻盖手机。

翻盖手机上果然有一个未接来电。

Steve的直觉往往很准，这也是调查师必备的能力。常人往往有个误区——直觉强大的人是天生的。这并不十分准确。人人皆有天赋，有些被埋没，有些因为得到了培养而壮大。其实天赋并不重要，性格决定一切。同一副躯体也会有截然不同的情形。那个叫夏冬的孩子就完全不懂得培养自己的天赋。他甚至有着相当不可靠的记忆，常常张冠李戴，简直是个大写的LOSER。Steve Zhou 可不是 loser。他使这躯体强大起来，抛弃一切杂念。十年之前，当他从夏冬手里接管这大脑时，记忆库里杂乱无章，许多信息被故意放错了地方。就像顽皮的孩子偏偏喜欢把玩具藏在枕头底下，而非玩具箱里。他用了多年的时间重新整理，至今仍未完全理清。记忆库的角落里还堆着很多杂物。但他没兴趣继续收拾了。他对那些杂乱而陈旧的记忆没有兴趣。他只不过是要为调查师的程序清理出足够的内存。他的任务早已完成了。

翻盖手机上留存的是一长串号码，由几个零开头，该是北美地区常用的IP电话卡，既能省钱，又不暴露来电者的真实号码。对于GRE全球二把手尼克而言，重要的显然是后者。

Steve看看表，10∶30am。纽约时间10∶30pm。不能算深夜，但超出了正常通话的时间。对方必定有些急事，应该立刻打回去。Steve快步走出公司。最近的便于通话之地是在写字楼的外墙拐角处。那里闲人不多、相对隐蔽且视野开阔，进出大楼的人难得会留意。

尼克果然在等待Steve的回电，精神有些亢奋，滔滔地告诉Steve，GRE在阿富汗执行的一个重要项目突然出了问题，有人员损失。而且是GRE自己的员工，并非当地的合同工。人命关天，保险公司虎视眈眈，总裁杰森火烧屁股。这是天赐良机。尼克尽量压低兴奋的声音：“不管杰森为什么到北京见你，现在他什么都顾不上了。他当然顾不上东京办公室，这是马克的机会……当然，你明白，也是我们的机会。”

隔着两万公里，Steve也能看见尼克上扬的嘴角。是的，马克要行动了。他欠的钱可不少，他得尽快让羽村家族满意。马克到底要怎么做？其实Steve大体能猜到。但仅凭猜测是不够的。Steve得再去一趟日本，再见一见美丽友善的直子小姐。但直子小姐大概不会一直保持友善的。

“我需要马克在美国的背景资料。简历，住址，交通违章记录。一切能找到的。”这对 GRE 全球副总而言，必是小事一桩。但对 Steve 接下来的行程至关重要。越是危险的任务就越需要充足的准备。

Steve 快步走回办公楼。太阳很高，把初秋变回了盛夏。午餐时间快到了，西装革履的人流正从办公楼的玻璃门里涌出来。Steve 逆流而入，刹那间，他突然有种预感。

果不其然。

又是李怀安先生，换了一身银色西装，佩黄色领带，这打扮在这高档写字楼里的确很“另类”，就连物业公司也不会使用这种材料和搭配。劣质的西服捆在健硕的身体上，愈发显得闪闪发亮。Steve 猛然想起那曾经绷紧的白色 T 恤。布料未必有多高级，但那时年少。中年以上的人都明白，年轻能够掩饰一切缺点。当年的少年，用紧绷的 T 恤搭配宽松的仔裤，还有一头刚劲的短发……李先生今天至少把头发打理过了，勉强服帖了些，因此更显得不够时尚。他面对电梯站着，在三四米开外。像是在等电梯，电梯门开了，他却并不迈步，只是向前探着头，巴巴地看着拥出电梯的人群，仿佛要伺机找人推销楼盘似的。

Steve 顿时领悟：这位李先生是在专门等着他。尽管 Steve 说过今天要出差，李先生并不相信。Steve 并没撒谎，出差的安排原本是事实。即便撒了谎又有何妨？不论对于调查师或是公司高管而言，撒谎都是必备的技能。Steve 自然不缺少这种技能，而且时刻准备进一步加强它。

Steve 走上前去，从后面轻拍李怀安的肩膀。李怀安猛回过身，惊道：“还以为你出差了……”

“出差临时取消了。”Steve 微微一笑，直视对方双目。那双眼睛也笑起来，眼角裂变成揉皱的五线谱，谱子上的音符难堪得不成调子。

“最近还要出差？”李怀安显然是在没话找话，微微颔首，双手规规矩矩摆在体侧，表情和姿态都恭恭敬敬的，仿佛面前的不是重逢的老友而是老板。

Steve 摇头：“最近没计划。”其实他正在随时待命，目的地是东京。但这是他和尼克的秘密，不打算告诉任何人。更不必说是个多年不见的身上带着诸多疑问的熟人。

“那好那好！”李怀安回答得过于果断，自己也感觉到了唐突，“那样……就有机会向你请教美食。我很少来北京，对这边不大熟悉。”

他终于流露出一丝台湾口音来，越发显得拘束，好像被硬推上前的说客，很有难言之隐。他原本不是狡猾之人，但也绝不是自甘低贱的，这十年到底发生了什么？使他变成了一个唯唯诺诺的底层打工者，却偏偏在 Steve 因为黄美珠找到青林雅墅的节骨眼上突然冒出来，而且一直跟到北京，天天守在电梯口？还带着一副赶鸭子上架的难堪表情？

“当然，随时可以找我。”Steve 不动声色，尽量用平静而柔和的目光看着李怀安。他倒想看看，这位李先生到底有何贵干。

“真的可以吗？”李先生释然了，好像小阴谋得了逞。Steve 心中暗笑：一起吃饭又有何妨？饭桌上再来点酒，那是调查师最理想的舞台。他早不是十年前那个不胜酒力的夏冬了。Steve 把嘴角微微一扬：

“其实，这附近就有一家很不错。今晚有时间吗？”

“有啊！当然有！”李怀安连连点头。

Steve 嘴角悠然一翘：“六点整，就在这里见吧！”

6

老方恰巧和苏珊同坐一趟航班。老方坐在经济舱的最后一排，遥遥地看见苏珊走进商务舱，苏珊却并没看见老方。即便真的见到了也未必会说些什么。苏珊和北京办公室里的员工之间隔着 Steve，基本也只有点头之交。

下了飞机，老方并没直奔银河东莞。人家在招待苏珊，他犯不着去添乱。再说都还没开始查呢，也用不着在银河东莞里先混个脸熟。银河东莞的老板最近客人太多，今天又加上个苏珊——在这东莞小镇上罕见洋女人，员工们恐怕早已好奇心大增，对陌生人万众瞩目。

老方按照 Steve 邮件中提供的地址，直接去了黄美珠的家。当然不指望能找到她。即便她还在龙关镇，也绝不会藏在家里。但家是和她关系最紧密的地方，或许能找到重要的线索。

老方当然没贸然去敲门，先是在周围转了转。这是一座当地最普通的老公寓楼，起码建于九十年代，没见着物业公司，却有个居委会办公室。楼前有草坪，单元门没上锁，门洞里外都贴满小广告。楼道里的信箱有锁，外面看不见任何信件。老方看看表，下午三点半。再等一会儿就是邮递员投递晚报的时间。果不其然，邮递员是四点十分到的，在黄美珠家的信箱里插了一份报纸，信箱不够长，报纸还露着一小截。老方一阵欣喜，小心翼翼把报纸拉出来，里面果然夹着两封信。运气不错，居然是银行寄给黄美珠的信用卡对账单。

一个小时之后，黄美珠家门外来了个中年男人，操外地口音，持本地银行的名片。这也不算稀奇，在东莞地区工作的外地人多了。

开门的是黄美珠的母亲，六十多岁的本地老太太，广东口音浓重，国语都说不大明白。她听说女儿信用卡额度超支，银行的工作人员到家来核实信息，立刻精神紧张，晚饭也顾不上继续吃了。女儿四天没回家了。三天前打来一个电话说临时出差，之后手机就一直关机。

老太太本来对陌生人格外提防，但眼前的胖子看着挺和蔼可亲，又打着领带穿着短袖白衬衫，分明是可以信任的国家干部。老太太不禁多问了一句：女儿欠银行的钱需要爹妈还吗？

银行的人果然和气，耐心解释了一大堆，老太太基本没听明白，只觉得这胖子很具专业精神，而女儿信用卡透支这件事远比自己以为的复杂。胖子左一句您放心右一句别担心，表情和语气却让老太太越来越担心，来回没几句就忍不住抱怨道：

"都怪那个男的啦！四十岁了还是个打工仔，爱喝酒还爱赌钱！家里有老婆还要招惹我们美珠！我女儿真是瞎了眼！钱一定都是被他骗走了！你们应该去找他啦！"

*

北京的初秋日落很晚。快八点的光景，西边的天空还有一大片绚丽的晚霞。

Steve 和李怀安落座的位置，只能看见晚霞的一角。餐厅里本来有角度更好的桌子，在整面落地窗前。Steve 却特意预订了一个僻静的角落。这是他的习惯，总选择隐蔽却又视野宽阔的位置——不是为了看夕阳，而是看大门进出的人流。

“十几年了，我们都变了。”李怀安双手交叉，平放在桌面上，两只大拇哥轻轻碰撞，互相做着游戏，目光一直在手指上游移。

“自然规律而已。”Steve 随口答着，却又不禁瞥了李怀安一眼，一张脸垂在黄昏的阴影里，皱纹显得格外的多。他真是变了，由内到外都变了，变得沧桑而卑微。这变化的确令人费解。

“想想那时候，我们还都……”

“都是孩子！不懂事！哈！不必再提了。”Steve 笑着打断对方。他不是来叙旧的。以前的时光已与他无关。他感兴趣的，是现在的李怀安。他怎会变成这个样子？他为什么此刻会坐在自己对面？

“呵呵！”李怀安讪讪地笑，两腮的纹路又深又长，使那笑容增添了并不快乐的意味。他就像个预谋借钱的人，正要讲出自己的难处。他踌躇了片刻，低头喝了口咖啡，才又飞速地看了一眼 Steve：“现在怎么样？还不错？”

Steve 耸耸肩，不置可否。这是一句废话，用不着回答。即便真要回答，也找不到准确答案。何为不错？若想做个强大的人，就必须忽视一切感受，别人的感受，也包括自己的。

“在咨询公司工作？”李怀安试探着问，表情越发局促。或许他在试着进入正题。

“GRE。Global Risk Experts，是一家商业调查公司。”Steve 回答得直截了当。不需要绕圈子。GRE 的公司网站上明明白白都写着。对方早知道的事情，可以尽量大方地透露，以便在无形之中减少对方的防备，这是访谈技巧。

“那个，密大工程院的高材生……呵呵，怎么突然改行做这个？”李怀安问得小心翼翼。

Steve 心中暗笑：改行有什么稀奇，不是还有改得更离谱的？“你呢？UCLA 的工程博士，怎么去卖房子？”

“哪有！你不记得了？我没拿到博士……”李怀安认认真真地回答。Steve 当然记得。这只是一句对仗工整的玩笑话，李先生竟然听不出来。看他现在的样子，甚至没人能相信，有任何美国的大学曾经录取过他。

“就是一份差事，谋生而已。我比你，失败多了。唉！”李怀安叹了口气，低头去看咖啡杯，仿佛杯子里有什么可笑的东西。Steve 不由得把目光也移开，眼皮微微有些发涩。隔壁桌子的客人正在高谈阔论：多少家风投都对什么项目感兴趣，几千万的融资只是开个小头。桌子上林立的红酒杯在夕阳下发出柔和的光。Steve 没点红酒，但这餐厅还是让李怀安万分拘束。Steve 似乎选错了地方。对这位“李先生”而言，这里并非做调查访谈的最佳地点。

“我可不是老板，给人打工而已。”Steve 轻描淡写地回应。

“唉！”李怀安又叹了口气，悠悠地说，“我知道你在想什么。但……台湾经济很不景气。”

怎么个不景气呢？Steve 心里生出更多疑问：家族企业破产了？Steve 却并没问出口，只轻轻点点头。夕阳还在往下沉，红彤彤的一颗鸭蛋黄，夹在远方的楼缝子里，拖着人心一起往下沉。

两人都沉默下来。李怀安抿了一口咖啡，Steve 也抿一口，冷的。他面前是冰水，不是咖啡。冰水触及嘴唇，记忆库中突然浮现密歇根大学的咖啡厅，夏冬坐在餐桌边喝着冰水，牙齿轻咬纸杯边缘，耳中是正在接近的脚步声。阿文在他对面坐下来。他头戴耐克棒球帽，穿肥大的花毛衣和灰白的牛仔裤。他带着台湾口音兴奋地说：我向教授举荐了你！下午三点还在这边碰面！我带你去见教授！

“有危险吗？商业调查？”李怀安突然发问。

Steve 把目光对准他。他穿着不大合身的劣质西服，后脑支棱着几根硬发。他正扬着粗眉，关切地看着 Steve，额头上出现几排平行的深纹。除去着装和发型，他还是很帅的，有中年人特有的成熟气质，只不过，被疲惫和唯诺之色淹没了。好像泡在劣等药酒里的满是皱褶的人参。或许有不少东莞的土阔太太，会因为这张脸而买他推荐的房子？Steve 一阵空虚，仿佛中了谁的恶作剧。他仰头哈哈一笑：

“哈！有什么危险？咨询公司而已！哈哈！”

“没有就好！呵呵！”

李怀安也跟着笑，讪讪的，不知所措。Steve 感到一阵莫名的轻松和快意，仿佛突然触摸到了一面透明的墙，横在两人之间，隔在冰水和咖啡之间，使他感到安全。他是 Steve，不是夏冬。面前这个怀有企图的人，远不是 Steve 的对手。

“你……成家了没？”李怀安踌躇片刻，又问。仍像没话找话似的，然后呵呵地笑，像是为了给自己打圆场，声音却断在空气里，难堪地悬着。

Steve 就只耸了耸肩，什么都没说。可李怀安似乎就明白了。他说："我也差不多！哈！蛮无聊的。"

李怀安飞速瞥一眼自己的手指，做贼似的用另一只手握住那只手指。可 Steve 早就注意到，李怀安左手的无名指上，隐约有一道轻痕。

Steve 心中一阵烦闷：这是在浪费时间。天天等在国贸一层的电梯门外，难道就是想问这个？这和东莞银河有什么关系？和黄美珠又有什么关系？就算一切并非巧合，今晚也难以再有进展。黑莓手机在裤兜里狠狠振动了两下，提醒他老方正在龙关镇，还有不少事情需要跟进。

Steve 抬手叫侍者买单，然后对李怀安说："你的酒店在哪儿？也许顺路。"

7

李怀安的住处距离国贸不远，只有十分钟车程。

是个并不算窄的巷子，李怀安却坚持让 Steve 把车停在巷口，自己下车走进巷子去。Steve 当然随他的意，心中不禁好奇：莫非他不想暴露自己的住处？但他显然是选错了地方。这里的一草一木 Steve 都很熟悉。

Steve 并不耽搁，在李怀安背后迅速启动车子，让他听到汽车远去的声音，然后疾速兜了个大圈子，把车停在巷子的另一端，从巷子里是不易察觉的。这种事对 Steve 算是雕虫小技。

李怀安果然拐进一个小区。那可不是普通小区。Steve 对国贸方圆五公里都非常熟悉，无需查阅地图。巷子里并无酒店，只有一个豪华住宅项目，两年前建成，在京城小有名气。Steve 曾亲自做过对此小区开发商的背景调查，和林氏集团毫无联系。李怀安才到北京第二天，难道不该先在酒店——以他目前的样子，或许该是旅馆——落脚？难道是公司为他事先租好的公寓？一个分公司经理的助理，租住月租两万的公寓？

又或者，他去的并不是自己的住处？

Steve想起那无名指上的戒痕。还有那句“我也差不多”。当有人目光闪躲着跟你说“差不多”，真相多半是：差得很多。李怀安先生，你在隐瞒些什么？你的私生活早就没人在意了。但Steve相信，李先生的突然出现，绝不仅仅是私人原因。

Steve突然感到了兴奋，仿佛接到一项挑战。其实对于GRE北京办公室的实际运营者而言，对李先生的调查都算不得是多大的挑战：他口音的变化，证明他在大陆绝非一天两天。只要他在这里生活，就必定会留下痕迹。比如进出境记录，搭乘航班的记录，消费记录，信用记录，还有各种公众社交平台。比如，他用不用微博？如果他用，会使用什么昵称？会不会带有“安娜堡”这样的关键词？

Steve再次遥望巷子里：人行道上有两排挺拔的杨树，小区门口隐约有个红艳艳的花坛。小区的拱门是白色的，墙内是几排灰色的低层楼房。

Steve发动汽车引擎，目的地是公司，不是家。晚上八点半，时间尚早。即便再晚些也无妨，他从不让灵感等待。在系紧安全带的瞬间，他感觉到裤兜里的硬东西——黑莓手机。突然想起来，刚才还有一封邮件没看。Steve的黑莓手机每天收到几百封公务邮件，大部分是大公司常见的内部垃圾：市场动态、人事变动、团队建设。他习惯把黑莓贴身放置，未必在每次振动时都查阅。不断的振动能时刻提醒他保持工作状态。

Steve并没取出黑莓阅读。他把车开向公司。邮件可以在国贸A座的电梯里查看。他早已习惯优化自己的分分秒秒。在开车的同时，脑子里不断生出许多新的线索：香港出生，台湾长大，九十年代留学美国，密歇根大学硕士学位，UCLA博士肄业，回台继承家业。十几年后，却在香港某地产公司的内地分部里做打工仔，名字也从林俊文改作李怀安。台湾，香港，广东，北京，这些统统都值得查一查。

Steve走进电梯，黑莓手机又振动了两次，外带一声低鸣。这次并非邮件，是短信。黑莓手机的号码是印在名片上的，自然会接到来电或短信。Steve立刻猜到了短信的来源——李先生。他有Steve的名片。他所预期的交往，大概绝不仅仅是一顿饭这么简单。Steve把黑莓手机掏出来。

这次直觉却并不准确。

那是一封系统自动发送的短信，通知Steve刚刚有个未接来电。大概是地库里信号不好，黑莓没能接通。电话来自一个陌生的座机号码，东莞地区的区号。Steve突然有种不祥之感，连忙再去看那刚刚接收到的邮件。果然来自老方，内容却只有一句：

“龙冠珍派出所”。

Steve吃了一惊。老方的确不喜欢打字，但还不至于惜字如金，而且把“龙关镇”打成了“龙冠珍”，可见情况紧急。

Steve没回邮件，也没给老方打回去。被派出所拘留的人是不能玩手机消磨时间的。

Steve等不及走到公司，就用黑莓查了那未接来电的号码，果然是龙关镇派出所。按照事先约定，老方自行印制的名片上，会留一个座机号码。那号码其实只是个没在任何地方登记过的IP号码，在电信局查不出从属单位。任何打到那号码上的电话，会被自动转接到一个香港注册的手机号码上，随后再转到Steve的黑莓上。

Steve万分不解：老方最近几年虽然工作量不足，但那是因为他的不善于写英语报告和使用电脑，调查手法又有些灰色。但他的实地调查能力却始终是一流的，经验相当丰富。正因手法有风险，他才格外谨慎，同事十年以来，还从没出过严重问题。怎会刚一到龙关镇，就进了派出所？

Steve连电梯都没出，直接下楼，开车直奔机场。公司电脑不必带，带了也只能是累赘：总不能带到龙关镇派出所去。其他行李更不必带。最近这些年，总有许多行程来不及收拾行李。今晚已没有飞往深圳的航班，但还有一趟飞往广州的。从白云机场到龙关镇，搭计程车也不过一个多小时。就搭这一趟，明早之前，务必赶到龙关镇。

临登机前，Steve又查了查黑莓手机。果然多了一条短信。这一次的确来自李怀安：

“谢谢今晚的晚餐。明晚我请客，怎样？”

Steve不禁点点头。这就对了，完全符合他的预料。他稍作思忖，快速在黑莓上敲下一串字，轻点发送：“明晚不行了，临时出差。”

Steve又趁着等待登机的时间打了几个电话。9:15pm，对于GRE的服务提供商来说一点儿都不晚。有关这位李先生的背景，也许明早就能窥得一斑。

*

黑莓手机上的那一串字符化作电波，飞速升空，向着北京市内灯火最璀璨的方向进发，落入 CBD 附近的一片矮层豪华小区，降落在一套五层小楼第四层宽大的阳台上。

李怀安正躺在椅上。即便如此，身体也并不放松，肌肉仿佛都紧张着。手机连响了两声，他更加紧张了些，赶忙把手机掏出来。

第一声是短信，只有一句话："明晚不行了，临时出差。"

李怀安脸上并无意外之色，一切都正如他所料。

第二封是邮件。这一封邮件并无文字，只有一个附件，是一张照片。照片上是一个胖头圆脑的中年男人，一脸媚笑，似乎正要全力以赴地讨好谁。

他只蜻蜓点水地瞥了一眼那照片，便关闭了邮箱，按下快捷呼叫键，把手机贴到耳边，迅速从躺椅上站起来，另一只手贴在体侧，脊背绷得很直，却从腰部微微前屈着，毕恭毕敬的样子。尽管宽敞的阳台上只有他一人，楼下的小区更是幽暗宁静。

电话接通了，他用极低的声音说："照片上的胖子就是 GRE 的人。昨天下午我刚刚见到过，在这办公大厦的电梯里……他和周在一起。应该是同事。"

他说完了，恭敬地听了一阵，连连点头："是的！的确是 GRE 在插手。GRE 应该是拿钱办事的。出钱的，除了银河，也不该会是别人。"

手机里又是一阵低语。李怀安咧嘴笑着，眉头却皱起来，深陷的两腮挤压出许多幽深的褶子："您看，我才刚刚到北京，还没什么机会接触他……"

他被对方打断了，嘴微张着，脸上的笑容僵了片刻，突然又笑起来，腰也弯得更深了些，像是在向着空气鞠躬致意："您说得对！我都同意！的确应该给 GRE 一个警告！可我觉得，那个，我们已经设法让警方扣了他，目前还是有充分理由的。但如果要求扣更多时间，或者做进一步处理，是不是要搭上更多人情？这会不会给我们惹太多麻烦呢？不如这样吧，您交给我来处理吧？我一定会让您满意的！"

他终于挂断手机，向着远处巷口瞭望，笑容从脸上渐渐消失，整个人都似乎凝固了。高耸的颧骨，深陷的腮，还有健壮的身躯，使他在夜晚的剪影仿佛欧式的雕塑，和阳光下判若两人。就连疏于打理的头发也平添了些魅力，有几根发丝随风舞动，反射着房间里透出的温和灯光。那是一套顶层复式公寓，上下两层总面积四百平方米，被称作小区里的“楼王”，购置于半年之前，总价两千万人民币。

背后突然传来一阵富有节奏的脆响，拖鞋跟子在实木地板上一路敲过来，好像是要故意证明那进口高级实木地板正宗得一塌糊涂。笃笃的声音停止在四五米开外。李怀安忙转身，迎接他的，是一张苍白而美丽的脸，妆容精致却缺乏表情，好像蜡像馆里的廉价作品。

李怀安脸上瞬间再度堆满笑容：“琳琳，你回来了？今天累不累？”

女人却是一脸鄙夷的表情，一侧的细眉似乎被无形的线吊了起来；血红的嘴唇被白脸衬着，好像被挖空了心的红樱桃，在骨瓷盘子里乱滚：“不是早跟你说过了？别让我看见你那身垃圾衣服？让你换了衣服洗了澡再回来，你耳朵聋了？你也不用镜子照照自己，你不害臊我还害臊呢！你整天这么进进出出的，让保安怎么想？”

第三章

龙关之『局』

1

早晨六点，天已大亮。清晨的阳光正穿透网吧里浓厚的烟雾。

这是龙关镇众多网吧中的一间。和东莞地区其他的镇子一样，龙关也有不少网吧，以供中学生和打工仔们消磨时光。就在这浓重的烟雾之中，在那群因彻夜未眠而眼睛通红的年轻人里，混着一个已经不算太年轻的男人。他的着装和这里的其他人类似：运动衫，牛仔裤，半旧的运动鞋，嘴角叼着半根香烟。可他的眼睛却比别人敏锐得多，脸上也丝毫没有倦意。他既不是中学生也不是打工仔。他是 GRE 中国区的二把手，Steve。

Steve 在电脑上敲出长长一串字符——某个 gmail 邮箱的密码。

大约在十二小时之前，老方也曾在龙关镇的某家网吧里登录过同一个邮箱，并给自己发了一封邮件。那邮件里陈述了他的行动计划和新的身份：李明，某银行东莞支行龙关镇分理处的副经理。使用假身份私访民宅并不合法，当然也不符合 GRE 的公司规定。因此，类似的行动计划永远不会出现在公司备忘录或正式报告里，甚至不能通过 GRE 配发的手机或电脑发送。天知地知，老方知，Steve 知。只能通过公共电脑和公共邮箱来记录传达。当然，GRE 也严格禁止通过公共邮箱发送有关公司项目的任何信息。因此邮件里只有信息片段，没有语法完整的句子，绝不出现有关 GRE 的字眼，更不包含任何真实的项目名称、客户、调查目标或员工的姓名。这种方式是 Steve 的发明——既能规避公司内审，又能达到和调查师交换情报的目的——当然是那些通过不太能公开的方式所获得的情报。或许这并非 Steve 首创，GRE 遍布世界各地的高级经理们也许都在使用类似伎俩，只不过，谁也不会与别人分享这些罢了。

香烟燃尽了，Steve 再点上一根。他并没有烟瘾，有时连续几周都不吸，有时却又一根接着一根。香烟对他的精神有两种截然不同的功效：放松或集中。何时出现哪种效果，全由他自主控制。

在这混乱嘈杂的网吧里，他需要的是集中精神：警方扣留老方的理由，大概是诈骗嫌疑——冒充银行工作人员是事实，企图诈骗是推测。不然不会将他拘留。可老方并没有诈骗的企图，警方也就难以找到欺诈的真凭实据。此事可大可小。按常理，警察希望抓到骗钱的骗子，最好金额巨大；老方这样的商业调查师是不会引起他们多少兴趣的，顶多关个一天半日，再把公司领导找来“教育”一顿，然后放人了事。

当然，这“公司领导”也不能拿着 GRE 的名片去公安局备案。在南方小镇的派出所里，Steve 应该是“北京多见市场调研有限公司”的“总经理”。这公司可不是虚假的——的确在工商局注册备案，Steve 也的确是唯一的股东和法人。只不过，这家公司除了年检其他什么都不做。这是 Steve 的“第二套计划”。

老方也该是如此向警方表明身份的：多见公司的市场调研员，冒充银行雇员以便得到更精确和丰富的信息反馈。听上去有点儿夸张，却又难以反驳——营业执照和领导都真实存在。警方乐得睁一只眼闭一只眼。

但 Steve 并没直接拿着“多见”的名片和营业执照去派出所。此事的确有些蹊跷：经验丰富的老方，为何会在家访时被送到派出所？除非对方有备而来。如果这是一个“局”，那做局之人就不会轻易放走老方。这“局”说不定还尚未封口，因为幕后的“主角”尚未露面。Steve 虽称不上主角，却是关键人物。也许那个“局”正等着他。

所以，现在需要了解更多内幕。而想要了解内幕，需要的是内线。

Steve 退出公共邮箱，删除浏览历史，在 USB 插口里插入一枚小小的 U 盘。U 盘里自动运行的程序正在悄然填充电脑硬盘的每个单元——熟悉电脑法政的人都知道：被删除键“删除”的信息并未真的被清除出电脑硬盘，只不过寄存信息的区域被标示成为“可写”，等待写入新的内容。至于电脑何时决定用新内容覆盖这一区域，基本只有老天知道。而 U 盘悄然执行的任务，就是在电脑里快速写入大量无意义的信息，尽可能覆盖所有被标注为“可写”的硬盘空间。

电脑硬盘卖力工作，嘶嘶地低声呻吟。Steve 随便打开一页八卦新闻，装作随意浏览，脑子却如电脑硬盘般飞速旋转：内线是有的，而且不止一条——不论是公是私，都有进入龙关镇派出所的渠道。于公，可以通过GRE的服务提供商——那些服务商不仅能提取工商档案，也能打听一些别人不太容易打听的事情；于私，在此行业经营了这么多年，体制内的朋友总是有的。但不论是公是私，没有哪个资源是万能的，而且都有风险，使用时必须万分谨慎。资源就像良药，使用不当是会要命的。

到底是托朋友还是找服务商？服务商只会执行，不会问任何问题。朋友则不一样。给他们编个什么样的故事？

Steve正想着，腿根微微一震，仿佛裤兜里藏着一只猫爪子。黑莓又收到了新的短信。有个问题在Steve脑中一闪：龙关镇派出所为何只打过一次电话，就再不尝试联系嫌犯单位了？

短信来自李怀安："早安！已经离开北京了？"

Steve看看手机显示的时间：6∶55am。这么早就发短信？两人多年不见，一起吃了顿晚饭，聊了些没意义的话题，立刻就开始在清晨用短信问候了？这是什么节奏？

Steve更加笃定，这位李先生必然另有所求。是否和银河东莞的盗窃案有关？Steve的直觉如此，但尚无可靠证据。Steve用指尖轻触黑莓的键盘。微小的颗粒极具规则地排列着，每一粒都代表多种不同含义。Steve并没按下任何一颗。在没有想好对策之前，没必要立刻回复。

或者，对这位把名字改成李怀安的先生，根本就不需要回复。

黑莓却突然又振动起来，这次是不停的——有电话打过来，号码竟是老方的！

Steve心中诧异：老方被关在派出所，手机一定掌握在警察手里。难道是警方在按照老方的电话簿一个一个地试探？

不论是谁打来的，Steve都能应付。他从从容容地按下接听键，听到的却是老方的声音："他们又把我放了！不明白是怎么回事！"

2

老方在电话里向Steve做了简单陈述：昨天下午以银行职员为名

拜访黄美珠家，家里只有黄的父母。原本和老太太聊得挺好，警察突然就来了。黄美珠的父母也被警察吓了一跳，看样子不是他们报的警。

警察以怀疑诈骗为名，把老方带到派出所，问了些常规问题，有些走过场的意思，老方回答什么都无所谓，不质疑也不追问。之后来了个穿便装的，看上去不像派出所的，但和警察们都很熟络。那人用手机给老方拍了几张照片，什么都没说就走了。这倒有点儿新鲜：在正规的警方机构里，少有用手机给嫌疑人拍照备案的。之后就再没人搭理过老方，只把他反锁在一间空房间里。有人来给老方送晚饭，米饭配咸菜，这倒是拘留所的正常待遇。老方向送饭的人询问，得到的回答是：等你们领导来了再说。可没想到，第二天一大早，突然就让老方走人了。

老方的经历的确让 Steve 感觉蹊跷：第一，警察怎么会突袭？除了 Steve，根本没有第三个人知道老方要到东莞做调查。莫非有人在黄美珠家附近蹲守？但银河东莞并未报警，所以蹲守的也不该是警察。看来，黄美珠的背后的确另有其人。第二，警察又为何突然把老方给放了？也许是因为缺乏证据，也没法扣留太长时间；又或者，本来就是临时“借用”一下。老方不是说过，有个穿便装的用手机给他拍了照？莫非只是认认人？

不论是何原因，老方都不能再继续留在东莞。Steve 命令老方立刻回京，抵京后直接回家，休假一个月，不要去公司，最好待在家里哪儿都别去。毕竟老方进过派出所，这件事扑朔迷离，一时难辨缘由。

Steve 收起黑莓，右颊还在隐隐发热。大概是黑莓压得太紧。网吧里算不上太嘈杂，当然也并不安静，可 Steve 必须确保自己所言绝不能入旁人之耳。黑莓上部的发光二极管在不停闪烁，提醒主人又有未读的邮件或短信。7:25am，GRE 东亚区的办公室都还没上班。中东和欧洲是深夜，纽约办公室已经下班，只有美西和夏威夷的办公室在上班时间。这邮件莫非来自美西？ Steve 输入密码解锁，黑莓上显示的却并非是邮件而是短信。发件人的注释为“安”，这是 Steve 昨晚刚刚添加的特殊符号。

又是李怀安的短信。四十分钟之前刚发过一条的，Steve 尚未回复。还没过多久呢，居然又来一封？

邮件的内容又是只有一句："方便吗？打电话给你？"

*

"在哪里？"李怀安像是在做常规性问候，却又似乎真的很想知道。Steve 故意简单作答："在外地出差。"

"去哪了？"李怀安确有刨根问底的意思。

"深圳。"

"哦！"李怀安沉默了片刻，"什么时候回来？"

"办完事就回来。"

"办得怎么样了？顺利吗？"李怀安再次追问，竟有几分急迫。Steve 越来越确定，李怀安和"保险箱"项目必有联系。这样挺好，游戏越来越有意思。Steve 故意放慢语速，叹气道："唉，麻烦着呢，不好办！"

"真的吗？怎会这样？"

李怀安的声音里有些意外。是什么令他意外？莫非，他知道 Steve 要办的事是什么？他以为这件事不该"不顺利"？他知道老方已经被放出来了？Steve 精神为之一振，反倒故作愚钝地说："没什么。有点儿小麻烦。一两天就能解决。"

"会不会有危险？一定注意安全！"李怀安似乎真的很关切。这一句什么意思？是关心还是威胁？Steve 问道："能有什么危险？"

"哦……"李怀安突然卡了壳，含糊道，"我……我是说，做你这一行的，总归要注意安全。"

"我这一行，有什么特别？"

"没有了，我……我没有这个意思。"李怀安越发无措。Steve 笑道："不是哪个意思？"

"我是说，出差在外，总归要注意安全。是这个意思而已！呵呵！"李怀安讪讪地笑，硬生生扭转话题，"快点儿回来，还要请你吃饭呢！有一家日式烧烤，味道很地道的！"

没错。李怀安果然是在试探什么，但显然并不成功，这就打算落荒而逃了。不能轻易放了他。Steve 猝不及防地发问："你上微博吗？"

跳跃式的问题，不给对方准备时间，这是 Steve 善用的技巧。

"哦！我……不怎么用，只是随便看看！"对方果然措手不及。

Steve心中暗喜——随便看看也得有账户。微博是个新兴的玩意儿。大伙儿只顾着好玩，还没发现潜在的陷阱。

“我知道一个微博账户，常常推荐北京好吃的餐厅。回北京以后，我把它@给你。”这一句是为了消除对方的怀疑。Steve可不希望李怀安挂断电话后就立刻注销自己的微博。不过，以Steve的观察，他远不至于这么敏感机灵。

“好啊！”李怀安回答，“等你回北京，我们再聚！”

“好的。再聊。”Steve正要把手机从耳畔移开，却突然从手机里听到一个模糊的女声：“对不起先生，请把手机……”

信号断了。难道这位李先生正在飞机上？他要去哪儿？去做什么？

他的微博账户是什么？

许多问题瞬间塞满Steve的大脑。他掏出黑莓手机，立刻给昨晚联络过的几个服务商一一致电。Steve平时只下命令，从不催问结果——结果都是服务商主动按时送来的。唯独这一次，Steve竟亲自打电话询问，服务商自然不敢怠慢。但毕竟只隔了一夜，几家都收效甚微：

林俊文是个常用名，因此找到很多资料，但看上去都不像和目标人有关。如果加上生日排查——Steve提供的生日非常精确——则没有任何结果。叫李怀安的人也不算少，但看上去都不是这位林氏集团的李先生。总而言之，这一夜的调查并无收获。不过，这也在Steve的意料之中。

Steve收起黑莓，把目光再度投向面前的电脑。填充硬盘的软件已工作完毕，可以拔出U盘了。Steve却突然改了主意：过一会儿，也许还得让它重新填充一次。

3

老方收起手机，四处看了看，像这样普普通通的小饭馆，龙关镇估计得有几十家。

餐厅面积不大，三五张餐桌，寥寥几个食客。蒸笼就在屋角，腾腾冒着热气。简单几样粤式蒸点，加上粥和油条，是这里最常见的早饭搭配。老方选了角落的位置，远离窗户和门，确保通话时不会被别人偷听。这餐厅距派出所大概两公里，其实不够远，但龙关镇一共也就巴掌大。反正如果警察改了主意又想抓他，跑再远也没有用。

立刻回北京，休假一个月。听上去倒不错。老方并不在乎休不休假。反正上班也和休假差不多。他在乎的是那两千块钱餐票。白跑了一趟，也不知餐票还能不能给报了。

其实收获还是有一点儿的：黄美珠的母亲说了，黄美珠有个男朋友叫阿昌，是个已婚男人，给一家建筑公司打工。黄美珠和阿昌在一起七八年，几乎是众人皆知，让父母丢尽了脸。但女儿很固执，就是不愿放弃这个男人。老太太刚说到这儿，警察就来了。按照老方以往的实地调查经验，这点儿收获实在是少得可怜。又被警察带回了派出所，看来真的离“下岗”不远了。

老方不由得叹了口气。这辈子算是赶上好时候了！要下岗儿回才算够？

突然间，饭馆里走进一个四十多岁的瘦男人，穿着短袖衬衫和肥大的西裤，仿佛细竹竿子撑着一只面口袋。这人举着手机，大声讲着广东口音的普通话：“喂？喂？喂？我是谁？我是阿强啦！银河公司开车的阿强！你是谁？喂？你信号不好吧？我听不清，你是谁？”

老方表面不动声色，心跳却突然加了速：这不是银河东莞的司机吗？临行前Steve不是亲口说过，让注意司机阿强？

阿强只顾着讲电话，完全没注意饭馆里的其他人。他用力仰着头，一脸的吃力表情：“喂？喂？听不清啊，你是谁……哦！听到了！”阿强突然压低了声音，小心翼翼道，“小黄？是你？”

老方立刻把耳朵竖起来了，心也跟着悬到嗓子眼儿。

可司机阿强也变得加倍小心，不但降低了声音，还用手捂住嘴。老方只能隐约听到几个字：

“……正在装修的楼，当然什么都没啦！”阿强边说边点头，“哦，好好好，我知啦，你不敢出来，叫阿昌买喽……唉！算喽！我今天上午不忙，我买好给你送过去好喽！”

老方捧着空碗假装吸溜，心脏已经在雀跃了！小黄，阿昌，这还能是别人？装修工人自然可以住在正装修的房子里！看来，这位司机阿强的确和逃跑的小出纳关系不一般。黄美珠果然并没离开龙关镇，而且她现在应该就藏在尚未完工的楼房里。不过，她估计在那里待不了多久了——不是订了明晚飞曼谷的机票？

可那正在装修的楼房在哪儿？

老方结了账走出饭馆，在路边打了辆计程车，飞速坐进车里，却并不说出目的地，就让司机把车停在路边等着。

*

上午的太阳越来越高，越来越亮，穿透网吧里弥漫的烟雾。苍白的日光灯已在不知不觉中熄灭了。

Steve 已经目不转睛地对着电脑两个小时了。电脑屏幕里仿佛装了磁石，把他的目光吸牢了。指尖在键盘上啪啪作响，屏幕上的新浪微博在不停变换着搜索关键词："怀安""念安""安夏""夏冬"……

突然间，敲击键盘的声音戛然而止。Steve 眼睛里瞬间划过一道兴奋之光，随即变得深邃而复杂，悠悠地凝在电脑屏幕上。这就是他！尽管从没原创或转发过任何一条微博，在他默默关注的几百个博主中，却隐藏着一些让 Steve 立刻就能识别的元素——东莞天气、深圳高铁订票、广东新浪乐居、长荣航空、安娜堡生活……还有那头像——一片白雪覆盖的树林，林间有一条蜿蜒的河流。Steve 一眼就认出那个地方。

还有那用户名。他竟用了这个用户名！

二十分钟之后。Steve 眼前的电脑屏幕上，一左一右并排放着两个窗口。左侧是放大的微博照片，右侧是 Google 卫星地图。Google 地图上显示的是一片模糊的灰色建筑，建筑旁边有一块椭圆形的鲜红色，与灰色建筑被一条白线分割。再往外是两侧被绿色树冠掩映的通道。

而左侧的微博照片，像是从阳台的角度拍摄的小区大门：那是一个白色拱门，门外有个椭圆形花坛，开满红色的花。再远处是一条马路，路边排列着挺拔的杨树。微博发自两天前，博文只有一句：

"无聊的午后，让人讨厌的城市！"

Steve 不禁微微点头。都对上了！

他把目光移向那博主的头像，是个衣着入时但神情严肃的少妇，昵称叫作“小晓琳”。这女人想必很无聊，每天都要发不少微博，内容大多与自己的身体或配件有关。比如指甲、高跟鞋或是墨镜。但即便微博的内容如此空洞无聊，却也有几百个粉丝。李怀安也是其中之一。她却并没关注李怀安。以她的形象和风格，无论如何是不该和李怀安有关系的。但是，他们却住在同一个小区里。

Steve 缓缓滚动鼠标，仔细浏览“小晓琳”的每条微博。突然，他的指尖停止了滑动。轻轻一点，又一幅照片放大开来，是个生日蛋糕的特写，巨大的蛋糕上，只插了两根蜡烛。微博下有不少评论，大多是生日祝福，也有一个像是闺蜜调侃：“今年是不是该插三根了？”“小晓琳”回复：“讨厌！人家永远两根！”

Steve 心中暗喜，默默推算。此人今年三十岁，应该是 1980 年出生的。

Steve 立刻拿起黑莓，拨通最得力的服务提供商：“查一个人，越快越好！女性，名字里应该有‘晓琳’两个字，拂晓的晓，琳琅的琳。大陆人，常住香港和北京。生日是 6 月 12 日，请排查前后五天，以及农历反推的生日。出生年份应该是 1980 年，我有照片，马上发给你！”Steve 沉吟了片刻，又补充说，“不要只查 80 年出生的，从 75 到 80 都要排查。”

Steve 说罢，用黑莓的摄像头对准微博头像。

二十五分钟之后，黑莓突然振动起来。Steve 暗暗吃惊：这个服务商又要破纪录？之前的最快纪录，是三十五分钟查到结果。

黑莓上显示的却是老方的号码。Steve 心中一沉：不是让他回北京去，怎么又打电话来？莫非又出了问题？Steve 把黑莓凑到嘴边：“到机场了？”

“不！还在龙关镇！”

“为什么还没走？”

“嗯，那什么，早上在饭馆，碰到一个人，”老方故意停顿了一下，“可能就是银河东莞的司机阿强！您的直觉应是对的！我猜，这个阿强也许知道出纳在哪儿。”

老方竭力克制自己的语气，但 Steve 听得出来老方那抑制不住的兴奋：“应该就藏在龙关镇的一个正在装修的楼盘里，叫东湖小区！”

Steve 却没流露任何兴奋之情，声音反而更低沉冷峻：“你怎么知道他是那司机？”

“他自己说的。他接了个电话，信号不好，他说了两遍，自己是银河的司机阿强。他管对方叫‘小黄’。一开始他好像听不清对方是谁，后来听清楚了，就立刻谨慎了，声音也压得很低。大概是对方需要什么东西，又不敢自己出来买。阿强就说‘让阿昌买’，后来又说，干脆自己去送。昨天我听黄美珠的母亲讲过，黄美珠的男朋友就叫阿昌，在建筑公司打工。所以，她躲在还没完工的楼盘里，大概也有可能？”

“她躲在哪个楼盘，也是你听那司机说的？”Steve 追问道。

“那当然不是。那司机可没说地方。他就说要把东西送过去。是我打车跟着他。他开一辆别克君威，先去了银河东莞，在里面待了半天才又出来，去了超市，买了些女人内衣和丝袜，还买了一个拉杆箱。他从超市出来，没再开自己的别克，而是打了辆车。我心想这大概就是要去找黄美珠了，所以公司的车不能开过去。他打的车又绕了半天，最后才到这个东湖小区，果然是个已经封顶的楼盘，看样子正在做精装修。一共两座楼，我看他拿着超市买的东西走进了左边那座。过了大概半小时，空着手出来了。那箱子肯定是给黄美珠买的。她不是明天晚上的飞机去曼谷？”

“你在那小区外面？”

“嗯，在马路对面的一家冷饮店里。小区门口有保安，不过好像查得不严，有人进进出出的，保安也不太管。我本来想混进去打听一下，那个叫阿昌的在哪儿。只要找到阿昌，估计就能找到黄美珠。不过……呵呵，”老方呵呵一笑，虽然还是用他惯用的卑微口吻，却隐隐有些得意，“我没急着行动，想先跟您请示一下。我是混进去呢，还是先留在门外守着？如果守到明天，估计应该能拍到黄美珠，只不过，那可能就来不及……”

“你立刻去机场，回北京去。”Steve 用命令的口吻打断老方。

“什么？”老方吃了一惊，“您是说，这条线，咱不跟了？”

“不用你跟。”Steve 把那只小 U 盘再次插入电脑，“马上离开那里，回北京去。越快越好！”

4

十五分钟后，Steve 钻进计程车。

按司机所说，东湖小区大概需要十几分钟车程。老方最好已经离开了。他们不能同时在那里出现。

这信息来得似乎太容易了。Steve 隐隐感到不安，却又说不清漏洞在哪。大概是老方在派出所的一进一出？ Steve 飞快盘算着最糟糕的情况：这是一个设计好的陷阱。可谁是猎物？老方，还是他？

黑莓突然又振，这次的确是服务商。四十分钟得到初步结果，没破纪录却也算神速：通过在全国范围内对生日是 6 月 9 日—6 月 15 日，出生年份在 1975—1980 年的人员进行排查，找到一个和目标人相貌吻合的：她叫于晓琳，广州人，工作单位是海南航空公司。Steve 猜得没错，于晓琳向闺蜜虚报了年龄，她其实是 1978 年出生的。

全国高校信息查询显示，于晓琳 2000 年毕业于广州外国语学院。服务商已联系过海航，目前没有任何员工叫于晓琳。服务商早知道 Steve 这回格外在意结果，所以做了一点儿“额外的”工作——查阅于晓琳的海关进出记录。当然不合法，所以只能口头告知结果：自 2000 年起，于晓琳频繁出入中国国境，目的地遍及世界各地，但都是海航航线所达之处。可见她曾经在海航干过空勤。

但自 2003 年起，于晓琳进出海关的次数明显减少，而且目的地变得相对集中，其中香港为最多，而且经常是通过陆地口岸，而非航空港。每次出境停留的时间也大大加长，从三五天变成数月。

看样子，于晓琳该是 2003 年左右辞的职，从此开始频繁往来于大陆和香港之间。服务商随即查询了香港公司登记信息和产权交易数据库：于晓琳在香港全资持有一家私人公司“琳琅商贸有限公司”；她是这家公司唯一的股东和董事。于晓琳本人名下在香港并无房产，但琳琅商贸曾经于 2004 年购入香港中环的一套豪华公寓，交易价格为两千万港币。

“结婚了？”

Steve 向服务商低声询问。他指的是户籍里的婚姻状况。他正坐在计程车里，出口的信息必须简化至最少。服务商能明白就够了。

“户籍里的婚姻状况是未婚。”

Steve 沉默不语，不动声色地观赏车窗外的景色，心中却正连连摇头：不！她可不是未婚。看样子，她是嫁入豪门了！

大陆人在香港结了婚，除非要在大陆生孩子报户口，也不必回大陆来更正婚姻状况。当然也有可能并没结婚。年轻漂亮的前空姐独自住在北京 CBD 的豪宅小区里，这样的情形倒也不算新鲜。果真是独居吗？那位李先生不是在夜里走进了她住的小区？而且还关注着她的微博，并且点了不少的赞。

其实二人同居的证据并不够充分：两人或许只是邻居？但 Steve 有一种直觉：他们就是住在一起的。

她是他的太太？她可并没关注他的微博。以他林氏集团大陆普通员工的身份，也买不起北京和香港的豪华公寓。又或者，他是她的情人？是阔太太在大陆的私藏？

“我也差不多。”李怀安昨晚说过的。这是有关婚姻状况的评价。他显然对婚姻不满意。对他而言，至少婚姻里缺少了些什么。但不论缺少的是什么，他似乎已经在试图弥补了——看看这位晓琳女士，还有北京的豪宅吧！独身的人未必孤独。以独身来冒充孤独进而博取同情的人，是最令人恶心的。Steve 微微有点儿反胃，这感觉反倒让他轻松：他再不是 Steve 以为的那个人，其实十一年前就已经不是了。他只是 Steve 调查过的千百个目标人之一，完全可以跟他演一出戏，没什么需要内疚的。

Steve 两腮用力，两条斜痕在两颊下方清晰而现。做 Steve 的感觉挺好，那个叫作夏冬的可怜虫再也不用出现了。他把黑莓凑近嘴边，用极低的声音说：“查香港公司。”

服务商立刻会意——Steve 让查于晓琳名下的琳琅商贸。虽然有很多香港人成立公司是为了买房子，以便未来卖房子时只需过户公司股权；但谁知道于晓琳名下的琳琅商贸除了交易房产是否还有其他用途？

*

计程车前方出现一片工地，被临时搭建的水泥墙壁围绕着。院子里有两栋楼，都已经封了顶，但窗玻璃上还贴着纸。吊车已经不见了，院墙后仍能看见几辆卡车。工地的大铁门左右分开，门边有保安室，看不清里面有多少保安。

Steve 吩咐司机不要停车，继续向前，缓缓驶过敞开的大铁门，在前方的十字路口拐了个弯，这才付钱下车。车子经过铁门时 Steve 看清了，保安室里只有一名保安，正百无聊赖地摆弄手机。院子里也看不见其他人影，只有一些建筑材料整齐堆放着。两座楼距铁门还有一百米左右的距离，楼门洞里黑暗寂静。中午时分，又是午休时间，大概工人都躲在没太阳的地方午休。

街对面果然有家冷饮店，老方已不在里面，应该在去机场的路上了。有两三个工人在吃冷饮，用本地话大声地聊天。Steve 没进冷饮店：外地人接连光顾会让老板起疑。他在附近的烟摊买了包烟，抽出一支漫不经心地吸着，好像驻足小憩的过客，目光闲散慵懒，眼角的余光扫视着那铁门，大脑却丝毫没有怠慢：正在收尾的楼盘，午休的工人，偷懒的保安，这一切看似平静，并无任何异样。但是，黄美珠的行踪真的这么容易就到手了？这真的不是陷阱？

如果真是陷阱，老方肯定不是猎物。他只能是诱饵。但是，抓住 Steve 又能如何？阻止 GRE 对黄美珠的调查？又或者，Steve 亦是诱饵？以他为饵又能钓到谁？

Steve 一时找不到答案。

重大的线索就在眼前，没道理眼睁睁地放弃。而且就只剩一天时间了。黄美珠明晚就要飞曼谷了。

Steve 扔掉烟头，用皮鞋踩灭，从裤兜里掏出一副黑框眼镜戴上。镜片没有度数，镜框十分老气，但这眼镜的功效远比调节视力更强大。Steve 径直朝着保安室走去。

“老兄，这是不是东湖小区？” Steve 透过窗户，向着保安室里微笑。

屋里果然只有一个保安，四十多岁，黝黑干瘦，服装不整，裤脚挽到膝盖，帽子扔在桌子上，帽檐边有一圈发黄的汗渍。桌上有香烟和茶水，还有一部黑色对讲机，绿色 LED 亮着，在工作状态，但并无任何声音。也许此频道的所有人都在午休。看得出，这小区管理松懈，员工也很懒散。桌子上还有一本皱巴巴的《知音》杂志，封面的泳装美女身上抹着各色的斑渍。杂志边缘露出一段黄色细带，该是个工作证之类的东西。

“哦？”保安放下手机，抬头打量Steve，“是啊，这里就是！”

“这是哪家开发商开发的？”

“你想买房子？售楼处在另一边！”保安抬手指向两座楼。不知是保安故意不说，还是没兴致说。

“不是，”Steve摇头，“我只是想找个人。”

“你找谁？”保安把脖子挺直了一些，似乎产生了些兴致。这动作让Steve有些起疑：莫非，他在等什么人？

“找个装修工人，叫阿亮的！”Steve抬头看天，装作努力思考，“是叫阿亮吗？嗯，对！好像是吧！”

“阿亮？哪个阿亮？我们这里有好几个呢！”

“那个佛山的阿亮，四十多岁？”Steve随口说着，暗中留意保安的表情。并无异样。这让Steve安心了些：如果他在等找阿昌的，听到“阿亮”这个名字，或许会有点儿失望。

保安皱起眉头：“佛山的阿亮？好像没有啊！我们这里没有佛山的！”

“没有佛山的？”Steve故作疑惑，“你们公司难道不是佛山的？”

“谁说我们是佛山的？我们是本地公司和香港的合资！你是找错地方了吧？”

Steve心中一动：香港合资？香港哪家公司的合资？银河东莞和林氏集团都是香港公司。不过，东莞的香港公司多如牛毛。Steve想继续深问，保安已显得有些不耐烦。多问有可能会引起怀疑，不如就着眼前的话题纠缠一阵：

“可我找的阿亮，应该就在东湖小区打工的！上次和朋友路过这里，还见到过他的！他说他是佛山的！”

“在这里见到的？这可真怪了！”保安抬手摸着脑袋，满脸的迷惑。Steve见保安的反应并无异样，试探着再深入一些：“真的是在这里见到过的！我干吗要骗你？”

保安也不服软：“没有就是没有，我也没有骗你啦！”

Steve表现得愈发急躁，拉长了脸：“嘿！这就没意思了！我真的找阿亮有急事！帮忙叫一下能耽误您多少时间？”

保安顿时有了怒意：“你这人怎么这样？这里本来就没这个人，让我叫谁去？”

“可我绝对不会记错啊！那天，我朋友就是在这大门口把阿亮介绍给我的！就是这里！我记得很清楚！他当时手里还拿着一本杂志！对了，好像就是这一本《女友》！你为什么故意不让我见他？”Steve把胳膊伸进窗户指着桌子上的杂志。

保安顿时火气大增，一把抄起杂志，递到Steve眼前：“你记得清？我看你有毛病！你看清啦！这是《知音》啦！还《女友》！”说罢又狠狠把杂志扔回桌子上。

就在杂志起落的瞬间，Steve的确看清了，那杂志下面果然是个工牌，上面印着“龙关东方建筑有限公司”。

“我说错了，本来就是要说《知音》！”Steve略微缓和了语气，脸上露出尴尬之情，却又不肯就此罢休似的，“可我真的没记错啊！老兄帮帮忙嘛！哦！对了！当时他还和另一个工友在一起，叫……叫……哦，好像是叫阿昌的？”

“阿昌？”保安眼睛一亮，态度随即平和下来，“阿昌倒是有啊！我们这里就一个阿昌，不过他可不是佛山的。”

“我又没说阿昌是佛山的。阿亮是佛山的，阿昌只是他的工友。”Steve再次兜起圈子来，“我找的是阿亮，不是阿昌，阿亮是佛山的。这有什么难理解的？”

保安又烦躁起来：“哎呀你这个人怎么这么烦！谁管你想要找谁！反正佛山的阿亮呢，我们这里是没有，阿昌倒是有的！要不你自己去问阿昌！”

Steve如释重负：“早说嘛！我去问阿昌好了！阿昌在哪儿？”

“左边那栋三层第一间！他平时就住在那里！不知道现在在不在！”

保安一屁股坐回座位，没好气地拿起手机，不再理会Steve。Steve拔腿走进工地大门，保安头也不抬，自然是没有阻拦的意思。有一条大约百米长的柏油路，从大门直通向两座楼前。院子很开阔，种了一些一人多高的小树苗，一卷卷的草皮扔在墙边，看来绿化才刚刚开始。院子里楼里都很安静，看不见一个人影。脚下的路面被午后的太阳晒得发软，和鞋底若即若离。

Steve微微放慢脚步，扶正了眼镜框。那上面潜伏着一个难以察觉的微型摄像头，很快就要派上用场了。一会儿到了阿昌的房间门外，是找个借口敲门进去，还是隐蔽在门外等着黄美珠露头？只要拍到黄美珠，银河东莞交付的任务也就完成了。如果更尽职一些，可以找深圳或广州的服务商到此蹲守，以确保随时掌握黄美珠的准确位置。反正顶多也就是一天半的工作——如果客户不打算做什么，黄美珠明晚就去泰国了。

但找到了黄美珠，“保险箱”项目就结束了吗？那就未必了。黄美珠只是引子，她背后必定还有很多好戏。Steve 并非对每个经手的项目都会“多走一步”。但这个项目具有特殊的魅力——那位久别突然重逢的纯朴的李先生。他到底和此案有什么关系？

Steve 边走边想，大厦幽暗的大门也越来越近。

突然间，背后一阵马达轰鸣，紧接着是轮胎摩擦路面的刺耳之声。

Steve 一惊，猛回头，一辆黑色轿车正飞速拐进工地大门，车轮和路面尖声摩擦，掀起一片烟尘。瘦保安高嚷着从保安室里冲出来，轿车却已开进大门，朝着 Steve 疾驰而来。车里似乎只有司机一人。Steve 逆着阳光，看不清那人的脸。两三秒的工夫，那车已急刹在 Steve 身边，又是一声轮胎的刺耳摩擦声。车窗随即落下，驾车之人探出头来，用故意压粗的声音低吼：

“快上车！”

Steve 不禁一愣。是个中年男人，头戴棒球帽和大墨镜，一张脸被挡得严严实实。嗓音显然是成心扭曲了，听上去却有些似曾相识。

“快点儿啦！等着人家来抓你吗？”

那人又是一声吼，口气万分焦急。Steve 回头一看，楼门洞里果然闪出几个人影。Steve 再向工地大门看，那保安已从保安室里取出对讲机凑在嘴边。再往更远处看，路对面冷饮店里的几个工人也钻出来了！看来他们都是演员，正准备前后夹击！

Steve 突然明白过来，这果然是个圈套！可眼前这似曾相识的男人，他到底是谁？

“快上车！否则我们都走不了！”那人简直是在咆哮。

几个男人已经冲出楼道，手里都拿着对讲机。工地的大铁门正发出隆隆的马达声。Steve 一把拉开后车门，几乎是扑了进去。门还来不及关紧，车已在原地掉了一百八十度，全速向铁门冲去。铁门正在徐徐关闭，丰田车的车身与铁门边缘相蹭，火花四溅，发出尖锐刺耳之声，但终于还是钻出铁门去了！

丰田车发疯似的在门外转了个急弯，Steve 被抛向后座的另一侧，来不及再次找到平衡，车子已如脱缰野马，沿着马路狂奔而去。

*

Steve 坐稳了，并不急着开口，静静观察前座的司机。那人摘掉棒球帽，露出一头乱蓬蓬的头发。Steve 立刻明了，心中不由得一震。

"证件都在身上吧？"李怀安专心驾驶，并不回头。嗓音恢复正常。

"在。"

"行李不用要了。"

"没有其他行李。"

李怀安不再作声，Steve 也沉默着，脑子却在快速转动：今早和他通话时，他果然是在飞机上。从时间上推算，从那时到现在，正好间隔四个小时，足够从北京飞到深圳，再从深圳开车来到龙关。Steve 看一眼汽车引擎上悬挂的钥匙，车是从租车公司租的。李怀安从北京飞到深圳，在机场租了车，直接开到龙关镇来，就为了及时阻止他进入东湖小区？

车在高速公路上飞奔，车轮与路面剧烈摩擦，车里却显得很寂静——李怀安不吭声，Steve 也不问。他其实有太多问题想问。但他心里很清楚，这位李先生是不会轻易把秘密说出来的。

他刚刚救了他。但他应该感激他吗？

丰田车停在深圳宝安机场候机楼前。

"南航 CZ3255，两点零五起飞。还有一个小时。"李怀安终于又开口了。他一手扶着方向盘，一手取下墨镜，转过身来看着 Steve。白色 T 恤，牛仔裤，运动鞋，T 恤里充满了肌肉，就像当年。Steve 吃了一惊，这是记忆库里的阿文：健壮的身体，黝黑的皮肤，高耸的喉结，闪亮的双眼，放射着深邃而严肃的光。"还好吧？"

"今天多亏你了。"Steve 低声回答。

"不用！我们不是哥们——儿嘛！"当年是夏冬教他这个词。如今台湾口音淡了，却还是说不地道。

Steve 看着李怀安的双眼弯成月牙，眼角和腮边裂变出许多纹路。那是售楼经理最标准的笑容，带着谄媚的意味。一头蓬乱的黑发瞬间显眼起来，好像是从他头顶突然冒出来的。Steve 立刻明白了，这笑容是习惯性的，并不代表喜怒哀乐。是忍气吞声趋炎附势惯了，是被多年的工作和生活培养出来的。但是，就是这个老好人似的销售，刚刚飞车救了自己——国际顶尖商业调查公司的高级领导。这是怎么回事？ Steve 一时间有些找不到头绪。

“哦，那个，冬哥……”李怀安仿佛突然想到了什么。

Steve 微微一震，仿佛被人从背后猛推了一把。冬哥……那个人不是早就被他囚禁了吗？

“票是用你的名字订的。”李怀安顿了顿，又缀了一句，“不是 Steve Zhou，是夏冬。你应该还有一张身份证是这样写的，对吧？”

Steve 提了提眉毛。是的，他的确有一张身份证是这样写的。最真实原始的一张证件，此时却是最好的掩护——整个珠三角都不会有第二个人知道夏冬是谁。这位销售考虑得竟然如此周到。

丰田车绝尘而去。Steve 并没跟李怀安说再见。他的直觉告诉他，他们不久就会再见面。

5

GRE 北京分公司里一切如常，就像什么都不曾发生。大老板苏珊出差未归，她从东莞直接去了香港，那里总有她能见的洋客户，这也是她最拿手的部分。反正她时常不在北京，北京的员工看不见她也不足为奇。Steve 才是这里真正的老板。其实 Steve 也消失了一天，但大家并未太在意，除了前台秘书琳达。琳达向来对老板们格外留意的。

不过 Steve 第二天一早就出现在办公室，而且又是全公司第一个，比前台琳达还早。

琳达去嘉里中心的咖啡厅给 Steve 买了一杯拿铁。Steve 并没给指令，这是她主动而为。其实楼下就有星巴克，但琳达了解 Steve 对咖啡的喜好。她把拿铁端到 Steve 办公室门外，正要敲门，却听见屋里隐约有说话之声。琳达知道老板在打电话，因此没敢打扰，把拿铁放在门外地毯上，回前台给老板发了一封邮件。

电话是服务提供商打来的：琳琅商贸——于晓琳名下的香港公司——除了拥有中环一间价值几千万港币的公寓，还曾经持有香港上市公司林氏地产集团五百万股的股票。不过那是多年以前了。大约八年前，琳琅商贸把林氏集团的股票都转给另一家叫作 L&L Limited 的公司，那家公司在 BVI 注册成立，那里注册的公司都查不到股东的。BVI，英属维京群岛，和许多其他大洋中的岛国一样，拥有令游客着迷的海滩，和令商人们着迷的公司注册法律。这些岛国不但对在境内注册的外国公司免税，而且并不要求这些公司提供真实股东和受益人。相关文件由中介公司留存，没人能够名正言顺地查到这些公司的真实股东。

于晓琳曾经间接拥有林氏集团近 10% 的股份，看来，她“嫁入”的“豪门”正是香港林氏家族。空姐嫁给了香港富贾，一步登天。明媒正娶不是不可能，但更多见的是旁门左“妾”。无论如何，看她的身家，应该是个不凡的女人。

但她和李怀安又是什么关系？只可能有两种答案：于晓琳瞒着林氏的“东家”找了个情人；或者这位李先生本来就是林氏集团的一员，而非什么分公司的“小员工”！ Steve 心中一震：他原本不是姓林吗？十一年前，他不就是为了回台湾“继承家业”而放弃了美国的学业？莫非，他家就是鼎鼎大名的“林氏家族”？

但是，他目前的着装和仪态，无论如何也不能令人联想到台湾富二代。以前的他，到底曾经怎样描述自己的家庭？

Steve 竭力搜索着记忆库，却愕然发现，尽管两人曾经朝夕相处，却似乎只有一次涉及家庭的对话。

那是一个冬日的午后，阳光穿过树林，落在厚雪之上。夏冬和阿文坐在一条凝冻的河边，欣赏雪地上那两串蜿蜒的脚印。阿文突然发问：“你喜欢美国吗？”夏冬摇头：“不喜欢，这里寒冷而寂寞。”阿文又问：“想回北京去吗？”夏冬再次摇头。父亲为了他出国已经欠了不少债务。他反问阿文：“你想回台湾吗？”阿文也摇头：“家人想我回台湾。他们想让我结婚生子，继承祖业……可我不想回去，不想结婚，也不想继承祖业。”

仅此而已，而且并不可靠，有可能记错了季节或地点。这部分的记忆库陈旧混乱，早该彻底清理干净。当年的阿文早已不复存在。自十一年前，他在日料店宣布离开美国的一刻就不复存在了。现在 Steve 所面对的，是个唯唯诺诺不修边幅的中年人。不论他是老板还是普通员工，他都不再是记忆库中的那个不想回台湾也不想结婚的阿文。他现在不但有妻子，说不定还有情人。Steve 想起北京 CBD 的豪宅和那个叫作于晓琳的女人，想起那句有关婚姻的“我也差不多”。低级的虚伪。Steve 并没感到鄙夷，他只觉得空，从体内扩散而出，仿佛那里突然少了些什么。是那个被禁锢的孩子突然消失了？

可那又有什么不好？他本来就是 Steve——GRE 北京办公室的实际管理者，近千个调查项目的执行者。Steve 是没有感情的。他不需要感激，也不需要仇恨。他只需要完成手头那个叫作“保险箱”的项目。

那项目正遇上一些麻烦：有人借用“东方建筑有限公司”开发的楼盘，给 Steve 设了个陷阱。不仅借用了场所，似乎也调动了这家公司的保安和工人；而且黄美珠的男友阿昌也在这家公司打工！这家公司是什么背景？ Steve 再次拿起电话联系一家专门提供公司注册信息的服务商。这工作相对简单，十分钟后得到结果：龙关东方建筑有限公司有两家股东：龙关镇经济发展有限公司和东莞林氏置业有限公司。前者是龙关镇政府，后者分明就是香港林氏集团在东莞的子公司！

是林氏集团打算抓住他？抓住了又能怎样？交给当地公安机关？在黄美珠家门口抓住像老方这样一条“小鱼”，未必能做出多大的文章；若是在未完工的大楼里抓住像 Steve 这样的一条“大鱼”，发挥空间就大了。楼盘工地并非公共场所，仅凭“深入私人领地非法调查”一条，就足够让 Steve 和 GRE 难堪的。如果再动用一些手法，使 Steve 说出客户——银河东莞——的名字，那就更完美了。不但 GRE 无法再继续执行这个项目，估计银河东莞也再找不到别人来执行了。

是林氏集团在幕后指示黄美珠？司机阿强也是林氏安插在银河东莞的内线？李怀安也是林氏派来监视 GRE 的？才不是什么老友邂逅，傻子都能看得出来，这位李先生是别有用意的！

但李怀安为何又要铤而走险，在关键时刻搭救 Steve？他的确戴了帽子口罩，还使用了租来的车，分明是不想让林氏的人认出他。是他突然改了主意，还是原本就不赞同那个主意？

但这又如何？李怀安是林氏的人。他不但知道内情，还是整个计划的参与者。他消失了十一年，突然又冒出来，其实是为了监视Steve。未来或许还要试图继续监视下去。仅凭一次行动绝不能证明根本的立场。对于一名称职的调查师而言，分清敌我是最基本的要求。

可“敌人”到底制订了一个怎样的计划？这才是最令Steve费解之处：堂堂林氏集团，为何要大费周折，指使一名小出纳偷走银河东莞二十万元人民币？林氏集团和银河集团在香港是势均力敌的死对头没错，但那也犯不上为了区区一点儿小钱，去冒身败名裂的风险。

莫非，根本就不是为了钱？

Steve迫不及待打开搜索引擎，迅速敲入关键词：“林氏”+“银河”；不到半个小时就顺利挖出结果。

原来如此！

Steve兴奋地站起身，绕着办公桌走了半圈，来到高大的玻璃窗前，用手指轻轻撑开百叶窗的两片叶子。一道刺眼的阳光直射进来，就像入侵的不速之客。

黄美珠今晚就要去泰国了，银河东莞经理李约翰恐怕要很失望了。但这案子没完。有意思的部分才刚刚开始。

Steve眯起眼睛，眉头也深深皱起来，自言自语道：“既然你主动送上门来了……”

第四章

将计就计

1

“小李呢？今天又没来？”

林氏集团北京分公司总经理陈嘉康一只脚刚踏进公司大门，就对着秘书小姐嚷嚷。东方新天地的写字楼原本房顶过低，陈总经理又天生是个大嗓门，把秘书容小姐的耳朵震得嗡嗡作响。

“陈总好！小李来了！他给您买咖啡去了！”容小姐连忙起身，忙不迭地回答。陈总昨晚已经发过一顿脾气了，吵得她很是心慌了一阵子，还影响了下班时间。今天生怕陈总再来这么一顿。

陈总原本在台北出席董事会议，昨天却提前一天回到公司。不巧新来的总经理助理李怀安无故缺勤，算是被陈总逮了个正着。其实本来容小姐并不知道李总助昨天没有上班，她和这公司里的大部分人一样，根本就不在意李怀安在做些什么。一个新调来的总助，入职时又赶上总经理在外开会，能有什么可做的？而且陈总本来也不像是很需要助理——上一个助理休产假两个月了，也没见陈总有任何不方便。反正全公司几十个人都是他的助理，想用谁就用谁，想骂谁就骂谁，脾气像是揣在兜里的，随时就能掏出来，没有助理丝毫不妨碍他骂人骂得尽兴。

但是，“竟然无故缺勤！”这话从陈总嘴里叫出来，让人感觉无比严重。台湾人的脾气是不是都不够好？嗓门是不是也都特别大？容小姐是很靠后的80后，没赶上北京CBD里到处都是港台老板的年代。如今本土海归已经后来居上，但林氏集团毕竟由台商家族控制，分公司里多一些台湾老板也很正常。

容小姐其实并不关心台湾老板都怎么样，就连陈老板的未来她都毫不关心。她最关心的，就是不要让陈老板有机会在她耳边嚷嚷。她心里其实暗暗对李总助有些同情——天天和和气气唯唯诺诺的，一看就是常年受领导压迫。其实身材和长相还算不错——容小姐一向迷恋帅大叔，好像张涵予那种的。当然这位李总助差得太远，衣着发式毫无品位，一看就是刚从外地进京的中年屌丝。

容小姐隔着公司玻璃门看见李怀安钻出电梯，手里空空的什么都没拿，心中暗暗叫苦：她好心给他出主意，叫他按照陈总的喜好去买杯特制的咖啡，他却空着手回来。这不是要把她也牵连进去？屌丝就是屌丝，难怪听说他在林氏工作了快十年，调来调去地换了许多部门和地点，却始终是个不起眼的小角色。如今来给陈总当助理，算是摊上全公司最烂的职位了——谁不知道陈总是所有分公司经理里脾气最臭的？

好在陈总正撇着嘴往公司里走，没留意背后出现的李怀安。容小姐赶忙笑嘻嘻目送陈总往里走，心想只要陈总不在，总有办法补救。可没想到李怀安不是一般的没眼力见儿，偏偏着急忙慌地按门铃。容小姐又惊又气：不但没买咖啡，居然连门卡都没带？

陈总果然停住脚步回头看。容小姐眼看李总助大难临头，正准备要用手指堵耳朵，陈总却并没发作，只气哼哼冲着容小姐说：

“赶快给他开门嘛！”

*

李怀安被陈总叫进了办公室，容小姐的心一直悬着，不知陈总会不会过问咖啡的事。容小姐可不想让别人觉得她是在故意包庇李总助。一个谁都不熟悉的新同事，偏偏又是个屌丝帅大叔，别人说不定要说她犯花痴。容小姐到了认真找对象的年龄，这种名声是不能传出去的。

容小姐找机会故意从陈总办公室门外经过了几回，万分小心着不让高跟鞋发出多少声音来。其实容小姐的顾虑是多余的，因为陈总正火冒三丈，就算门外经过一辆救火车，他也未必能注意。

“你昨天去哪里了？为何没有请假？”陈总尽量把小眼睛睁大，仿佛这样才有足够的震慑力。

“真的对不起！我昨天不是很舒服，所以提早回家去休息。”李怀安满脸堆着笑，低头看自己的皮鞋。皮鞋鞋面上抹着一层灰，不知多久没擦了。陈总并不常注意员工的皮鞋，但此刻注意到了，就恨不得立刻请这位姓李的走人。总公司怎么调来了这么一位？肯定是在东莞待不下去了！

“那也得请假嘛！我不知你在东莞公司怎么上班的，我这里绝对不可以！”其实陈老板这里无故缺勤的人并不少，只在于是否被他碰到。

“陈总对不起！以后绝对不会了！绝对不会了！”李总助加大笑容的幅度，像是要把皱纹里那些黑影子都挤出来。但陈总仍是无法释怀！昨天被董事长在电话里训斥，好像生吞了一只活臭虫：“你公司里有人翘班你知道吗？快滚回去给老子查清楚！”林氏家族第二代掌门人是戎马出身，骂人也有拳头的威力，几乎把正走出机舱的陈总打了个跟头。陈总只好放弃了出差回来偷半天闲的打算，从机场一溜烟“滚”进公司。全公司的人出奇的全，唯独只少了一个——新来的助理李怀安。陈总想不通，年迈的董事长身在台北，他怎知北京分公司里有人没上班？

“从明天起，你必须上下班打卡，手机24小时开机！听到没？”

这是陈总自己想到的。在一大通长篇大论的训诫之后，他总要找出些具体措施作为惩罚，也好向董事长汇报。公司早就安装了打卡机，却并未严格执行打卡制度。其实陈总也觉得此事小题大做；但目前公司正在实施一项极其秘密的计划，秘密到几万人的公司就只有几个核心管理层才知道。这种时候董事长总是格外敏感易怒，陈总可不打算此时去撞枪口。

身为董事长的左膀右臂，陈总当然也在知情者行列，却也只了解他需要了解的部分——和大型国企中原集团的高层公关。林氏集团在北方并无项目，北京分公司的重要功能就在于公关。此任务事关一项重大工程的招标——青岛地皮开发项目。这是公司近年来遇到的最大规模的项目，是进入大陆市场的关键一步，也是和林氏的死敌香港银河集团的殊死之争。董事长志在必得，林氏的所有大股东也志在必得，但中原集团却似乎并不倾向于林氏集团。所以陈总压力巨大，未来说不定还有很多要被董事长痛骂的机会。

“是！”李怀安用力点头，毕恭毕敬。越是顺从就越可气，陈总简直想要踹他两脚。这样的人也配当他的助理？陈总昨晚看过他的人事档案：大专毕业，整整打了十年的小工。陈总懒得再多看他一眼：

“出去！”

*

李怀安深鞠一躬，像是在向遗体告别，转身退出总经理办公室，轻轻带上门。一连串的动作一气呵成，仿佛重复过千百遍了。陈总的责骂早在他预料之中，其实完全不算什么。比这凶猛百倍的责骂他也能同样安安稳稳地笑纳。这本事是在童年练就的：常常在毫无准备的情况下，一巴掌盖下来，眼前一黑，一团金星在铮鸣中飞舞。

李怀安转过身，见到迎面走来的前台秘书容小姐，娇小的玉脸上有三分的埋怨。李怀安忙笑脸相迎：“那家咖啡馆的机器出了故障，我又不能多等。让你担心了，真不好意思！”

容小姐的脸上起了红晕，小嘴也扭成奇怪的形状，像是生气，又像是要笑。李怀安又补上一句：“快到午餐时间了，我下楼去买三明治。我帮你选一只软的带上来？”

容小姐扑哧一声，忙用手去掩嘴巴，好像要打喷嚏，脸上的红晕更浓，心里怪他只说要带三明治，却并不邀请她同去。等她调整好了呼吸，李总助已经出了公司大门，钻进一架拥挤的电梯。电梯里人满为患，都是忙着去吃午餐的上班族。电梯每层必停，却没能再多上一个人。好不容易熬到了底层，李怀安随着人流涌出电梯，顿觉一阵轻松，鼻息中却突然有了一些微妙而熟悉的气味，正待琢磨曾在哪里闻到过，耳边突然响起一个更加熟悉的声音：

“阿文！”

2

Steve 穿着黑色正装，系黑色领带，别着金色袖扣，帅得仿佛时装广告里的模特。他面带微笑，视线穿过层层人群。他是专程来找阿文吃午饭的。

林氏集团北京分公司的真正运营地点在东方新天地。国贸 23 层的办公室永远锁着门，这些对 Steve 早不是秘密，想必李怀安也能猜到。但他还是一脸错愕。以往都是他找借口和 Steve 在国贸“偶遇”，今天却是 Steve 主动等在东方新天地，还主动称呼他很久之前的名字。

Steve 喜欢长驱直入，开门见山，从不会为了面子寻找低劣的借口。

Stcvc 把奔驰一路向西开，并不言明餐厅的位置。李怀安知道餐厅很遥远，早已超出工作午餐的路程范围。但他并不过问，任由 Steve 往前开。沉默了一阵子，毕竟还是需要找些话题。车子正好经过天安门，李怀安想起九年前第一次乘车经过这里，远远看见红旗飘舞的广场，心中竟有一种莫名的恐惧。但车驶近了，见到被五光十色的游客所包裹的军人们，脸上稚气还未消，他立刻就不觉得可怕了，只觉军装很帅，军人们和台北总统府的宪兵有几分相似。

“记得吗，在安娜堡，你提到过的《小人国》的故事？”李怀安边说边看着车窗外。

Steve 微微点头。记忆库里，阿文的确曾给他讲过这样一个故事：两个互为仇敌的小人国，原本是一模一样的微型人，却因打蛋的方式不同而常年开战，一边坚持要从大头打破鸡蛋，另一边则坚持应该从小头打破。这是不是巧合？李怀安偏在此时提起这故事——他们正并肩从这寓意深厚的宏伟建筑前经过，两人都已接近不惑之年。“打蛋的分歧”其实是越来越明显了。

“以前怎么从没听你提到过天安门？”李怀安又问。声音比平时低沉，脸迎着阳光，惯有的笑容倒是消失了。Steve 心里明白，是刚才那一声“阿文”产生了某些特殊效果，计划正在顺利进行。Steve 微微一笑：“以前我都提到过什么？”

“记得不是很清楚了。但你每次提到北京，都不是天安门，也不是长城、天坛或者颐和园什么的，反正从来不是明信片上的那些。记得你提到过一座庙。应该是在郊外？”

李怀安对北京并不太了解。他只去过天坛和颐和园。那里也有像庙一样的建筑，但过于富丽堂皇。夏冬曾经提到的地方虽然也富有诗情画意，却总有一些凄凄冷冷的感觉。也许那本来就是夏冬的色调。但那色调现在却彻底不见了，好像一棵藏在森林阴影里的小树，变成了博物馆聚光灯下的水晶雕塑。

Steve 默然一笑，用调侃的语气说：“我历史不好，对名胜古迹也没多少常识。”

“可你喜欢旅行，不是吗？”李怀安也笑了，却和以往不同，这次仿佛是从心里笑出来的，“记得你总能注意到美丽的风景。”

Steve长出了一口气，用力向后仰了仰头，颈椎发出轻错之声：“真想休个假，出去玩玩！”

“很辛苦是不是？”李怀安流露出关切的表情。

“还好了。”

“那就休假好了！出去玩玩！”

Steve突然心生一计。但现在不是时候。两人都过于清醒，思维都敏锐而谨慎。他扭动方向盘，把车子驶下高速。

“我们快到了。”

车子绕过一个转盘，驶上一条被绿树掩映的窄路。路的尽头是一座巍峨的山峦。最近几年北方常常闹雾霾，像李怀安这种不够了解北京的人，常常忘记北京和台北一样，背景里其实是有山的。

Steve把车拐进路边的停车场。停车场边上是一座公园的大门，门上钉着几块牌子。李怀安飞速扫了一眼，看见“植物园”几个字。抬腕看看手表，离开国贸已有近一个小时了。

李怀安随Steve下了车，两人沿着公园栈道前行，穿过很大一片绿树花海。Steve不提午餐，李怀安也不好意思提，尽管他的确有些饥肠辘辘了。

路是平的，尽管就在山脚。天并不是十分晴朗，蒙着浅浅一层雾霭。山间有几片薄云，高高低低地浮着。秋天尚未真正开始，空气中隐藏着黏稠的热度。两人脱掉西服外套，手臂有了些事情可做。Steve顺手扯掉领带，解开领口的扣子，衬衫袖子也挽起来。李怀安却仍系着黄领带，灿灿地在胸前摇摆。

Steve抱怨了一句天热，李怀安认真地附和着，仿佛天气的确是重要的话题，必须达成共识似的。天气却并不在意，兀自热着。

谈完天气，两人沉默了一阵，走出几十步，李怀安侧目偷看Steve，见Steve也在看他，不由得一阵尴尬，脸上立刻又浮现出一贯的笑容，嘴也微微张开了，却又不知说些什么，出口的竟是个响亮的喷嚏，只觉天昏地暗，金星乱冒。待视觉恢复之后，方才留意到路边盛开的鲜花。只听Steve轻声问：“这么多年了，还没好？”

李怀安脸色泛红，鼻子变本加厉地一阵酸，又是一个喷嚏。鼻道顿时堵死了，的确是要过敏的节奏。说来也奇怪，最近几年并不明显，此刻却突然犯了。就像鼻子也突然有了回忆似的。每当路过密大的那间实验室，他总是一路打着喷嚏，走进去随便找些话题。夏冬那张苍白的脸上，会浮现短暂的笑容，然后忙着再去看电脑，认真得仿佛那实验课题全是他的，反倒是那叫作 Steve 的博士研究生在为他打下手。现在他居然也叫 Steve，倒像是为了证明多年前的错位是很有些道理的。

“明白这是什么意思？”

Steve 待李怀安立直了身子，突然改变了话题。李怀安顺着 Steve 的目光看去，面前是一座红漆门楼，上书“智光重朗”四字。李怀安摇摇头。Steve 解释道：“若想得到大智慧，需要对佛法彻底领悟。你悟了没有？”

李怀安顿了顿，像是电脑在费力地处理程序，过了片刻，才搓着手答：“天生愚钝，想必是没悟。”

“愚钝，还能得到 UCLA 的博士全奖？”Steve 突然来了兴致，打算故意逗一逗他。他以前并不愚钝，现在倒真有一些。

李怀安抬眼看 Steve，看到一张活泼的笑脸，双眼闪闪发亮。李怀安心中一震：多久没见到这张笑脸了？水晶雕塑竟然活过来了。他连忙低垂了目光，嘿嘿笑道：“都辍学了。还不愚钝？”

“但我怎么记得辍学也不是坏事？大家还为你庆祝来着？”

Steve 睁大眼睛，脸上的顽皮又增添了几分。李怀安脸涨得更红，双手绞在一起。他突然意识到了危险：话题正朝着他必须回避的方向发展。他用力地皱起眉头：“嗨！那些不过都是浮云。到头来还不是什么都没有？不说这些！”

Steve 不再吭声，眯起眼注视李怀安，目光中很有些深远的意味。李怀安更加紧张拘束，仿佛做了错事，被人抓了个正着。Steve 却又收起目光，抬头眺望门楼深处，双手合十道：“如此说来，你倒是悟了。”

两人穿过门楼，沿石径继续前行，迎面是一座古刹。李怀安看清了寺名：卧佛寺。吃惊道：“这是不是你以前提过的那座庙？”

Steve 笑道：“庙并不重要，倒是附近有一家饭庄，味道很是不错。不过，既然来了，要不要去里面拜拜？”

李怀安自然是连连点头，一副如释重负的样子。Steve 暗觉好笑：越放松越好。

两人走进庙门，穿过层层殿堂。最内侧的正殿里有一尊侧卧的巨佛，手撑着头，双目微阖，似睡非睡。Steve 原本闲庭信步，走进这一间殿，表情却顿时肃穆起来，笑意也消失了。李怀安本以为 Steve 要拜，Steve 却连腰都没弯一弯，就只站着凝视卧佛，嘴唇抿紧了，浑身僵硬如石，唯有垂落的右手手指，微微地勾了勾，好像是要抓些什么，却又抓了个空。

李怀安的心也跟着一空。

Steve 转回头来，凝重表情转眼已消失了，似笑非笑道："饿了吧？还是去吃饭吧！"

*

李怀安随着 Steve 走出寺庙大门，向左一拐，穿入一扇小门，果然有一家餐厅，虽算不上豪华，却也算得上宽敞。Steve 选了墙角的位置，并不靠窗，光线也并不好，而且紧挨着两个正在大声喧嚣的男人。李怀安没有任何异议，尽管四周还有许多空着的位置。

那两人一胖一瘦，大约都是四十上下的年纪，正在高谈阔论，像是在筹划什么巨大的项目，投资是上亿的，李怀安不禁多朝他们看一眼：桌上只有两盘小菜和两瓶啤酒，还有另外四只空瓶子，该是喝得正欢，胖的那一位一只脚趿着半只皮鞋，皮鞋的另一半被冒出来的脚跟给挡住了；另一只脚整个都在外面，套着半只袜子，另一半褪掉了，露着皱巴巴的脚跟子。

李怀安忙把视线转开，生怕看到更破坏食欲的东西。近年来他常光顾北京，才发现北京人大都爱说话，而且话题都很庞大。在此之前，他曾以为北京人都沉默寡言、腼腆细腻，难得豪言壮语，更不轻易做任何承诺，偶尔表述一些感情出来，要用显微镜才能看得到。后来他才明白：原来他设想中的北京人，就只有夏冬一个。

然而过了这么多年，夏冬也变了。

时间久了，人都会变的。有时连自己都不能辨认镜子中的自己。人生就是一场不断扩大的戏剧，随着年龄增加，场景不停增加，角色也在增加，但演员却始终只有一个，需随时更换戏服，转换声线和语气。演得不够好，会被观众哄下台去；演得足够好，真的骗过了观众，却常常又要孤孤单单，凄凄委委地自责一辈子。

Steve 叫了一瓶红酒。李怀安笑着反对。反对当然无效。Steve 的语气就像是命令："你对我有救命之恩，怎能不让我敬你一杯？"

"嗨！哪至于呢？那算什么！不用提了！"李怀安喃喃着，语气并不如何光明正大，尽管的确是他救了 Steve。

"不喜欢欠人情！"Steve 亲自为李怀安斟满了一杯。这倒是真话。十几年前就如此。那时 Steve 还是赤贫的留学生，每月所有的伙食费也不过一百美金，却也斤斤计较，绝不肯亏欠别人一分钱，这"别人"里自然也包括阿文。但此刻 Steve 提到"救命之恩"，绝不是打算要再写一张支票给他。他们早不是同舟共济的"哥们儿"。Steve 想要一个答案。

李怀安面露难色，不知这酒到底该不该喝。

Steve 却善解人意地抿嘴一笑："放心！我不提！"

Steve 也给自己斟满一杯："我敬你一杯！"说罢一仰头，一饮而尽。李怀安本想拦一拦，提醒他今天还开了车，却已经来不及。只有尴尬地擎着自己那杯，不知到底该喝多少。

Steve 却又为自己倒满了，红酒眼看只剩下半瓶。

"你确定要喝这么多吗？你的驾驶记录可不太好呢！"话一出口，李怀安有些后悔，连忙满脸堆笑，慌乱中竟把杯中的红酒也喝光了。这话其实是有根据的。十一年前，夏冬的确曾经开车翻下土坡。那件事是不该随便被提起的。

Steve 哈哈一笑，为李怀安斟满了酒，再把自己的杯子举起来："对啊！还有那一次！多亏了你的精心护理！所以我欠你的更多了！这么多年，还不知你要收多少利息！"

李怀安再次涨红了脸，并不全是因为酒精。他并没有那个意思，却不知如何分辩。他的确连夜从洛杉矶赶回安娜堡，在医院里忙活了一阵子。夏冬醒过来，一眼看到一头短发——他正弯着腰为夏冬捏腿。护士说过，长时间卧床不动，腿部容易形成血栓。他已连续两天没睡，眼窝又黑又深，腮帮子也瘪了下去。但那不是为了让夏冬感激他的。

Steve 当然明白。他不会错过这个让李怀安喝酒的机会。

Steve 再次一饮而尽，随即再为自己斟满。连着三杯红酒，脸色变得煞白，眼白里却出现了血丝。李怀安知道应该阻拦，却又不知如何开口，只能默默地再为两人斟酒，好在瓶子里的酒已经光了。

Steve 突然起身，手捧酒杯，张大红肿的眼睛："阿文！我没喝上你的喜酒，这杯当我补给你的！"

李怀安心中一震。Steve 把这最后一杯也一饮而尽，身体晃了晃，酒杯重重放回桌子上。"咚"的一声，正中李怀安的要害。

Steve 坐回座位上，怔怔地出神，思想仿佛游离到千里之外。李怀安也愣愣地坐着，忽听得邻桌的男人大声叫着："一辈子的兄弟，干了！"

李怀安顿时感到一股热流，自小腹渐渐向上，瞬间遍布全身。因过敏而阻塞的鼻子顿然通畅了，紧跟着一阵酸楚。他一把抓起酒杯，站起身来，一饮而尽。

两人默然坐了几分钟。Steve 清醒过来，扬手招呼服务员买单，瞬间恢复了沉稳理性的状态，仿佛刚才敬酒喝酒的都不是他。李怀安头倒是晕起来。今天怎么如此不胜酒力？

Steve 掏出手机看了看，眉头皱起来，低声用英语诅咒：他想叫代驾，手机却没电了。

李怀安忙掏出自己的手机，却完全没有信号。Steve 灵机一动，说通过手机下载的 APP 也能叫代驾，这餐厅也许有 Wi-Fi。李怀安连忙用手机搜索，果然找到一个"卧佛寺餐厅"的 Wi-Fi，无需密码，信号满格。李怀安连上 Wi-Fi，把手机交给 Steve 去摆弄。二十分钟之后，代驾到了。是个年轻小伙子，骑着可折叠的小轮自行车。

李怀安随 Steve 坐进后座。Steve 说出"先去东方新天地，再去国贸"，身体向后一倒，仿佛终于完成了一件重大的任务。李怀安却仍浑身紧绷着，仿佛要和醺醺然的大脑做斗争。心中的惆怅也因这狭小封闭的车厢而越积越浓，憋得他呼吸困难。

Steve 却突然长长吐出一口气，把头侧转过来，向着李怀安呵呵笑了两声，用英语低声说："I am sorry."

李怀安又是一惊，想摆个笑脸却再也笑不出。他把目光投向双手，只觉浑身的肌肉都突然松弛下来，身子仿佛飘离了座位。当自身的质量消失后，一切似乎都不重要了。他用低沉微弱的声音，说出一句只有身边之人才能听清的英语："我的父亲叫林维仁。他是林氏集团的总裁和大股东。"

顿然一阵轻松。这感觉真是好极了。李怀安讪讪地咧了咧嘴，继续娓娓地说下去：

“林氏集团是我爷爷创立的，四十年前由我爸接手管理，把公司从台湾做到了香港，还在香港上了市。后来又打算进军大陆，需要人手，就把我从美国叫了回来。我是独生子，林家唯一的继承人，所以，这责任也推卸不掉。我回到这边，我爸并没给我在总公司安排任何职位，而是让我隐姓埋名，在香港和大陆的分公司里从头做起。他要我从底层开始了解公司业务，侦查那些经理的能力、品格和口碑。所以，我在林氏工作了十年，换了很多分公司，做的都是销售和助理类的工作，到现在为止，几乎没人知道，我是董事长的儿子。”

李怀安自嘲地一笑：“其实不算什么秘密。我想，你早就猜到了。”

Steve 微微合着眼，脸上并没有多少表情。李怀安也并不在意，自顾自地说下去：

“父亲年迈，近年有了退休的打算，所以计划把我调回台北总部，在此之前，北京分公司是我隐姓埋名的最后一站。大陆是公司未来最重要的市场，所以我需要在北京多待一段时间。我爸给我在这里买了房子，让我把老婆也接过来。她叫于晓琳，是你同乡。我们有一个儿子，今年五岁，现在留在台北，在爷爷奶奶身边。”

李怀安长出了一口气：“大概就是这些，能告诉你的，我都告诉你了。”

Steve 缓缓睁开眼，怔了片刻，低头轻声道：“我没想到你会告诉我这些。”

李怀安干涩地笑了笑：“不告诉你，估计你也有办法知道。”

李怀安说得没错，关键之处 Steve 都已料到，只不过现在更加完整顺畅。李怀安不是个好演员。他不是在演戏，是戏控制了他。在自己公司的十年卧底，把他彻底变成了小城市的销售。Steve 才是好演员，再加上酒精的助阵。Steve 的心中突然沉了沉。这是他未曾料到的感受。十一年前投资的感情，今天竟然兑了现。他赢了这一局，胸中却被挖空了一块。

这不是 Steve Zhou 应该有的感受。是那个被禁闭的可怜虫又出来作祟了？ Steve 打了个冷战，顿时清醒了许多：李怀安仍有不少保留，并没透露任何有价值的内容。比如林氏为何要给 Steve 设陷阱，黄美珠的背后到底藏着什么秘密。这些才与Steve紧密相关。项目就等于事业，事业就等于财富和权力。这些才是成年人所关心的。对Steve如此，对李怀安也一样。否则他就不会说：能告诉你的，我都告诉你了。

言外之意，还有不能告诉你的，我绝不会说的。

转瞬之间，Steve已甩掉内疚。那根本不该是属于Steve的东西。甩不掉的，是太阳穴揪揪地跳动。Steve能在那餐厅里操控许多东西，比如一瓶事先留好的勾兑了洋酒的红酒。

“阿文，我真的准备出去旅游了！”Steve再次转换话题，眼睛一亮，“去泰国，怎么样？”

李怀安一愣，一脸的漠然：“泰国？我没去过。应该不错吧？”

Steve微微一笑。李怀安果然不是一个好演员，他都没打听一下Steve何时要启程。这不符合常理。黄美珠根本没打算去曼谷！黄美珠背后有强大后盾，设计一两个有误导性的障眼法再简单不过。黄美珠到底在哪里？

车到东方新天地，李怀安钻出车门，动作有些拖泥带水，哈着腰关闭车门，转身小跑着回公司，脚步走不成一条直线，一条黄领带摇摇摆摆的。这些都和林氏继承人全然不符。

太阳穴又在跳动，眼看就要冲破头皮。Steve掏出手机，按下速拨键，用金属硬壳顶住太阳穴。回铃音一遍一遍重复，手机热得像在发烧，刚刚受了冤枉，现在要努力证明自己电力充沛。

*

二十公里之外，卧佛寺公园大门外铺满林荫的路边，停着一辆白色半旧的金杯车，像是专为家具城送货的车子，因为找不到路而临时停车。

车里只有两个人，一胖一瘦。两人不久前刚从卧佛寺餐厅的停车场把车开出来。胖子坐在驾驶席，夹着香烟，舌尖舔着胖嘴唇，像是在回味刚才的饭菜，顺便也回忆一下自己的演技，一脸的得意。

瘦子却远没胖子惬意，在后座上忙得四脚朝天。他手里鼓捣着几个金属盒子，把电线从一块大蓄电池上拆下来，同时歪脖夹着手机，连珠炮似的说着：

“周总，都复制好了！回去就立刻分析！苹果手机啊，新鲜玩意儿！还真不好弄呢！今儿可是完全按照您说的做的，分毫不差！只是成本肯定比平时高点儿。您看就光租这个信号干扰器我就花了两千！这个无线路由器也不便宜！再说，您让我把全餐厅的信号都屏蔽了，这也有风险不是？反正这回这活儿真不比以前！以前不就是复制个电脑硬盘啥的吗？顶多再解解锁？这次可真是费了老鼻子劲儿了，那什么，周总，我之前报的那个价儿……恐怕还不够本儿呢……”

3

东方新天地林氏集团北京分公司的总经理办公室里，陈嘉康总经理简直是在咆哮。幸亏他坐着，不大方便一下子站起来。不然他一定要跳起来骂人。陈总最喜欢跳起来骂人，因为自己实在不够高。不跳起来就无法显得高人一头，自然缺乏骂人的气势。可容小姐从没觉得陈总没气势。唾沫星子从水桶似的身体里喷射出来，与地面呈 45 度的理想发射角度，射程是可以相当远的，可怜的容小姐简直想要抱头逃跑了。

幸亏陈总没嚷嚷太久。才开了个头，电话就响了，是桌子上的座机。容小姐转身就往总经理室外面跑——哪有偷听老板接电话的？巴不得跑呢。陈总想必是在气头上，等不及容小姐出门就抓起听筒，怒冲冲喊了一句“喂”，声音突然就软了，老虎变成猫了。容小姐不禁略微放慢了脚步——这倒真让她好奇，是谁能让火爆脾气的陈总突然没了脾气？可毕竟两只脚都到了门外，也不能再退回来。只好扭扭捏捏地关门，好像在从门缝里把一条无形的尾巴抽出去。门关闭的最后一刻，听到陈总说：“林总，我马上就到！”

所以容小姐刚把门关上，门又急呼呼地开了，一阵疾风从门里冲出来，几乎要把容小姐卷个跟头。转眼间，水桶似的身影已经超过了容小姐，拐到公司大门外面去了。

*

陈总一路小跑，满头满身都是汗。总裁林维仁虽然年近七旬，但提起来全公司没人不怕，即便是脾气坏得出了名的陈嘉康副总，在林总面前也不敢如何造次。林维仁年轻时候当过军官，后来子承父业做了商人，威风却不减当年，随时像在带兵打仗，后背挺得笔直，下巴扬得老高，满脸的将军表情，满肚子将军脾气。他扬着下巴用鼻孔看你，那算是你的福气；他若低下头来用眼睛看你，那你麻烦就大了，说不定就能拔枪把你毙了。

陈总不禁又跑快了一些，心脏怦怦打着鼓。总裁林维仁不是在台北吗？不是最近身体抱恙所以都不参加董事局会议吗？不是最近有个特别重大的保密项目正在进行吗？怎么突然就跑到北京来了？偏偏赶上李怀安又缺勤？堂堂总裁为何这么关注一个无名小卒？全公司像李怀安这样的员工不得有好几千？难道林总要借题发挥，故意来找他陈嘉康的麻烦？难道又是因为那个特别重大的保密项目？难道是董事长听到了什么风声？！

想到此处，陈总不禁浑身一抖，心跳更加厉害，脚步倒是慢下来，这才发现自己已来到楼外，正经过几座写字楼圈绕的空场。虽然几百米之外就是京城最繁华的商业街，这高楼圈出的地盘却格外安静，只有两三个保安在无聊地闲逛。

那黑色加长的劳斯莱斯房车俨然就在眼前，想躲已躲不开。

陈总按照惯例，在房车一侧站定，毕恭毕敬地微微低头，准备着车窗摇下来。以往都是如此，董事长坐在车里，他站在车外。今天车窗却始终没动静，陈总正纳闷，车门却开了。戴墨镜的保镖招呼他："陈总，董事长请你车里坐！"

司机和随从们纷纷下了车，车里就剩陈总和林总两人面对面坐着。房车的车顶自然是比东方新天地的办公室要低矮，压得陈总喘不过气。其实车内装修根本算不上霸气，但只要林维仁董事长往沙发正中一坐，陈总就不免有些呼吸困难。

董事长穿着传统的长衫，端坐在后排座椅的正中央。这是他标志性的衣服，仿佛仍生活在五十年前，遵循着六十年前的法律——是可以随时拿出鞭子来抽人的。也许是服装的缘故，使他的上身显得厚重方正，似乎是用泥塑出来给人跪拜的，面前茶几上的大烟灰缸恰好像个香炉。里面丢着半根雪茄，奄奄一息的，顶着半截子粗粗的烟灰。

陈总尽量让自己坐得放松些，少流露一些惊慌失措。这是酒店租来的房车，董事长也不至于在这里大开杀戒。董事长终于幽幽地开口，倒是没有要兴师问罪的意思：“老陈，我这次亲自来北京，是为了和你谈一件重要的事情。”董事长声音沙哑，听得出身体状况欠佳。但只要他不死，威风总是大得无边。

“董事长，您身体怎……”

董事长猛然摆手，陈总连忙住嘴。

“我飞到这里见你，不是来和你谈身体的！”

陈嘉康连连点头，不敢再开口。董事长咳嗽了几声，好像身后立着衙役，在锵锵地敲锣。

“那个李怀安在做些什么？”

“他？”陈总额角又冒出一股冷汗，“董事长！对不起！是我管教无方！我……”

董事长再次摆手，比上一次温和一些：“老陈啊，我没有责备你的意思！把李怀安调到你这里来，其实是我的安排！”

陈总暗暗点头：难怪呢，这个调动原本就过于蹊跷。

董事长又咳嗽了两声，继续说下去：“你也知道，公司正在进行一项非常重要的项目：向中原收购青岛地皮。这项目对林氏集团未来在大陆的发展至关重要。可是我们有一个强大的敌人，银河置业。你一定已经有所感受了！”

陈嘉康的确深有感受。林氏集团投标一个月了，各种方法都用尽了，陈总还没能得到中原集团老总乔昆的召见。他却早有耳闻，中原乔总早就见过银河置业的人了。虽然从公司实力和标书质量而言，林氏和银河可谓势均力敌，但在酒桌上的这一场较量，林氏却连参战的机会都还没有。陈嘉康连连点头，仿佛脖子上装了弹簧：

“是是！多谢董事长体谅！银河一定是在从中作怪！中原乔总到现在就是不肯见，我看这项目，我们不要寄托太多……”

董事长这回没挥手，只动了动眉毛。陈总同样果断地住了口，乖乖地等董事长往下说。

“那倒未必。在东莞，出了一个小插曲。有个银河的员工，把一件东西交给我们。”

“哦？”陈嘉康把小眼睛睁圆了，心中一阵激动，“什么东西？”

董事长彻底忽略陈嘉康的问题，继续按照自己的节奏说下去：“她也许是个重要的证人。所以，我们把她带到北京来了。”

“北京？您是说，那个银河的员工现在在北京？”

董事长点点头：“是派李怀安把她带来的。李怀安还负责在北京看护她。这就是为什么，我要把李怀安调到这里。”

陈嘉康再次连连点头，心中惊讶之余，又很有些失落：给李怀安安排这么重大的任务？就那个没脾气的窝囊废？董事长是不是昏了头？

“看来，这位李先生是深得董事长信任啊！年轻有为！不知他到底……”陈嘉康一句话没说完，董事长脸上已是阴云密布。陈总连忙自动住了口。

“我现在对他不放心！我需要你盯紧了他！”

陈嘉康顿时平衡了些，连忙开动脑筋，想着怎样才能让董事长更满意：“董事长，不知这位李先生的背景如何？住在哪里，都有哪些家人朋友？了解得多一些，我好布置人手……”

董事长却突然又变了脸：“这些都不必你操心！具体需要你做什么，我会告诉你！”

*

董事长的房车转眼消失在楼缝里，留下陈嘉康独自站在街边。“李怀安”这三个字却依然浮在空中，忽上忽下，捉摸不定。

陈总终于缓过神来，心中按捺不住地激动。他走进写字楼，找了个僻静的角落，掏出手机拨通一个号码，用极低的声音说：

“林氏弄到了一个你们的人。东莞的。好像手里有货！目前就在北京……人也在北京！好像对你们很不利！你看看，这可是我额外的贡献呢！不在我们之前谈好的范围之内！所以，不要忘记转告你们老大！我是仁至义尽的哦……不！我目前还不清楚这个人是谁，在哪里……真的不知道！绝对是实话！”

的确是实话。尽管陈总有预感，他很快就能得知更多细节。不过即便真的知道，也不能这么草率就告诉对方。如果对方立刻采取措施，岂不暴露了自己？陈总心里很明白，林维仁是何许人也，“手软”两个字根本不在他的字典里。再说，即便真的要告诉对方，也得做足了准备。而且……陈总眼珠一转，对着电话补充说：“不过，也许我可以设法弄更多的信息。这需要时间。而且……您也知道，这件事，没那么容易……”

陈总挂断电话，感觉呼吸困难，大口喘了几口气，心脏却还在雀跃着，仿佛看到一个全新的未来：银河成功获得青岛地皮的开发权，把项目投资的1%——不，现在已经是1.5%了——少说也有几百万美金——打进他在海外的账户里。

4

老方被迫在家休假，前两天倒还自在，不必一早就挤公车，能给老婆儿子做早饭，儿子也就不必到学校门口的小摊上买煎饼果子。老婆常年病恹恹躺在家里，早就什么也指望不上了。

但早饭做到第三天，老方的心里犯了嘀咕：一连三天没上班，公司竟然没一点儿动静。光凭着 Steve 一句话，一切真的就没问题了？Steve 固然顶着大半边天，可他毕竟不是真正的大老板。这次去东莞的行动又非常机密，一切交流都没有使用公司邮箱，如果 Steve 赖账，就彻底无据可查了。Steve 到底找没找到黄美珠？前台琳达倒是知道老方去东莞执行了 Steve 的任务，因为是琳达给订的机票和酒店。但如果势利眼也能用度数衡量，琳达肯定比得过高纯的二锅头。怎能指望她会平白替老方说话？老方是个绩效长期不合格的“赔钱货”，公司上下都当他是累赘，回头别自己在家傻待一个月，再给公司顺便除了名！

老方越想心里越没底，忍不住给 Steve 发了封邮件，这次特意使用了公司邮箱，内容也有故意证明的意思：

“已安全回到北京，按照您的意思没去公司。这次项目完成得不知您是否满意，请问是否有什么新的指示？”

老方惶惶地等了大半天，终于等到了回复：“晚上七点，通惠河边庆丰公园。”

看到邮件，老方知道 Steve 是要见他，估计又有新的任务，心里的石头却没落地，不上不下地悬着：那个简陋的公园才建成不久，位置又极偏僻，被运河和铁路夹在中间，难得有几个人影。看来 Steve 不但不想让老方在公司出现，他甚至不想让同事们看到老方和他见面！Steve 的确是个万分谨慎的人，但这一回却谨慎得让老方也起了疑。

莫非这项目真的引来了麻烦？回到几千里外的北京也要躲躲藏藏的？

老方的猜测果然有些道理。Steve 竟然是跑步来的，穿着一身运动衣，戴一顶棒球帽，帽檐压得低低的。老方心里明白，公司距此不过五六百米，Steve 必定绕了路，穿了拥挤的购物中心，说不定还挤了几站地铁。就算再高明的跟踪者，估计也被他甩掉了。Steve 给自己找这么多麻烦，当然不是为了保护老方的安全。

Steve 和老方找了个靠墙的长椅，一人把着一头坐了。背后绝无能够藏人的空间，面前则是开阔的花圃和河堤，左右两侧都视线良好，石径能看出一百多米——远远的就只有两三个遛狗的老者。

“黄在北京。”Steve 瞭望河面，一脸漫不经心。

老方吃了一惊，可没在脸上表现出来：“在北京？不是昨晚就去泰国了？”

“不。她没去泰国。林氏派人送她来了北京。搞到了那人的手机内存，有不少来往短信，还有 GPS 定位记录。定位不算太准，应该在大望路地铁站附近，误差一公里。分析短信的内容，应该是个快捷酒店，位置应该比较僻静，不在大马路边上，对面是个发廊，旁边有家邮局。能找到吗？”

Steve 低头细语，把嘴唇的运动藏到帽檐底下，说完了又抬起头来，继续欣赏河堤对面密集的高楼大厦。李怀安的电话里信息实在很丰富。一个从没出过远门的女孩子，在这种特殊的境遇里，跟着一个陌生男人来到陌生的城市，难免事事都要发个短信问一问。

“试试看吧，这附近的便捷酒店忒多！”老方手抓后脖颈子，眉毛眼睛都挤到一起，像是抓痒抓到了兴头上。

“我查了地图，锁定了一家如家。你去实地转转。注意别让人认出来。”

“是不是很危险？警察盯上了？”老方的手挠上了头皮，然后再把指甲缝里的头皮屑抠出来。

“应该不是。”

“那在龙关……”老方哼哼了半句，另外半句留在肚子里。龙关镇的派出所他已经住过了。

“有人报警，警察自然得处理。不过，警察显然没多少兴趣。不然，你也不可能那么容易出来。”

“是谁报的警？”老方有点儿刨根问底的架势。不然他不放心。

Steve没立刻回答，默默地从裤兜里掏出手机。并非公司发的黑莓，而是另外一只。手机屏幕上出现一张照片。老方遥遥地瞥了一眼，不禁心中一惊——那正是自己的照片，坐在龙关镇派出所的拘留室里。

“这是他手机上的。林氏的人。”Steve又低了低头，顺便弹了弹裤子上的褶子。

老方立刻就明白了：报警的必定是林氏集团的人。估计那个跑到派出所里给他拍照的人也是林氏的。林氏的人一直藏在黄美珠家附近，看见老方去拜访，就以报警的方式打断了他。等老方被关进派出所，又去拍了照片，估计是为了进一步验证老方的身份。警察或许和林氏的关系不错，但对老方不会有多大兴趣。对他有兴趣的是林氏，而且“战场”已经转移到了北京。老方说：“所以，我的任务，就是确认黄美珠的住地。对吧？”

Steve微微点了点头。

“咱们有黄美珠的手机号码，对吧？”

“她不会接陌生人的电话。”

“您不是说，复制了那个人的手机？带她来北京的那个。可以套他的卡。”

Steve无声地把嘴唇做成“嘘”字的形状。违法的事情从来不会从他的嘴里说出来。别人做不做就与他无关。可他到底还是不放心，又补充了一句：“那是一锤子买卖，没第二次机会。”

老方看出Steve的反常，心中更多了一些忐忑。Steve扭头瞥了他一眼，他连忙点头：“我有把握。”

Steve沉默了片刻，弯腰从容地系鞋带：“这帮人很鬼。别擅自行动。每一步都要听我的指令！”

Steve说罢立刻起身，像是急着要摆脱什么，沿着石径跑远了，背影很矫健，看上去年龄尚浅，仿佛是操场上的大学生，不一会儿就完全消失在层层树影里了。

5

手机上第一次显示这个号码的来电时，黄美珠并没当成一回事，也根本没打算接。陌生号码的来电肯定不能接，李大哥早就千叮万嘱过了：酒店房间里的座机绝不能接，手机则只能接李大哥的。当然，在黄美珠百般要求下，李大哥终于同意，阿昌的手机也可以接。和阿昌认识八年了，两人还从没分开这么远。再说本来就是阿昌把她引进来的，就像一口陷阱，酷暑天里的一口冒着冷气的井，热极的人一猛子扎下去，却入不了水也落不到底，就在一团漆黑里不停地往下坠。

黄美珠就是这坠在黑井里的人。二十九岁还没出嫁，只因二十一岁的时候认识了阿昌——一个有老婆孩子的男人。这八年耗去了她的青春，也耗尽了她的颜面。阿昌终于对她说：把你经手的那份转账单子拿来，我们就能得一套豪华别墅，卖了它远走高飞。她面前出现了这口冒着凉气的井。她这个闷热垂死的人，想都没想就跳进去了。

但是别墅还没动工，公司和家却都回不去了。她是在众目睽睽下跑出来的，几乎算得上是抢劫。阿昌跨着摩托等在门外，让她有种活进电影里的激动。恐惧是之后才来的，当她藏进广州的一家小旅馆，又坐火车一路来到北京，那恐惧越来越重，压得她喘不过气。当火车驶进北京城，她看见那些陌生的高楼大厦，满街不怀好意的行人，恐惧顿时冲到了极点。她不是傻子，她知道她不是到这里避难的。她是活生生的证据，是送上门来的肥肉。李大哥对她说过："北京的事情很简单：可能需要跟我去见一些人。也可能不需要。总之就先在这里住着。等过些日子，送你和阿昌出国。这里距离龙关镇很远，你是安全的！不过我们还是必须格外小心！听大哥的话，不能出差错。不然，我也不知会怎样。"

除了接电话，李大哥还有许多其他的要求：不能随便离开房间；如果不得不离开，必须让李大哥知道，而且范围仅限于对面的小饭馆和隔壁的小超市；绝对不可以和任何陌生人说话。自从跟着李大哥到了北京，黄美珠一直小心翼翼，不敢再惹李大哥生气。她已经狠狠惹了一次——除了李大哥要的转账单据，她还从保险箱里把二十万人民币顺手牵羊。那别墅区她去看过，连地基都还没有影子，她总得给自己留点儿后路。

钱被她藏得很隐秘，连阿昌都没告诉，却给李大哥知道了。不知他从何处知道的。一个和蔼可亲的大哥哥，突然暴跳如雷，好像她性格粗野的父亲！她吓得跪地求饶，说她愿意把钱拿出来还给李大哥。李大哥却又不收，让她自己留着。这让她完全不能明白。但李大哥那句作为结尾的话她听明白了："以你偷的钱数，至少判个十年八年！如果你不听话，只好把你丢给警察！"

所以黄美珠处处小心，严格遵守着李大哥的命令。在她看来，北京不但陌生，而且充满危险。马路上的人看上去都很危险，不知谁是银河公司的密探，谁是便衣警察。她根本就没出过门，整天缩在旅馆房间里。几天以来，李大哥只来过两次，带来食物饮料和别的必需品。放下东西就走，从不多停留一分钟。剩下的一百多个小时，她都独自待着。电视二十四小时开着，声音却被她关得很小。她时刻留意着楼道里的动静，夜里也同样竖着耳朵，简直就是彻夜难眠。每当有人在楼道里走动，她的目光就会自动转向窗户，然后绝望地想着，这是三层楼，跳下去肯定没有活路。即便短暂入睡，也会因噩梦惊醒，看到电视仍在闪烁，就知道自己还在这房间里，噩梦中的情况尚未发生。这想法却往往并不能使她宽心，反而感到更大的恐慌，仿佛空气中有只无形的手，正随时卡在她脖子上。

正是在这种心情下，她的手机一连接到同一个陌生号码打来的三通电话。紧接着是一条短信，她忍不住看了，眼前立刻一黑：

"奸细！我们知道你在哪儿！别以为北京就能藏住了！最好老老实实接电话！继续跟我们对着干，你就只有死路一条！"

黄美珠吓得扔掉手机，一屁股坐空，落到床沿底下，颠得一阵头晕，却并没觉着疼，只有心脏怦怦地跳，跳得她难以呼吸。不知过了多久，她终于把气喘匀了，脑子大概也因为补充了氧气而略为清醒：手机是李大哥新给的！银河的人是怎么知道的？他们给她打电话要说什么？

给李大哥打个电话！

黄美珠突然醒悟，伸手去抓手机，手机却又叫了一声。黄美珠的心脏猛地一抽，手立刻又缩回来，遥遥地看着手机，好像看一只凶猛的野兽。手机并没有跳起来，只在地板上安静地躺着。她终于鼓起勇气，爬过去一把抓起手机，却半天按不进密码，因为手指不住地颤抖。

这是一条新的短信，来自一个熟悉的号码——李大哥！她如释重负，赶紧打开短信：

“情况紧急！有人发现你了！立刻离开酒店，不必拿任何东西！打车到新光天地购物中心门口，我在那等你！立刻删除这条短信，不要给我打电话，按照我说的做。快！”

黄美珠一跃而起，以她自己完全想象不到的速度，狂奔着冲出门。电梯还是楼梯？没时间犹豫，她冲下楼梯，因为忍受不了等待。三楼而已，怎么跑了那么久？前台的服务员用奇怪的目光看着她，莫非他们都已经知道她的底细？黄美珠夺门而出，一头钻进耀眼的阳光里。这还是几天来第一次来到室外，热腾腾的空气扑面而来，眼睛被光线刺得睁不开。阳光却又突然减少了，两个大汉突然出现在她眼前！

黄美珠魂飞魄散，转身想逃，胳膊却被人狠狠拉住。黄美珠立刻双腿发软，想开口求饶，嘴却被人捂死了。只听那大汉在她耳边说话，半天才弄明白，那并非是跟她说的。

“把她弄回去！老板说了，她哪儿也不能去！不能离开这酒店！”

黄美珠这才想起挣扎，双脚不停踢弄，却已踩不到地面，嘴又被人捂着，惊得几乎要昏厥，却突然听到一声低吼：“你们在干什么！放开她！”

黄美珠睁开眼，看见李大哥站在面前，泪水立刻哗哗往下流。那两个大汉也愣了一愣，把黄美珠放回地面，手却不肯放开她的胳膊。其中一个说：“李助理，她要出去，被我们拦住了！”

“谁派你们来的？”李大哥紧绷着脸，眼睛睁得溜圆，和平时判若两人。黄美珠却是第二次见了。上次是发现她从保险箱里顺了二十万。

“陈总让我们守在这儿。”

李怀安狠狠皱了皱眉，冲着几人努努嘴：“回房间再说！”

6

“你们必须立刻离开这里。”

李怀安声音极低，却又极其严厉。平时他可从来不会用这种态度和同事讲话。两人他都见过，是陈嘉康的司机。李怀安自然是和他们都点过头握过手的，当时赔着不少笑脸。李怀安现在终于明白了，陈总为什么需要这么多的司机。

“可陈总让我们守在这里。”其中一个试图把手机递给李怀安，“要不，您自己跟陈总说？”

李怀安用力摆摆手：“那你们就在这里站着好了。”说罢转身走回房间，把两个司机关在楼道里。黄美珠蒙头躺在床上，看得出还在瑟瑟发抖。李怀安可没工夫去安慰她。他自己也正担心得要死——父亲居然找陈嘉康来看住他！

陈嘉康是典型的势利小人，对上逢迎拍马，对下百般欺压，素日溜须父亲，得到北京分公司负责人的头衔，现在又肩负着为了青岛地皮和中原集团高层公关的重任。

更不巧的是，有人冒充自己联络黄美珠，偏偏又被陈嘉康的司机们撞见了，估计这会儿已经传进父亲耳中。

是不是该给父亲打个电话？

李怀安左思右想，就是鼓不起勇气。父亲暴怒的脸在他脑子里转悠。那是他从小就熟透的一张脸，到现在还常在噩梦里出现。

手机却好像猜到了李怀安的想法，在此时铃声大作。来电之人正是李怀安的父亲——林氏集团的董事长，林维仁。李怀安连忙拿着电话走出房间，避开门口的两位，找个僻静地方接电话。

父亲的语气倒是还算平静：“是我让老陈派人帮你的。这件事，不需要再谈了。”

李怀安心中七上八下，却果然不敢再多说一句。他了解父亲的脾气。说过不需要谈的话题，是绝对不能再提的。其实李怀安心中也明镜似的。这件事，提了也没用。

林董事长咳嗽了两声，用缓慢的语速说：“我听说她接到了你的短信，所以才急着跑出门去？”

“那短信……不是我发的，是有人盗用了我的手机号，冒充我发的！”李怀安鼓足了勇气，反正什么都瞒不住父亲，“她一共收到两条短信。第一条来自一个陌生号码，威胁说发现她在北京，而且知道她住在哪里；第二条来自我的号码，让她立刻离开饭店，去另外一个地点和我碰面。”

“你怎么想？”出乎意料，董事长并没立刻发作。

“该是唬人的吧？只是想把她骗出来，这样就能找到她。”

父亲从嗓子深处发出一些声音，似乎是表示赞同，但立刻又用充满质疑的口吻问道：“但别人怎么会知道她的手机，又怎么盗取了你的号码？”

“这……”李怀安脑子里立刻闪过了卧佛寺的餐厅，心中不禁一抖，“我不太清楚。需要查一查。”

父亲冷笑了道：“真的不清楚？既然能盗取你的号码，还能获得手机里的信息，恐怕是很熟的人吧？”

李怀安浑身的肌肉立刻绷紧了，后背顿时有了汗意。父亲却突然改变了话题：“中原方面进展如何？”

“复印件已经托人转交冯军了！”李怀安赶忙回答，可又发现那边也并没什么好消息可汇报，“可是……姓冯的还是不肯见我们。而且，也一直不见那边有什么动静。”

父亲突然加重了语气：“这件事情上，我原本是听了你的建议。但现在，我有些怀疑我的决定了！”

李怀安心中一沉，立刻想到了陈嘉康，急道：“爸！您不要担心！一定会办妥的！交给我吧！不会有问题！”

“不！你不用管了！剩下的，由我来给你擦屁股！”林董事长的声音愈发严厉，绝无一点儿余地。李怀安心中一惊：父亲打算怎样“擦屁股”？

“爸！那个，总不能让一切努力付之东流……”

父亲又是一声冷笑：“努力？成事不足，败事有余！不必再说了！你不用再管了，立刻回台北！”

电话挂断了，李怀安的心重重地沉下去，心中一丝的希望都没有了。Steve 利用了自己，父亲也已有所察觉。计划已经失控，到了无可挽回的地步！Steve 这个聪明鬼，他知道他在与谁作对？他知不知道林氏集团董事长的厉害？

林维仁的厉害！

李怀安的心脏猛然收紧，缩成硬硬的一团，石头似的堵在胸口。“我来擦屁股！”父亲刚刚说过的话，再次撞击他的脑仁。撞出一幅老旧的画面：一个清瘦的身影，躲在机场的柱子后面，探出一张苍白的脸，遥遥地向着飞往台北的登机口瞭望。那是夏冬。即便是在摩肩接踵的人海里，他也能一眼认出他。夏冬以为没人看见他；他则以为没人会来送行。他们之间隔着三十米的距离。明亮的大理石地面把灯光打成碎片，反射到他们眼睛里。

李怀安迈开大步，奋力向着电梯跑去。

第五章

北京·东京

1

晚上六点半，已经过了下班时间，GRE 北京公司依然灯火通明。这里一直灯火通明，和窗外的天色无关。所有的百叶窗都整日密闭着，只有大老板苏珊的办公室是个例外。

“Steve，啧啧啧，”苏珊用力摇晃着脑袋，生怕表情显得不够失望，要用脖子的力量弥补似的，“为什么呢？客户为什么这么恼火？”

Steve 耸耸肩：“我们从来都不敢保证，能获取所有客户想要的。更何况，这个项目不简单。”

“但是，我觉得客户是有一些道理的！”苏珊使劲儿皱着眉，斜眼瞪着 Steve。这在她也是极少见的表情，“正如客户所说，他们都能查出那个出纳躲在北京，我们却并不知道。这是多么被动？”

“客户也许本来就比我们知道得多。您知道，他们总有一些不愿意告诉我们的事情。”

Steve 平静地回答，目光不透露任何线索。正是这不卑不亢不怒不惊的态度，让苏珊的怒火有增无减。她刚和银河东莞的总经理李约翰通过电话。来自香港的职业经理人自然要比大陆的多一项优势：用英语溜须或者骂街都可以相当流利。但苏珊不是香港人也不是大陆人，她是个地道的美国人，却被一个在传统上只会对着老外拍马屁的香港人骂得狗血喷头！

其实苏珊心里也明白，Steve 的确有道理：没及时查到客户掌握的情报，未必是调查团队的失误。但 Steve 既然已经上了总裁杰森的黑名单，干脆让他承担一切错误。苏珊抬高了下巴，把脸拉得更长：“但我相信，堂堂银河东莞的总经理是不会蛮不讲理的。哦上帝，我还从来没有遇到过这么愤怒的客户！Steve，我真的不明白这次你出了什么问题！自从上次你去东莞见客户开始，这客户就对你非常反感！这样的情况以前还从未发生过。你是不是有什么困难？可以告诉我吗？”

“没有。”Steve 摇头，高高地扬起眉毛，无可奈何道，“客户并没直接向我抱怨过。所以我不清楚。”

“唉！”苏珊以叹气加重失望的氛围。她在中国十几年，从中国人这里学到了诸多西方人不大使用的方式，比如叹气。此时正好派上用场，“Steve！你也知道，我，还有我们的 CEO 杰森，对你都是非常看重的！你也看到了这几年来你的迅速成长，在 GRE 算是史无前例了！这些都是什么换回来的？是出色的工作！是满意的客户！你不会不明白这些道理吧？”

“对不起。”Steve 并不低头，直视着苏珊。他知道苏珊在小题大做，更明白苏珊为什么小题大做。他之前的判断是对的：杰森已经把他当成敌人了。

“所以呢？何时能给客户满意的结果？”苏珊用双手按住桌面，把上半身支撑起来，蓝色的大眼睛瞪圆了，不依不饶的。

“我尽力。”Steve 并不打算给出让苏珊满意的答案。他绝不会说出一个截止日期，让苏珊以“未能按时完成”为由给他罪加一等。尽管他心里早就有数，也许马上就能拿到成果。

苏珊再次用力摇头：“不不不！就明天下班前！我要一份报告！别怪我逼得太紧，已经过了一周了！”苏珊用力仰起头，像是在极力控制情绪，半天才又把头摆正，用略为柔和的声音说：“Steve，再有三个月就到年底了。连续十年，你都得到了全公司最优等的年终评定，也因此一路高升。今年，我可不希望出现意外。”

都是影星，不得奥斯卡都冤。

Steve 从苏珊的办公室里退出来，平静地走向自己的办公室。手机铃声正从那里传出来，可他丝毫没有加快脚步的意思。一贯毫无表情的脸上，竟然浮现出一丝浅淡的笑意。他比谁都清楚，苏珊今年绝不会再给他优等评估。

的确是到了铤而走险的时候了！他不仅要再拿到一个优，还要得到更多！

电话是老方打来的，一切进展顺利。老方根本没打算到新光天地门口去等，他一直躲在如家酒店对面的餐厅里，亲眼目睹黄美珠跑出来，又被几个男人拖了回去。不但亲眼所见，而且还用高清晰度的

DV拍下了全过程。那几封短信不仅达到了验证黄美珠住地的目的，还给了对方“诡计并未得逞”的假象。Steve的主意果然高明，再次令经验丰富的老方佩服得五体投地。

Steve却突然有点儿犹豫，要不要把这重要的结果写进报告里，让苏珊交给客户？交出这份报告，履行调查师对客户应尽的义务，苏珊也将失去一个绝佳的惩罚他的机会。这是绝对高品质的调查。全GRE也没几个人能做到。这结果是用智慧和经验换来的。当然还不止这些。Steve的心中突然空落落的。其实自卧佛寺的午餐，胸中就一直空着，只是此刻更加鲜明起来。卧佛寺的确是个特殊的地点。当他还是个孩子的时候，在那里失去了第一次的感情。那时他是被动的。但今天中午，他是蓄意的。

为何要为以他为敌的苏珊再做一次嫁衣？

为何要帮那令人厌恶的银河东莞总经理达到目的？

他却失去了多年前的情谊。本以为忘记了，却突然发现，有些东西是无法刻意忘却的。不！那不是他的情谊。是那个叫作夏冬的可怜虫的！他怎么又糊涂了？他是Steve Zhou！

Steve心中一阵烦闷，索性提起电脑包走出公司。他需要新鲜空气，让自己冷静和清醒。十年以来，他还是第一次对公司产生厌倦。

Steve乘坐的电梯在一楼停稳。就在电梯门将要分开的瞬间，Steve心中突然冒出惴惴的预感。他还来不及分析这种预感是什么，门已经开了，徐徐地露出电梯门外站立的男人。预感就再次成真了。

李怀安脸上却并无任何怒意。有的只是难以遮掩的不安。他看见Steve，顿时舒展开双目，在脸上堆满笑容：“我一直在这里等你下班的！”

拙劣的演员又在演戏。Steve心中一阵失落。他摊开双臂，提起眉毛：“然后呢？”

“然后……那个，我想求你一件事！”李怀安难堪地揉搓着双手，“让我做一次你的司机好吗？我想试开你的奔驰！”

2

Steve坐在副驾驶的位置，由李怀安把自己的奔驰开出国贸的地库。看得出李怀安另有目的，言不由衷，全都写在他脸上呢。Steve倒是有几分好奇，想看看他葫芦里这回卖的什么药。Steve索性把头靠在椅背上，让自己全身放松。他真是觉得累，疲惫不堪。有人替他开车也不是什么坏事。

Steve并没说明目的地，只让李怀安顺着快速路往下开。李怀安开车的姿势倒是仍像当年：手指扣紧方向盘，目光专注，仿佛驾驶需要全部精力。Steve心里一动，赶忙把目光从李怀安身上挪开，可眼前还是闪现出十一年前的冬夜，夏冬在打工时跌伤了肋骨，那叫作阿文的陌生男孩主动开车把他送回住处。之后便有了第二趟，第三趟。终于有一天，阿文提议教夏冬学习开车。于是，深夜的密歇根大学停车场里，总有一辆破旧的丰田在不停地兜着圈子。一圈又一圈。

此刻，李怀安似乎比当年更加小心翼翼，丝毫不敢分神，倒像是Steve在教他开车似的。Steve不禁开口问："你很紧张？"

"什么？哦，是啊，好久不开车了！"李怀安的额头上浮着一层汗水。车里其实并不热。他在紧张什么？

"说吧！为什么要来过司机的瘾？"Steve问道。他不喜欢兜圈子，尤其是今晚。他真的觉着累。

"什么？"李怀安仍紧盯着窗外，并不侧目来看Steve。今晚他的听力似乎有些失灵。

"李怀安先生！"Steve直呼其名。李怀安一惊，扭头瞪着Steve。耳边却突然响起一阵轮胎摩擦地面的尖鸣。两人赶忙往前看，一个巨大的黑影正山一般压过来。原来，是左前方的一辆大货车突然失了控！

"Shit！"两人异口同声。

李怀安右打方向盘，车体碰上了高架桥的护栏。两人这才意识到，车子正行驶在高架桥上，距地面起码十几米高，两侧都无路可逃！李怀安条件反射地要去踩刹车，Steve却大吼一声："别踩刹车！

挂低挡！踩油门！踩到底！”

话音未落，Steve 已飞身握住方向盘。

李怀安立刻会意，狠命把油门踩到底。奔驰车的前轮与地面剧烈摩擦，车身疾速向着前方正在缩小的窄缝里钻进去，左前方车身与大货车猛烈撞击，竟把大货车稍稍撞开了一些，奔驰车的左前灯瞬间崩裂，前盖也变了形，风挡玻璃跟着裂出几条长缝。

Steve 高喊：“冲过去！”

李怀安脚下用力，把油门踩到最底，屁股早就离开了座椅。奔驰车发出一阵狂吼，轮胎加大马力与地面摩擦，随着一声尖锐的金属摩擦之声，奔驰车在迸射的火花中猛然钻出大货车和护栏的夹缝，在路面狠扭了两下，如脱缰野马般向前狂飙而去。

*

李怀安死死抱住方向盘，脚踩住油门不放，直到听见 Steve 高喊着让他减速，这才如梦初醒般地放开油门，又茫然地开了很长一段，听 Steve 轻声说：“停车吧！”

李怀安这才降低车速，缓缓把车驶下路肩，熄了火关闭了车灯。Steve 下车转了一圈，再坐回副驾驶的位置，轻轻吹了一声口哨：“德国车，还真结实。再开一百公里也没问题。”

李怀安的手仍狠狠抓着方向盘，声音微微地发抖：“我们就这样跑掉吗？刚刚发生了一场……事故？”

“事故？”Steve 侧目看了一眼李怀安，“你觉得这是事故？”

“不是吗？”李怀安挺直了脊背，惊魂未定地说，“那辆大货车，不是失了控？”

“不是！”Steve 坚决地摇头，“知道我为什么让你踩油门儿，而不是踩刹车？”

李怀安摇摇头，惶惶然看着 Steve。

“刚才还有另一辆一模一样的卡车紧紧跟在我们后面！如果我们急刹车，就会被两辆卡车夹成肉饼！”

“天啊！”李怀安不禁惊呼。

Steve 冷笑道：“偏偏在高架桥上失控？不论是被卡车挤扁，还是被挤下桥，都是不死也残！”

“真的是蓄意的？不怕坐牢吗？”

“既然你都以为是个事故，别人为什么不可以？疲劳驾驶，机械故障，甚至爆胎……这国家每天都有几十人死于大货车造成的交通事故，谁会怀疑一个素不相识的卡车司机，会故意谋杀我们？”

Steve 说罢，仿佛突然想起了什么，从裤兜里掏出手机摆弄起来。

李怀安狠狠打了个冷战。一切都再明显不过了：在狭窄的高架桥上，左前方的大货车突然“失控”挤过来，后面还紧跟着另一辆大货车！他在电视上见过高速公路上被两辆大货车夹成薄片的轿车。若非刚才 Steve 铤而走险，采取了反常规的措施，这会儿他和 Steve 可能连整尸都找不到了！他狠狠咽了口唾沫，突然万分沉重地喃喃道：“所以……这就是为什么。”

Steve 原本低头凝视手机，听到这一句，立刻抬起头来，疑惑地看着李怀安。

“这就是为什么，我要来给你当司机！”李怀安深深吸了口气，声音还是不住地颤抖，“因为……因为我怕他对你下毒手！”

Steve 放下手机，抬眼瞪着李怀安。

李怀安终于放开方向盘，喃喃道：“这件事的起因，是因为林氏的一个商业对手！你该知道是哪一家吧？”

Steve 答：“银河东莞？”

李怀安点点头：“他们在背地里使了些手段，使我们在一个重大的项目中落败了。”

“盖棺论定为时尚早吧？中原不是还没宣布最后决定吗？”

李怀安吃惊道：“你怎么知道和中原集团有关？”

“中原在青岛的项目招标，林氏和银河东莞都参加了。媒体报道很多！而且……”Steve 顿了顿，继续说，“两家似乎势均力敌。只不过，我只看到中原集团老总乔昆接见银河领导的报道，却从没听说任何人接见林氏的高管。”

“哦！”李怀安瞪眼看着 Steve，惊讶地问，“然后呢？”

“很简单啊！正在这个节骨眼上，银河东莞的小出纳从公司保险箱里偷了钱跑了，再由你——林氏集团的少东家——秘密护送到北京。这不会是巧合吧！”

“厉害！”李怀安惊叹道，“看来，你什么都知道了！”

“不，”Steve 摇了摇头，“还有不少我都不知道。比如，你为什么会突然出现？”

其实 Steve 早知道答案。可他想听李怀安自己说出来。李怀安却掉转了目光，怔怔地眺望远方：“其实，那是个偶然……”

Steve 心中莫名地有些紧张。

李怀安顿了顿：“但也不是偶然……”

Steve 只觉得心里仿佛拴了根线，被李怀安的话语牵着。他把目光转向车窗外，夜早就黑透了，来往的车灯化成一条条细线，在风挡玻璃的裂缝里流淌。李怀安的声音，也在他耳边流淌。

“那天我们的内线——银河的司机——告诉我们，银河东莞来了个北方人，大概是专门为了调查黄美珠来的；我们让他故意露一点儿什么线索，好把调查的人引出来让我们看看。然后，你就到青林雅墅来了。那个小区根本就是个幌子，我们从来没准备真的开发它，也并没卖出任何一套别墅。”李怀安清了清嗓子，“我认出你了。可我不想让你也认出我。不想让他们都发现你认识我。所以……”

“所以你就急着打车走了？”Steve 若有所悟。

“是的。我当晚就带着那出纳坐火车来了北京。我想……”李怀安低垂了头，喃喃道，“反正我在北京，你在东莞，我们谁也不要碰上谁。可是，那司机偷听到了银河的经理提起‘GRE’，所以我爸给了我一个新任务，就是到国贸去设法接近 GRE 的人，探听有关这个项目的消息。”

“所以你就出现在电梯门外？”

李怀安点点头，满脸尴尬之色：“我真的不会演戏！找我做这件事，真的是找错人了！”

这一点 Steve 基本同意。

“当然，我来北京最主要的任务还不是这个。就像你刚才说的，偏巧在这个时候带个偷了东西的小出纳到北京来。这位黄美珠有一位交往了很多年的男朋友叫阿昌，我想你大概也早知道了。阿昌是搞装修的，为林氏在龙关镇合资开发的一个楼盘打工。他和工友聊天时无意中说起，银河曾经通过东莞公司的账户行贿北京的国企领导。很快就传到了我们耳朵里。我们找阿昌来问，他开始还不愿意告诉我们从哪里听来的，我们吓唬他说要通知银河公司告他造谣，他才说是银河东莞的出纳说的。我们问他那出纳为什么会把这么秘密的事情告诉他，他这才说出纳是他女朋友。我们就通过他，收买了他的女朋友。”

“所以，出纳从保险箱里偷走的，不仅仅是钱？”Steve的猜测是对的。

“她根本就不该拿钱的！那是我们没料到的，把我们的计划全都打乱了！我们让她拿的，就只是贿赂中原老总乔昆的转账凭证。”

“你带着出纳和转账凭证一起到北京来，是为了要挟乔昆？”

李怀安摇头道：“不是。是为了拉拢中原的副总，冯军。在中原集团里，除了乔昆，就属这姓冯的最有权力。而且我们听说，冯军和乔昆貌合神离，后台也不同，大概算得上政治对头。其实我已经设法联系上了冯军，把转账凭证的复印件通过他的秘书交给他了。但他一直没有回复。为了表示诚意，我爸就命我把出纳当作人证带到北京。当然也是担心银河真的去报警。毕竟她偷了钱。”

“值得吗？为了一个项目？”Steve把手指移到唇边，侧目注视着李怀安。

“林氏的状况很不好，在香港和内地都连续亏损。马上就到第四季度了，账务方面明摆着糊弄不过去了。股价本来就很低，如果再爆亏损的新闻，恐怕会一败涂地。我们急需青岛这个项目，这样就可以把亏损的部分说成是对未来的投资，而且，拿到这么大规模的项目，股价一定会大涨的！只要把股价炒起来，就什么问题都解决了！”

“既然资金链紧张，又怎么筹钱呢？中原不会减免定金吧？”

“不会。中原要的定金是超高的！但林氏的董事会已经下了决心，只要拿到合同，不惜一切代价。向银行贷款，向别的企业做信托贷款，甚至去借高利贷！但是只要有了青岛项目的合约，谁都会愿意把钱借给林氏的。所以，这合同是一步关键棋！这也是为什么银河一定要拼了命地和我们抢！他们在大陆时间久，公关比我们做得好，渠道也多，搭上了乔昆这条线！但林氏也拿到了王牌！可是……”

李怀安看了一眼Steve。

“可是，我给你们捣乱了！”Steve接过话头。

李怀安难堪地点点头：“是的。你派人来到黄美珠家，在楼道翻了黄家的信箱，又上楼去敲门。我爸派人长期守在那里的。所以报了警，把你的人送进派出所，其实目的很简单，就是阻止你继续调查下去。可你居然自己也到了龙关，而且藏起来并不露面。这让我爸很紧张，他决定给你一些颜色看看，所以设计了一个圈套，用你派的人做诱饵。我是当天早晨才知道这个计划的，所以……”

“所以，你赶到龙关来救我！”Steve眺望车窗外。灯火已变得阑珊，车流也并不稠密。刚才不知沿着高速开了多久，恐怕已经快到六环路了。

李怀安的声音却格外沉重起来：“你不了解我父亲。他是喜欢……一劳永逸的。”

“所以，他发现我查出黄美珠在北京，就找了两辆大卡车来对付我？可你也在车上！”

“是你的奔驰车。开卡车的人又不认识我。”李怀安踌躇了片刻，再开口时仿佛下定了巨大的决心，“所以，我要求做你的司机！从明天起，你必须坐我开的车，让我随时跟你在一起！”

“那你爸岂不是会更恼火？”

“管不了那么多了！”李怀安再次皱起双眉，“老实讲，我其实也不知道能不能帮到你。也许下一个卡车司机也还是不认识我。可是，我不能抛下你不管！”

李怀安扭头看着Steve，两颗眸子在黑暗中闪闪发亮。Steve心中猛地一震！那分明是一双深印在记忆库里，曾让他深信不疑的眼睛；也曾是十一年前在洛杉矶机场遥遥和他对望的眼睛。可那眼睛的主人，一言未发，掉头走进登机口去了。

李怀安却被Steve直愣愣的目光慑住了，忙解释道：“你放心！我没有监视你的意思！也绝不会跟着你去公司！如果你决定把我跟你说的这一切都告诉银河东莞，我也完全能理解！那是你对客户的责任……”李怀安低垂了目光，声音也低沉下去，“十一年前，我选择了完成我的职责。现在，轮到你完成你的。”

Steve闭紧双眼，用双手猛搓了一把脸，深吸一口气，再放开双手，一双眼睛已经微红。车里突然寂静无声，仿佛沉入水底。纷乱的车灯，在车窗外无声地流淌。不知过了多久，Steve抬起紧握的拳头，将它悬在半空。

李怀安心中顿时升起一股乱流，寻觅不到出口；不知不觉间，手已抬了起来，握成了拳，向着空中的那一只靠近。双拳相击的瞬间，乱流找到了方向，一股脑倾泻而出，仿佛凝冻了十年的冰河，在一瞬间崩裂融化。

*

一声清脆的提示音，猛然把二人拉回现实。Steve 掏出黑莓手机，快速扫视了几眼，猛然转过头："那两辆卡车不是你爸派来的！"

"什么？"李怀安把眼睛瞪圆了。

"我记了车牌照，刚才找人查了。现在有结果了。"Steve 挥一挥手中的黑莓，"都是登记在同一家公司名下的！"

"哪家公司？"

"中原集团！"

"所以，他们是乔昆派来的？乔昆怎么知道这些的？"李怀安惊异万分。

Steve 闭目沉思，突然想起下班前苏珊的教训，不禁脱口而出："是通过银河！他们已经发现你把那出纳带到北京来了！我猜……林氏里估计有内奸！"

"陈嘉康！林氏北京的经理！他是今天知道这件事的！"李怀安脱口而出，眉头竟然舒展开来，一脸的轻松，"这么说，那两辆货车的目标不是你，其实是我？"

Steve 忍不住笑了："人家想要你的命，你还开心了？"话一出口，Steve 胸中一阵翻滚，也弄不清是气是恼，是喜是悲。Steve 强迫自己保持冷静，让笑容立刻消失，恢复面无表情。Steve 故意冷冷地说："你必须立刻离开北京。回台湾去！"

"除非你和我一起离开。"李怀安用力摇晃头，蓬乱的头发跟着抖动。

Steve 无奈地摇了摇头，低头沉思了片刻："那就只有一个办法：逼冯军立刻行动！"

"逼冯军行动？"李怀安不解。

"是的！必须让乔昆明白，冯军手里已经拿到了证据！那样你就安全了。又或者……"Steve 顿了顿，眨眨眼，"还有一个更省事的办法：让乔昆知道，你是林家的少爷，唯一的继承人。这样他就不敢随便动你了。"

李怀安连连摇头:“不行不行!我爸肯定不会同意的!他不让说,谁敢说?”

Steve 不解道:“这有什么好隐瞒的,不是给自己找麻烦吗?怪不得冯军一直不搭理你。对话双方身份不够平等嘛!他要知道你是少东家,未来总有一天要和你而不是你父亲合作,肯定会对你更重视的。”

李怀安还是一个劲儿摇头:“总之就是不行!还是第一个方案吧!第二个就算了!”

Steve 叹了口气,抬眼看看四周,笑道:“瞧你把咱们拉到哪儿了?掉头回城吧!要做的事情还很多呢!”

一辆满目疮痍的奔驰车,载着两颗久别重逢的心,消失在五环外的夜色里。

3

第二天,老方又有了新任务。这让老方更踏实了些:下岗的危险也许并没那么紧迫。

这次的任务并不复杂:送快递。简直是大材小用。老方用了些小手腕,并没让快件上写的接收人看见他。看见他的是那家人的小保姆。一大早买菜的路上,小保姆在小区的大门口看见保安和一个戴墨镜的胖男人吵架。那人手里举着一个牛皮纸袋,向保安抱怨说快递送错了地方。这信封上写的根本就不是他家地址,而保安却打电话把他从被窝里提溜出来了。保安也有些动气,因为值班室里原本不止他一个,这小区又住着几千户人家,每天来几十次快递,谁能保证刚才接快递的一定是他?

小保姆本来就喜欢凑热闹,和保安又有点儿交情,凑上去多看了两眼,这才发现牛皮纸袋子上写的人名是“乔昆”。这不是自己家的快递?怎么送去别人家了?小保姆也相信是保安的疏忽,可心里偏向着保安,又觉得这位业主小题大做。帮着保安说了几句就继续去买菜,顺便带上快件。心想等买完菜再把快件带回家也不迟,反正主人也不在家,要到晚上才能回来,耽误不了。

小保姆却不知道,主人看了这快件里的东西,估计都得彻夜难眠。其实里面就一张 A4 纸，机打了几句话，没有署名落款，也没提任何人名。可乔总一看就能明白：他最近才进账的那七位数，有证据落到了“某人”手里。这“某人”并非别人，却是他在中原集团最大的敌人——冯军。

就在同一天晚上，冯军也将收到一份快递。同样的没有寄件人信息，也没有落款或署名。短短几行机打的文字，外加一张付款凭证的复印件。但冯军一看也能明白，他的老对头乔总已经完蛋了。不仅如此，乔总也已经知道冯军手里拿到了一些“东西”。因此冯总已没有犹豫的余地，更没有进一步考证的时间。到了不得不行动的地步。中原集团的“东宫”和“西宫”之间短兵相接，这局面已经无法避免。当然在这场交锋中，冯军应该拥有必胜的自信，因为复印件绝对是真实的。

这件事对冯军而言，似乎有些过于顺利，简直是天上掉下馅饼。当然馅饼不是免费的，林氏集团还盯着青岛那个项目。不过这一点冯军一点儿都不在乎：签给林氏无妨，未来必定要林氏加倍奉还。他冯军的口味绝不比乔昆低。不然的话，他又怎能爬到今天这个中原集团副总的位置？不，该是总经理。原本也只是时间问题，只不过现在要大大提前了！

就在同一天晚上，在两千两百公里以南，香港银河置业东莞分公司的总经理李约翰，接到了一个让他终生难忘的电话。电话以让他去交配为开始，以让他去转世做结尾。打电话的人正是他的顶头上司，银河置业的总裁。总裁大人接到了北京乔总辗转传来的信息：青岛项目没希望了，七位数会立刻归还。具体缘由无处可寻，但风声是有一些的：小出纳偷走的东西已经到了北京。乔总或许尚能自保，但青岛这一笔生意是做不成了。

其实不仅如此。乔总连中原的总经理都做不成了——不到两周，乔总就因健康原因匆忙退休了。新上任的自然是冯总，上任后大刀阔斧，让中原集团统一都姓了冯。

这是后话，还说李约翰挨骂的那天晚上。他知道自己离失业并不远了，一股恶气无以发泄，只能给远在北京的苏珊打电话，劈头盖脸地一阵大骂，最后丢下三句话：第一，立刻停止项目；第二，银河不会再多付一分钱；第三，GRE 工作不力，大家法庭上见。

其实苏珊也知道第三条只是恫吓，根本难以实施。GRE 和银河签订的服务合约中有许多芝麻小字，已把所谓“调查不力”或“信息不实”等问题为 GRE 免了责。即便项目的尾款收不到，对于年营业额上千万美金的 GRE 中国分公司，这区区几万元坏账也实在算不得什么。

然而苏珊是准备好了要小题大做的，谁让这件事落在了 Steve 头上。

还是在当天晚上，李怀安把 Steve 送回住处，却并没有留下。Steve 本建议他留下的，他也有些犹豫。但他毕竟是成了家的人，老婆于晓琳还在 CBD 的豪华公寓里——未必在等他。但毕竟是在的。而且公寓里的用人是很喜欢多嘴的。他彻夜不归，多半会传到父母耳朵里。命运就是一场悖论。十一年前，在安娜堡午后的河边，他曾经说过：我不想回家，因为回家就得结婚、生子。可十年之后，他结了婚，生了子。婚姻和庞大的林氏家族好像一副巨大的镣铐，把他死死铐牢了。

Steve 默默地把李怀安再送出小区。李怀安让他留步，说：“你自己走回去我不放心。”Steve 笑答：“我是干什么的！不放心的，该是我。”李怀安笑道：“我明早再来。这样我们都放心。”

*

李怀安在计程车上，试探着打了个电话给冯军的秘书，本想探一探口风，看看冯军接到匿名信后是何反应。没想到对方接起电话就直接问：何时能筹好青岛项目的预付款？

李怀安吃了一惊，没想到见效这么快。心中豁然一阵轻松。尽管对方狮子大开口，预付款就要总项目款的 50%，而且只有两周时间，这是冯军能给的最大期限。两周筹集十几亿港币，林氏需动用一切资源。不过这也并非不可能。开个新闻发布会，展示一下和中原签署的意向合约。新闻一发，银行也都乐于贷款。股票估计也要翻几番。

李怀安连忙打电话给父亲通报，另一层意思也是希望父亲不要再理会 GRE。父亲的态度却并没预期的兴奋，也没追问任何细节，只反问道：“冯军有没有接受‘感谢’的意思？”

这一句果然问到了李怀安最拿不准的地方。刚才和冯军的秘书通话时，他的确提了好几次“以表谢意”，冯军的秘书却都严词拒绝了，毫无半推半就的意思。对方甚至断然拒绝了林氏董事长面见冯军的请求。当前的形势自然有些敏感：乔昆刚因被对手抓住了受贿证据而“退位”，冯军总不能立刻就重蹈覆辙。但李怀安心里明白，冯军的胃口不该比乔昆的小。只要他一天不开出价码，林氏就一天不能踏实。

李怀安把自己的担忧向父亲坦言，林董事长没赞同也没反驳。话锋猛然一转：“一个小时之前，你是不是给我传了一条短信：陈嘉康是奸细，立刻转移黄美珠。”

“是。”李怀安心中一紧。刚才只顾着发短信提醒父亲，竟然没想到该编个怎样的故事。

果然，林董事长的声音愈发阴沉：“你刚才在哪里？做了些什么？”

李怀安愈发慌了。他几乎确信，父亲已经得知今天在高速上所发生的事情。他想不出借口，只有难堪地沉默着。

父亲突然又说：“为什么不告诉你老婆一声？一直都没消息！她在四处找你！”

李怀安松了一口气，心中却又泛起一阵烦闷，低声嘟囔道：“她什么时候想到过我？”

林董事长怒道：“你自己一天到晚不着家，从来不关心你老婆，还有脸说这样的话吗？”

李怀安顿时不敢再多言，沉默了片刻，心中却又隐隐翻起波浪，一波强过一波，终于怯生生开口：“爸，我……我要离婚！”

“混账！”父亲低声咆哮。

李怀安却突然感觉一股气顶上胸膛。他自己都不知哪里来的勇气，决绝地说：“这么多年了，您和妈都清楚，我们根本没有感情！”

林董事长吃了一惊。在儿子面前，他的话就是圣旨。只要他稍稍动气，儿子必定会服服帖帖唯唯诺诺。这是从小打出来的习惯，这么多年从没动摇过，此刻却怎么突然破了例？

电话里一片寂静。李怀安也被自己的反应惊呆了！他居然反抗了！他已记不清上次反抗是什么时候。二十年前？三十年前？国中还是国小？他记得的只有皮开肉绽的痛和三天没饭吃的饥饿。

还是林董事长先开口，咬着牙低声道：“明天就回台北来！回来再说！”

林董事长挂了电话。李怀安心中一沉，然后是他最熟悉的惴惴之感。可出乎他的意料，这次那感觉并没停留很久。仿佛有一股神奇的力量猛然注入体内，就像喝下一大口白酒。可他并没有喝酒！李怀安飞速掏出手机，内心的激动使指尖微微颤动。他得给 Steve 发一条短信，告诉他明天不能见面了。但那仅仅是暂时的！

可李怀安刚刚掏出手机，手机就自己响了。竟是 Steve 发来的短信："明早不要来找我。我去日本两天。我们都保重，别让彼此担心！"

4

下川直子其实算得上是个正派女人：有高尚的职业，稳定的收入，良好的生活习惯；工作起来废寝忘食，很少去酒吧或者夜店，对男人认真而执着。可她的麻烦就来自这最后一条。一旦选错了男人，就会万劫不复。

GRE 东京办公室负责人马克就是这样一个错误的男人：他不是日本人，他不懂也不想弄懂日本礼仪，他有老婆孩子。对于直子而言，前两项尚可接受，但最后一项却是致命的。而对于直子的父母而言，三条都是致命的。

所以直子把马克藏在父母亲朋之外。当然马克也把直子藏在自己的老外朋友圈子之外，为的是避免让美国的妻子知道。两人如此躲躲藏藏，转眼就是三年。直子用三年的青春，体验了为爱情不顾一切的滋味。但三年之后，爱情却渐渐发生了变化，不再是直子起初以为的爱情：爱情变作生活的一部分，就像有轨电车或寿司便当，表面的便捷中隐藏着诸多不便；初尝的甜果渐渐腐败变质。直子早就在理论上理解这种变迁，心理上却对现实体验无比厌恶；就像每个人都在理论上接受衰老和死亡，轮到自己时却总要惊恐万分。

这种厌恶在某些日子变本加厉。比如今晚——直子的生日。

其实马克从来不曾记得直子的生日。她不同于西方女性，从不向男友明示或暗示对自己重要的东西。她希望他主动。公司员工的生日根本无需动用商业调查的手段。他却从不曾留意。直子没有表现任何不满。日本女人的不满就如同她们的愿望，顶好是从别人嘴里说出来的。

这种不满到了第三年，其实已经淡化成了一种理所应当。内心搅动的痛楚渐渐消失，只剩一片荒芜。即便是这剩余的荒芜，和马克的关联也越来越牵强。这空虚是岁月缔造出来的，不论马克是否存在，青春总是要渐渐凋零的。

所以在第三年的这一天，直子小姐加班后并没直接回家，而是独自找了一间小酒屋，用酒精灌溉心中那片荒芜。酒屋的空间并不大，顶多容纳十几位客人。老板烟熏火燎地做着烧烤，老板娘手舞足蹈地招呼客人。若在平时，直子最讨厌身上附着的烧烤气味，但今晚有酒精为伍，这黏腻的热气却很让直子小姐受用。两周前 GRE 亚洲区培训的最后一晚，那料理店包厢里也曾充斥类似的气味。要说此刻有什么小缺憾的话，那就是少了那撩人的古龙水气味。

尽管马克对 Steve 恨之入骨，直子却对那一晚小有留恋。

两周以来，直子时常想起那个英俊机敏的男人，略微超过了她应该想起他的次数。Steve 只不过是马克安排给她的有些暧昧的任务：看清他，看牢他；一样也没能完成。马克并没有责备她。因为分配给她这份任务，原本就是有点儿亏欠她的。直子也充分明白这一点，所以纵容着自己随便地想起 Steve，以此作为对马克的报复。反正 Steve 近期都不会再在日本出现，怎么想都是安全的。Steve 现在不仅是马克的眼中钉，同时也是羽村家族的“通缉犯”。Steve 该是她的敌人。想到这里，直子小姐有些小小的遗憾。或许是酒精的作用。酒精原本就善于使感情更奔放。直子自以为喝得并不多，足以让她清醒安全地搭乘电车回家去。

直子把眼睛闭上，细细玩味着心中那一点点儿遗憾，幻想着这些遗憾也在 Steve 心里生出来。即便相隔千里，不是也有心灵感应一说？彻底清醒的时候是不会相信这些的。何不借着酒劲儿，让幻想变得像真的一样？

感应果真就来了。直子小姐仿佛闻到了古龙水的气息，透过烧烤的烟雾，隐约而飘渺。酒精真是个神奇的魔术师！直子小姐把眼睛闭得更紧，更努力地闻着，古龙水的气息瞬间清晰浓厚了。她只觉面前一股热流，猛然张开眼睛，一张男人的俊脸正对着她微笑。

直子心中一惊，瞬间恢复了理智，知道这并非幻觉或心灵感应。Steve 活生生地就在眼前！他回东京来了，而且主动从自己眼皮底下冒出来。他难道不害怕吗？

直子倒是有些怕，不知这男人到底打的什么主意。随即又觉得自己可笑，好像中国传说中那个好龙的叶公。

“直子小姐，最近好吗？”

Steve 微微颔首，风度翩翩。仿佛是邂逅了他所尊重的女人。理想中的东方男人。酒精暗暗对直子小姐收复失地：管他怎么样呢？就算变成他的囚徒也无所谓，那正是对马克进一步的报复：“Steve-san，真是令人吃惊呢！您不担心吗？”

“哈，亲爱的直子小姐，我有什么可担心呢？即便您立刻就打电话给您的老板，我也绝不逃跑。我只有最后一个请求：让您亲自看守我。做您的囚徒，该是一件快乐的事吧。”

“Steve-san，您真会说话！不过，您到底为什么来东京呢？”

“我喜欢东京。上次不是说了？”Steve 眨眨眼睛，故意把脸贴近直子小姐，使她感受到一种可爱的危险，“我陪你喝两杯？”

直子小姐轻轻推开 Steve：“你真不怕我告诉马克吗？”

Steve 轻笑：“你这会儿联系不上他。再说，告诉他什么？我来替他完成本该由他来做的？”

“什么是他该做的？”直子小姐扬起美丽的细眉。

Steve 把酒杯举到眼前：“Happy Birthday，亲爱的。”

直子小姐鼻子一酸。她深知这是酒精的缘故。若在平时，一个“敌人”的雕虫小技怎能打动得了她？然而此刻，酒精就如同这男人身上的古龙水一样，正入侵她身体的每个细胞。她并没有太醉，也没有彻底清醒时的矜持。何不再演一场戏，就像两周前演过的那一场。酒精让她轻松入戏，是她自己不愿意从戏里出来。她凤目微阖，从牙缝中挤出一句：“你们男人，不是都一样？”

Steve 轻声笑道：“呵呵，我早就说过，你非常聪明！你猜马克现在在哪儿？”

直子小姐撇撇嘴：“谁知道？在哪里喝酒？”

Steve 微笑着摇头：“No！你看，我刚才说过了，你这会儿联系不上他。知道为什么吗？因为他在飞往冲绳的航班上！你们办公室在做什么有关冲绳的项目吗？”

直子小姐没回答这个问题。她是东京办公室的二把手，她心里很清楚，当前没有任何有关冲绳的项目。冲绳是全日本工业产值最低的县，基本就是美军基地外加度假地。更何况今天是周五。马克是极少利用周末时间工作的。可她没必要把这些告诉Steve。她虽然有些醉意，但心里还是清醒的。直子小姐不屑道：“他和我有什么关系？”

“当然有了。他是你老板。不是吗？”Steve使用疑问的口吻，可答案却早在眼睛里，“直子小姐，最近马克一定对你的工作很满意吧？突然卖掉了那么多的项目？”

直子一愣：“你是什么意思？”

“哦？难道您还不知道？”Steve故作惊讶，从西服上衣里掏出黑莓拨弄几下，递到直子眼前，“这是纽约总公司系统里所记录的东京办公室最近两周的新项目订单。您新开了两千万美元的项目呢！”

直子愕然道：“这些不是我开的项目！”

“可它们都在您的名下！”

直子把眼睛彻底瞪圆了：“可我从来都没听说过这些项目！还有这些客户！我根本不认识这些人！”

“直子小姐，这太令人难以置信了！”Steve摊开双臂，故意做出夸张的表情，“日本公司里就只有马克和您有机会卖项目，可好端端的，他为什么要把自己的业绩都送给您呢？您实在是太谦虚了！一个月就为公司挣了两千万美元！”

“不！这些项目和客户都不存在！”直子小姐喊出这一句，整个人突然怔住了，望着吧台上的调料瓶子发起了呆。

Steve突然压低了声音，凑近直子耳边：“不存在？也就是说，是假合同？但是……让你来扛？”

直子抬头瞪着Steve，目光中充满了惊恐。

Steve却微微一笑，突然调转了话题：

“瞧瞧！跑题了！刚才说到哪儿了？冲绳？马克为什么要去冲绳呢？肯定还是去工作的吧？不然的话，为何要带上你们办公室新入职的丽香小姐？”

Steve言罢，从怀里掏出一张名片，递到直子手中。那上面的日语写着：全日空航空公司客户服务部。是啊，冒充乘客或旅行社打个电话到航空公司，对Steve简直是雕虫小技。直子小姐心中仿佛生出许多只手，满胸满腹地乱掏乱抓。心痛是谈不上的，怒气却是一波胜过一波，很想扯烂谁的头发。她猛然抓起酒杯一饮而尽，转过头瞪着Steve，眼中带着深秋的寒意：

“Steve-san，我知道你想要什么。证据就在马克的电脑里。他今天下班走得很急，电脑还在办公室里。我有公司的钥匙和门卡，也知道大门的密码。就看你敢不敢相信我！”

“我一贯不相信美丽的女人。”Steve又眨眨眼睛，“但你，是个例外。”

“很好。钥匙和门卡都在我身上，不过，我不能亲手交给你。毕竟，他还是我老板。”直子故意挺高了胸膛。

“那是要我自己来拿？”

“当然。不过……”直子小姐咬了咬嘴唇，眼中闪过一丝柔媚的光，“带我到你酒店的房间里去。”

5

直子醒来之时，房间里只有微微的一线光。直子费了些工夫才想起自己在哪儿，为什么到了这里，心中猛然一阵慌张，像是不小心打翻了东西；但随之而来的，又是切除了残肢后的痛快。痛而且爽快：三年的疲惫和煎熬终于结束了。

直子眼前的微光突然消失了。一个低沉而甜蜜的声音在她耳边响起：“亲爱的，门卡和钥匙放回你包里了。房费也付清了。你再多睡一会儿。”

直子抬手抓住Steve的胳膊：“能问你一个问题吗？”

“当然。”

“你在等谁的消息？”

Steve提了提眉毛，用目光作为提问。直子小姐笑道：“Come on，别装了！昨晚，你一直在看你的手机。能让一个男人在做爱的时候都记挂着的，会是谁呢？”

Steve耸耸肩：“我是个对工作认真负责的人。”

"哈哈！"直子仰头大笑，细白的脖颈子在两条锁骨间烁烁地涌动。Steve 俯下身去，在那流动的白光上轻轻一吻："亲爱的，我必须得走了。"

直子止住了笑，轻声道："替我向他问好。"

"谁？"Steve 不解。

"住在你身体里的另一个人。"直子眨眨眼，"不是你说过的吗？那个小孩子，Steve 的敌人？"

"啊哈！"Steve 突然反应过来。

"告诉你一个秘密！"直子向 Steve 伸出手指勾了勾。Steve 把耳朵凑近她。她把嘴再凑近一些，"别骗你自己了。他就是你。我能从你的眼睛里，看见他。"

Steve 微微一怔，随即低头一笑，用指尖轻点直子的鼻尖，"亲爱的，照顾好自己。"

*

十分钟之后，Steve 登上开往成田机场的列车。到东京尚且不足二十四小时，此行的任务已经完成了。马克电脑硬盘的复制品就在他的背包里，回到北京就会立刻找专业人员进行分析。当然不是 GRE 的专业人员，这件事至少目前需向全公司保密。

即便不分析马克的硬盘，Steve 也已明白了八九成：马克在短期内制造了两千万美元的假项目，无非是为了给羽村家族补偿股市上的损失——由 Steve 故意造成的损失。GRE 东京办公室向来依赖羽村家族提供的情报信息，有了这两千万美金的新项目，就能以服务费的名义快速支付至少一千万美金给羽村家族。而且，Steve 相信，在未来的几个月内，东京办公室新开的"项目"还会继续增加。马克自己也得在"消失"之前大捞一笔。马克多半会在年底审计之前就提出辞职，之后再也不让任何人找到他。下川直子成为唯一的责任人，背负着欺诈总公司两三千万美元的罪名。

然而现在情况发生了一些变化：下川直子会针对这些新冒出的"客户"展开背景调查，目的当然只有一个——证明他们都不存在；这调查其实很简单。用不了几天时间，一份匿名检举报告就会发到每一位 GRE 董事会成员的邮箱里。其中不但有直子的调查结果，亦有马克电脑的硬盘分析结果。GRE 的大股东们立刻就会意识到，一家全球闻名的反欺诈调查公司，竟然成为了内部员工欺诈的受害者。这是有望登上《华尔街日报》头版的消息。

当然，GRE 的董事们为了避免这个结果，一定会接受任何息事宁人的方法，比如让老杰森下台，换尼克来做 CEO。毕竟杰森的罪名还不止纵容亲信欺诈公司两千万美元这一条；阿富汗的项目不是还刚刚出了几条人命，损失了几千万？

然后尼克会做出一系列高层调整，包括请苏珊走路，加封 Steve 为中国区的负责人；而直子小姐则将成为东京办公室的负责人——如果董事会仍打算保留这个赔了两千万美元的办公室的话。

当然，这些只是尼克的承诺。Steve 并不打算就其实现的可能性多想。他就只完成自己可控的部分——到东京收买直子小姐，并取得马克的罪证。是杰森和苏珊逼他背水一战。其实现在并非最佳的作战时机，有些事情让他分着心。若是在以前，除了工作，没有任何事情能让他分心的。他感觉自己越来越不是自己了。

列车高速行驶，东京密集的楼群被甩在身后。窗外换作被分割成许多小块的田野。Steve 再次掏出手机——这动作已做了无数遍，就连欲仙欲醉的直子都能看在眼里。手机短信记录里却仍只有他发出的那条：

“明早不要来找我。我去日本两天。我们都保重，别让彼此担心！”

为何没有回复？他遇到了危险？

离开北京后的二十四小时里，Steve 已经通过服务商检索过多次——北京并未发生重大的人身伤亡事件，但检索结果并不能完全排除遇害的可能。想到这些，Steve 心急火燎，恨不得立刻飞回北京。

Steve 把手机决绝地塞回衣兜，暗暗发誓再不要无故掏出来。可手机却偏偏在这时振了振，像是对那粗鲁动作的反抗。Steve 忙又把它掏出来。果然是一封短信，却来自一个长长的陌生号码。以 00886 开头，是台湾的区号。

“我被困台北仁泽医院。文”

Steve 瞬间拨通了旅行公司的电话，仿佛并未经过大脑。

“请把从东京到北京的航班取消！我要一张从东京去台北的……”大脑这才开始运转：尚不知阿文遇到了什么麻烦，就这样大摇大摆地赴台？不如借此机会试试“小三通”——从厦门搭船到金门，再从金门搭乘岛内航班到台北。不通过台北桃园机场的海关进关，或许能减少不少麻烦。Steve 对电话里的小姐说：“对不起，我改主意了。不要去台北的，要东京到厦门的机票。航空公司和票价都无所谓，越快越好！”

第六章 台北风云

1

雨后的台北，给午后的太阳照着，好像热气腾腾的蒸笼，满街的机车就像蒸笼里的蜜蜂，没头没脑地嗡嗡乱飞。

于晓琳从来就没适应过台北的天气，尽管最近这十几年，她来过几百回。这是怎样一种气候呢？一年四季潮乎乎湿答答，空气里永远含着下水道的腐败气味。还是北方的气候更好，夏天的热和冬天的冷都清澈透明，就像飞机升空穿越云层后见到的天空。她曾经对那天空无比厌倦。脱掉空姐制服之后，却又时常怀念那天空，羡慕那些自由自在的日子。

当然，那些自由自在的空姐应该更加羡慕她。由空姐到阔太的转变，曾是许多人的目标。只不过于晓琳的处境要更复杂些。当然她的收益也更多：林氏集团 10% 的股份，足够很多人过好多辈子的。这也是她应得的。她为林氏生产了唯一的香火。在未来，说不定整个林氏家族都是她的。为了这个目标，她是很能吃一些苦的。比如在潮湿闷热的季节还要赶到台北来。

她是昨天中午抵达台北的，赶过来见她的丈夫。在北京虽然同住一处，却难得彼此见面。其实她并不关心丈夫的行踪，这个男人实在可有可无。就像她对他也同样可有可无。两人对这种关系彼此心知肚明，早有互不干涉的默契。

但这默契不知哪里出了问题。昨天一大早，她竟接到了丈夫的电话。他很少主动给她打电话，所以她看到号码时很有些意外。丈夫在电话里“嗯嗯”了几声，到底是个窝囊的家伙。她不耐烦地要挂电话，他仿佛终于鼓足了勇气，闷声闷气地说：

“我爸叫我回台北。你也回来吧！我想和你离婚。”

离婚？岂能是说离就离的？尽管婚姻本身早就是一场空洞的形

式，但形式自有其重要的意义。这意义并无感情因素，却具备重大的经济价值。也许她的丈夫并不理解这种价值。他从小衣食无忧，被人严格管理着长大，始终是个什么都不懂的傻孩子。随口一句“离婚”，好像摊开手说：“把荣华富贵都丢了吧！”

她可不能听他的。她得想些办法，让他以后都提不出这样的要求。她连行李都顾不上收拾就启程赶回台北。他们在台北的时间虽然不多，但也有自己的公寓，并不和公婆同住。她现在倒是希望大家都住在一起。也许当着他严厉的父母，他不敢再提离婚这种事的。

于晓琳赶回台北的公寓，甚至比丈夫更早进门。丈夫一抵达就忙着去总公司和开会商讨筹款之事。留给于晓琳充足的时间。她准备了丰盛可口的晚餐，十年来她专为丈夫做的第一顿饭。她还化了淡妆做了头发。这些都是婆婆的建议，在她看来其实都是浪费时间。就算她摇身变作天仙，林俊文也不会多看她一眼的。

果然如她所料，丈夫是拉着一张长脸进门的。他平时唯唯诺诺惯了，这副面孔该是刻意准备过的。他根本没有共进晚餐的想法，劈头就提离婚的事情。尽管有些缺乏底气，但该说的竟然都说出了口：“你名下的都留给你！反正我目前名下什么都没有。想要更多就去和我爸谈。反正儿子的看护权一定会判给你。我相信法官和我爸都不会亏待你的！”

于晓琳在心中暗暗冷笑：难道他忘记了自己是林氏的继承人？难道让她留着芝麻却丢了西瓜？婚姻的形式已经进行了快十年，偏偏今天提出离婚？这家伙好像突然进入叛逆期的少年，这对大家都是一件危险的事情。于晓琳眼看压不住心中的怒火，婆婆带着孙子及时赶到了——董事长夫人事先得到于晓琳的消息，带着心肝宝贝回来救一救急。丈夫见到儿子果然缓和了态度，离婚的话题也暂时放下了。一家人围坐一桌，丈夫也不得不坐下来吃上两口。这是于晓琳决不能错过的时机！

她的方法不仅奏效而且时机正好：婆婆带着儿子刚走，林俊文就有了反应：上吐下泻了一阵，脸色苍白嘴唇发紫，再没力气跟她提什么离婚。她立刻把丈夫送进医院里。

于晓琳提着保温杯走进医院电梯，这会儿她扮演的是正在担心丈夫的贤妻。她亲手煮的鸡粥，一会儿还要一勺一勺亲手喂到丈夫嘴里。他不是身体正虚弱呢吗？虚弱得没办法从仁泽医院里跑出去？仁泽医院是一家规模不大的私立医院，股东很听话，里里外外安排些人并不困难。

万无一失！于晓琳悄然闭上藏在墨镜后的眼睛，默默向自己重复这四个字。不可能完全没有担心，也不可能没有一点点儿害怕。只不过这件事似乎已无退路。于晓琳睁开眼。电梯里有个戴口罩的医生，还有几个垂头丧气的老人，都是医院里常见的。他们根本不知道，面前正站着一位尊贵的夫人，说不定过不了多久，她就要成为全台湾最有钱的女人了。

于晓琳在五层下了电梯，并没在意谁跟在她身后，只一心一意抱紧了粥罐子，就像抱紧了她美好的未来。“监护”林俊文的房间就在眼前，背后却突然传来疾行的脚步声。于晓琳吓了一跳，正要转身，一个影子却已狠狠撞到自己后背上，深紫色的液体瞬间溅上衣裤，酸腐的气息扑面而来。

撞她的是个戴口罩的男医生，忙不迭地鞠躬道歉：对不起对不起！不必担心的，这药品只有一点点儿腐蚀性，不过最好立刻弄干净。边说边从口袋里掏出一摞纸巾塞给于晓琳。于晓琳还在惊愕之中，没来得及咒骂，那冒失医生已经叫来了当班护士。护士当然知道于晓琳的身份，丝毫不敢怠慢，格外殷勤地把她扶进卫生间。那男医生自然也不能跟着。

于晓琳也顾不上深究，急着让护士帮着她清理衣服上的液体，生怕弄到皮肤上。问护士这是什么，护士却也说不清。不过那东西并不难清理，用湿纸巾就能擦掉。于晓琳手捏着鼻子，由着护士一点点儿擦；再等护士取来吹风机，把湿衣服吹干。这也耽搁了半个多小时。于晓琳突然想起问问护士，那个冒失医生到底是谁。护士却还是一无所知。

于晓琳立刻感觉不对劲，忙捧着保温罐跑向重症监护室，鞋跟把走廊敲得咚咚响。推开病房门一看，老公的病床竟然空着。于晓琳大惊失色，正要转身往外跑，只听吱呀一声，内间的门开了，林俊文穿着病号服，扶着墙壁走出来。于晓琳一阵旋风似的冲过去，一把扯住丈夫的胳膊：“上厕所干吗不叫护士？”

林俊文皱着眉闭上眼，黝黑的脸因缺血而发了灰，豆大的汗珠从额角往下淌。护士在门口探进头来，被于晓琳瞪了一眼，连忙退出去，并把门掩了。于晓琳不便再继续发作，只好把丈夫往床上搀，给这个打扮粗俗的“窝囊废”充当拐棍。于晓琳不情不愿，林俊文反倒像是更加虚弱，全身的重量都压在她胳膊上。好不容易躺到床上，闭上眼一动不动了。

于晓琳暗暗恼火，一心想让他赶快把粥喝了，俯下身叫了几声，林俊文却都闭目不答。于晓琳耐着性子又等了十几分钟，林俊文却还是死人一样躺着。在某一刻她甚至真以为他死了，心中不由得颤了颤，不知是因为害怕还是兴奋。她探手去摸他的鼻息，却探到一指头热气。于晓琳犯了急，舀一勺粥硬要往丈夫嘴里送，却被丈夫挥手打掉了。于晓琳从椅子上跳起来，正要高喊护士来帮忙，病房门却开了，一个洋气的老太婆一步跨进门来，正是自己的婆婆，身后还跟着司机和用人。

董事长夫人高声叫着：“我儿子怎么了？阿文，你怎么了？”

于晓琳连忙换上一张笑脸，快步迎上前去：“俊文有点儿不舒服，不碍事的，怕您担心所以……”林夫人却故意绕开了儿媳妇，不打招呼也不看一眼，一门心思冲向儿子。林俊文这时倒是睁开眼，虚弱地叫了声妈，立刻又把眼皮阖上。老太太一把揽住儿子的肩，急赤白脸地叫：“啊！这是怎么了！昨晚还好好的，现在怎么成了这样子？”

于晓琳一脸错愕，一时间不知如何解释。林夫人向着司机和保姆一挥手：“快！帮我扶着他！我要带他离开这里！”

于晓琳伸手要拦，林夫人恶狠狠瞪了她一眼，厉声叫道：“你别管！”

于晓琳一下子怔住了，眼睁睁看着几人把林俊文架出病房，这才回过神儿来，抓起床头的粥罐子追上去：“妈，这是刚煮好的鸡粥，您带回去让俊文喝了吧？”

老太太却一把推开于晓琳：“我家里有我儿子吃的！”

粥罐子应声而落，白粥洒了一地。楼道里瞬间挤满了观众，都是被老太太的声势吸引出来的。其中也有于晓琳的人，却没人敢上前过问。Steve 自然也在人群里，仍穿着白大褂戴着口罩，这回又添了一副黑镜框，于晓琳自然是认不出的。

Steve 认真看了看大嗓门的老太太：大概七十上下，身体微微发福，戴一副金色的时装眼镜，双颊松松垮垮，下巴层层叠叠，皮肤倒是细嫩得好像三十多岁的小媳妇。一头短发烫成细卷，黏黏腻腻贴在太阳穴上，相貌和装束都是标准的阔太太。这就该是阿文的母亲，林氏集团董事长林维仁的太太林李英了。看来刚才这一通匿名电话果然有效，林太太一定吓坏了，不到二十分钟，就从阳明山上的大宅子赶到了仁泽医院。

这是 Steve 和林俊文情急之中商量的对策——给林董事长夫人打电话，接阿文离开医院。

三十分钟之前，Steve 趁着护士给于晓琳清理衣服，在监护室里找到阿文。阿文惊喜交加，Steve 却格外冷静，催他快说原委。阿文忙简单叙述了事情经过：自己吃了老婆做的饭就食物中毒入院，老婆不但拿走了他的手机，还限制了他的人身自由——他曾尝试走出病房，护士立刻把他拦回来，立刻打电话通报了他老婆。阿文感觉不妙，在拂晓偷偷摸出病房，趁着值班护士趴在桌子上小睡，偷偷拿了护士的手机给 Steve 发短信求救。

Steve 听罢心中微微一动：阿文竟能背诵自己的手机号码。他追问一句：“你老婆为什么要害你？”阿文回答：“我要跟她离婚！”

Steve 心中一震，顿觉阿文的确处境危险。其实他早注意到，除了楼里严守病房的护士，楼外也有几个闲逛之人，看上去颇有几分可疑。当务之急是带阿文离开医院。但他身体衰弱，虽不至于垂危，却难以轻松自如地行走。Steve 立刻想到阿文的爸妈，问他为何没联系他们。阿文迟疑了片刻，把母亲的号码说给 Steve 听。

Steve 立刻转身出门，绝不能让于晓琳在这里见到他。至于如何联系阿文的父母，他已然计上心头。

*

Steve 远远站在人堆里，看林夫人一行簇拥着阿文进了电梯，身上还穿着病号服。Steve 火速跑下楼梯，再混进医院门口的另一堆人群。电梯门正打开来，众人走出电梯。其实不过三五个人，却显得热闹非凡。司机和女用人扶着阿文走在最前，林夫人横眉立目地跟着，于晓琳则扭扭捏捏地跟在最后，离着婆婆三四米的距离，楚楚可怜得像个被委屈的小孩子。

有辆深蓝色别克公务车停在马路边，正对着医院大门的位置。那本不是合法停车位，恐怕只有林夫人的车敢有这个派头。

于晓琳出了医院大门就没再往前跟，眼巴巴看丈夫被众人扶上了车，这才如梦初醒地用尖细的女高音喊道：“阿文可是您接走的！出了任何问题，您可千万别怨我！”

这最后一句，让Steve打定了主意。他悄然绕开医院门口喧闹的人群，走出十几米，钻进一辆正在待客的计程车。他对司机说：“请跟上前面那辆别克房车！”

2

自从出了医院大门，林夫人对儿子寸步不离。手不停地在儿子身上摩挲，嘴更是没有闲着，一路问长问短，见儿子无力回答，又改骂司机把车子开得不稳，骂女用人缺乏了眼力见儿；话头最终落在儿媳妇头上，嗓门虽是一样的高，用词却委婉起来，不肯痛快地骂了：“花瓶一样的女人！不懂得伺候先生！这些年了还是这样地不能让你满意，最后总是折腾我这个老太太！”

林俊文听出母亲还是偏着于晓琳，闷闷地说：“妈！我用不着她伺候，您也用不着急着赶过来。”

林夫人把嘴巴噘起来，仿佛忍受了多大的委屈：“说得倒是轻松！电话打进来：林李英吗？你儿子吃了你媳妇做的饭，中毒进医院了！快到仁泽医院救你儿子！听到这样的话，哪个当妈的不要立刻赶了来？”

林俊文知道那电话是Steve打的，怕母亲继续深究，故意小声嘟囔一句：“本来就是吃了她做的晚饭……”

林夫人把脸拉长了：“那顿饭我也吃了，你儿子也吃了，我们怎么都没事？”

林俊文挪开目光，微微噘着嘴，小声说：“所以说，是专门冲着我的。”

“这不太可能吧？”林夫人一脸不屑，“再怎么她也是你儿子的妈。她会给你下毒？而且，如果真的是她下毒，还能立刻送你去医院？”

林俊文一时无以反驳，唯有自顾自地小声嘟囔：“还假惺惺做饭。这么多年，什么时候做过饭？”

“那还不是因为听你提离婚，她想讨好你？”林夫人斜眼看着儿子。

林俊文闭上嘴不再吭声，像是顺从又像是在抵抗。林夫人叹了口气，压低了声音：“你这孩子，从小就是这么固执，所以不讨你爸喜欢！她和你感情的确一般，但她总是小宝的母亲。我和你爸眼看着你们一起生活了十年，总归是了解她一些的，没有你讲的那么坏！离婚对于我们这样的家庭，绝不会有什么好处的！既然结婚这么多年了，又有孩子，好歹过下去嘛！我和你爸还不是一样！”

“可当初，是你们逼我和她结婚的。”林俊文又小声咕噜了一句，林夫人却听得真切，立刻顶上一句，声音倒是压得更低：“当初还不是你自己胡闹，你爸才逼你结婚？”

“反正我决定了。我要离婚！”林俊文噘起嘴。母亲一年只能见到一两面，还都是逢年过节高朋满座，自然一团和气。也只有在母亲面前，他才稍微随意一些。

“胡闹！你从小就是这样，只顾着自己，从来不为爸妈着想！”林夫人情绪激动起来，“刚才你找谁打的电话？为什么不自己打？”

林俊文心中一紧，闭口不言。他向来不会撒谎，说多了更糟。林夫人却并不罢休：“那男的南部口音很重，好像黑社会一样！我问他是哪里的，他回答说《自由时报》的！你为什么要找报社的人？”

林俊文这才明白，Steve并没有自己打电话，而是找别人打的，还冒充了报社的人。Steve的确够有心机，生怕林夫人过于相信儿媳妇，逼她把儿子从仁泽医院接走：“妈，那不是报社的人，是朋友乱说的。怕您不信，不肯到医院来！”

“朋友？什么朋友？”

“就是普通朋友，同学啦！妈，你可千万不要让爸知道！”这次是林俊文拖住林太太的胳膊。

林夫人见到儿子又委屈又虚弱，也不好再多指责什么，叹气道：“说到你爸了，这些日子也不知你做了什么惹到他，一提到你就发脾气！他要是见到你这个样子跑回家来，不知要气成什么样子！唉！所以，我给你租了一间公寓，你先临时住几天，好好休养休养！我尽量瞒住你爸！”

林夫人说着，车已到了地方。林夫人亲自扶着儿子下车，由女用人陪着上楼，叫司机等在路边。

林夫人亲自扶着儿子乘电梯上楼。这是座半旧的服务公寓，房间不算大，不是高档的那一种，位置也有些偏僻，但设备还算齐全，屋内也很整洁。看样子林夫人是想低调，大概是怕传到老公耳朵里，所以故意租了旧一些的普通公寓，登记时用了女用人的身份证。

林夫人叫女用人帮儿子放水洗澡，把携带的睡衣睡裤给儿子换上，扔掉了医院的病号服；又叫女用人煮了粥和小菜，亲眼看着儿子吃了，服侍儿子上了床，又问肚子是不是还难受？林俊文说不难受了，也不腹泻了，只是有些头疼，最近都如此，常常睡得不好。林夫人立刻从提包里取出自己常用的头痛药，看着阿文吃了，又左右叮嘱了一番，直到女用人催了两遍，这才打道回府了。

林俊文心想着等母亲走了，下楼去借管理员的手机给 Steve 打个电话，却并没等到母亲出门就昏沉沉睡了过去。不知睡了多久，胡乱做了些梦，前后没有联系，却都深得不能自拔，即使是噩梦也醒不过来，在紧要关头再滑进另一个梦魇，好像腿压麻了却无法换姿势，简直是一场迷迷糊糊的折磨。终于隐隐地有了意识，首先感到的却是头疼欲裂，像是有把锤子在向太阳穴钉钉子，眼皮却仍不是自己的，浑身的肌肉都不是自己的，完全不接受大脑的管理，却又都不闲着，统统自行其道，像是被另一些手拉扯摆布着。他终于勉强睁开眼来，却是黑茫茫一片，耳边响起一个熟悉的声音："去医院！不要附近的！远一些的！"

这一句仿佛真正唤醒了林俊文，眼前的一切也清晰起来：天是黑的，自己正斜靠在汽车后座上，一张清瘦的男人脸孔正凑过来：

"阿文！阿文？"

林俊文想答，却发不出声音，喉咙和舌头仍都不是自己的。那呼唤在他耳边响了几遍，又渐渐远了，听不见了。

3

林俊文再醒过来已是清晨。头仍隐隐地疼着，自己却又换了地方——自己正平躺在床上，脸上蒙着氧气罩子，身上新换了病号服，散发着洁净布料的清香。金色的阳光穿过窗子，在墙上留下黑白相间的格子。有人突然站起来，把墙上的窗影扰乱了。

那人把脸凑近床头，轻声呼唤“阿文”。逆着光线看不清脸上的细节，可他还是立刻听出来，叫他的人正是Steve。

如果不是Steve把手机上的日历拿给林俊文看，他绝不能相信，此时距离他在公寓里入睡已整整过了三十六小时。

“这是哪里？”林俊文双眼一片迷茫。

“医院，”Steve说罢，连忙又缀了一句，“放心，不是你老婆送你去的那家。”

“我怎么了？”

“安眠药过量，还有轻度煤气中毒。”Steve故作轻描淡写地说，“不过，现在没事了。”

“安眠药？煤气中毒？这是怎么回事？”林俊文一脸讶异。

Steve脸色一沉，随即又微微一笑说：“你先休息。等你好些了，我再告诉你。”

林俊文却愈发惊觉，用胳膊撑起身子，半躺半侧着，一头硬发张牙舞爪的：“现在，就请告诉我吧！”

Steve脸上的笑意顿时没了，眉心凝成沉重的一团。他沉思了片刻，用尽量平淡的语气道出原委：前天阿文随母亲离开仁泽医院，Steve搭计程车一路跟随。一直跟到那间旧公寓楼，Steve尾随着上楼，弄清阿文住在哪一间，这才悄然退出楼外守候，并亲眼看到林夫人带着女用人乘着房车离开。

可到了深夜，一点多的光景，楼前突然出现两个人影，都黑衣黑帽，帽檐压得极低，看上去特别可疑。两人搬来一把梯子，由其中一个爬上门廊摆弄监控摄像头；摆弄完了再下来，留守在楼门口，另一个这才用钥匙开了门，走进大楼去。楼道里漆黑一团，大堂里似乎并没有人值班。Steve便知不妙，悄悄靠近查看，顿时大吃一惊：那留在门外放哨的，正是白天见过的林家的司机！

Steve心急如焚，想要跟上楼去，那司机却一直守在楼门口。Steve正想着如何进去，另一个却已下楼来，此人身材瘦小，看不清面容。两人随即离开了。Steve火急火燎，赶忙设法进入大厦——公寓楼的确有年头了，门锁还是旧式的，这也难不倒Steve。大厦里果然没人值班巡视，楼道里漆黑一团。阿文住的公寓同样是老式的门锁，Steve没费多大力气就打开了。房门一开，Steve立刻闻到一股浓重的煤气味：厨房的瓦斯阀门开着，炉子上有半壶水。Steve立刻明白了：这是故意制造的开水浇灭炉火的假象。

Steve冲进卧室，阿文已经不省人事。吸入时间顶多十几分钟，似乎不该中毒到这种地步。Steve也来不及细想，立刻把阿文背下楼，叫了计程车赶往医院。Steve知道这是有人要陷害阿文，所以绝不敢声张，把阿文送进一家偏僻的医院，并谎称病人的证件忘记带了，请先抢救再补手续。医生给阿文做了全面检查，发现血液中有安眠药的成分，足以让他睡上两天两夜。

林俊文听罢，惴惴地自言自语：“妈给我吃过止痛药，可怎么会有安眠药？”突然又恍然大悟，“是阿翠！我睡前喝过她煮的粥！她是司机的老婆……于晓琳买通了我爸妈的用人？”

林俊文满眼惊恐。Steve缓缓摇头。林俊文急道：“难道不是这样？”

“我们没证据证明，司机是被于晓琳买通的。”

“我该怎么办？报警吗？”林俊文又问。

“我们没有证据。他们动过楼外的摄像头，楼道里又一团漆黑，没有监控录像的。我想，他们也绝不会留下指纹。”Steve说罢，沉思了片刻，又说，“你对那个司机了解多少？”

“他叫刘祖善，大家都叫他老刘。他老婆叫阿翠，家在宜兰。我知道的差不多就这些了。他们是我去美国念书后才来我家的。我回国后一直在大陆，难得回台北，所以对他们也并不了解。”

“他们和你老婆熟吗？”

“那肯定比我熟！我儿子一直是由我爸妈带在身边，于晓琳常常回台湾陪儿子，跟这些用人相处的时间比我多得多！”

Steve皱着眉头沉默了半晌，又问：“于晓琳就是因为你要离婚，所以才想置你于死地？”

林俊文连连点头道：“对啊！她就是为了林家的钱，才坚持这段婚姻的！我们结婚十年，从来没有过感情！”

“那你们当初为什么结婚？”Steve话一出口，立刻有点儿后悔。他脑子里闪现十一年前，阿文坐在河边，垂着头说：我不想结婚生子。

“那完全是我爸的意思！”林俊文愤愤地回答。

这一点Steve倒是猜到了。当年林董事长催儿子辍学回台，多半儿是为了要儿子成家。继承家业倒未必有多紧迫，起码十年之后都还没给儿子安排要职。但既然阿文当年依顺了老爸，自己自然也是有几分乐意的。Steve低头一笑，把到嘴边的话又咽了回去。

林俊文的脸色却更阴沉，眉头绞成一团，苦笑着说：“我知道你想说什么。其实，不是你想的那个样子。那年我回到台湾，我爸妈立刻张罗着让我相亲；见的就是于晓琳。的确漂亮，据说做过航空小姐。但我并不喜欢。我相信她也不喜欢我。尽管她嘴上说喜欢我，而且讲一口北京口音，让我觉得很亲近。但我心里知道，她就是为了钱。我鼓足勇气告诉我爸，我不喜欢这个女人。他倒是没说什么，这件事也就作罢了。可后来，我爸妈在宜兰的温泉饭店里开新年party，请了很多客人，里面也有她。她突然跟我说起北京，有些……有些是听你说起过的。然后，我不知怎么就喝多了！她也喝多了，然后……”

林俊文突然语塞，脸上涌出无限懊悔来，“我醒过来的时候，我和她，竟然都……我真的什么都不记得的！”

Steve努力保持着平静，内心深处却在隐隐翻滚。

阿文深深叹了口气，用手抵住额头：“就是这么倒霉。她竟然就怀孕了！”

一时间,Steve竟也不知该说些什么。唯有把手轻轻放在阿文肩头。指尖触碰的瞬间，他突然想起十一年前，在午后的河边，他的指尖也曾触碰同样的部位。透过饱满光滑的T恤，能感受到肌肉在燃烧。

阿文猛抬起头，眼中闪出一线曙光：“可现在她想害我，还串通了司机和用人！这样不是最好？可以彻底断干净了！”

“你爸妈会相信你吗？”

Steve一句话似一盆冷水，把林俊文眼中的火苗浇灭了。他沮丧地低下头：“不知道。我说不准。他们太喜欢孙子，爱屋及乌。那女人又能说会道。而且，用人也跟了他们十几年了。不过……”阿文再次抬起头来，“只要我回到爸妈家住，就有可能找到证据！”

Steve立刻摇头：“不行！这太危险了！”

“不会的！毕竟我爸妈在呢！他们总不能当着我爸妈的面来害我！”林俊文越说越兴奋，眼中再度闪烁着光芒，“对啦！其实爸妈家是最安全的地点，也最容易拿到证据！太赞了！之前怎么没想到呢？”

Steve看着阿文兴奋的样子，心中不禁越发忐忑：就凭他？

“可是你想想，万一你爸妈不相信你，那几个想要害你的人又很容易接近你，伺候你衣食住行，你的处境岂不是非常危险？”

“那是我的爸妈，又不是他们的！对了！我这就给我妈打电话！在电话里告诉她公寓里出的事情！如果她不信，我就不回去。如果她信，我就回去。这样可以了吧？”阿文兴奋地睁大眼睛，仿佛想到了绝佳的主意。

Steve皱眉不语。完全不可以。他不放心！一个年近不惑的中年人，思想居然如此简单。十一年前怎么没发现？夏冬那孩子的记忆库还真是不可靠的。

“怎么？你还不放心？要不，你给我准备一点儿什么。”阿文边想边说，“枪就算啦！阿翠和老刘也都不是我的对手。”阿文憋一口气，想要做出健美运动员的动作，怎奈浑身还虚脱着。他忙又说：“倒是需要一些设备……比如针眼摄像机、针管取样器什么的。怎么？我说得不对吗？”阿文看Steve脸色阴沉，连忙堆起笑脸，“都是电视里看到的！这方面你是专家，你别笑话我。”

“胡闹！你当做游戏呢？不行！这太危险了！”Steve断然道，完全不留余地。他仿佛突然回到了GRE的办公室里，眼前是个犯了错的员工。

“可是下周就要和中原集团签合同了，我不能一直躲在这里啊？”阿文急道，笑容瞬间从脸上消失，垂头丧气地说，“本来就是一直由我负责的事情，不能丢给我爸不管了。”

Steve不禁摇了摇头，强压着火气说：“你现在立刻休息！再睡一觉！醒了我们再讨论这件事。”

Steve怕阿文再继续纠缠，迅速转身走出病房，关闭了房门，大步走出医院大楼，在路边点燃一根烟。这个傻瓜！生死攸关之时，竟然还想着公司的工作！于晓琳要谋害阿文，而且暗中勾结了用人和司机。以她的手段，阿文根本不是对手。贸然回家居住，只能为敌人提供更多机会，简直就是送死。

但是阿文有一点倒是没错：只有引蛇出洞，才有机会找到把柄。

总不能一直藏在这家医院里，藏着也不可能解决根本问题。但是阿文能胜任吗？他的父母有能力帮助他吗？爹妈固然不会害他，可他们显然并没认清于晓琳的真实面目。自古以来，昏君远比外敌危险得多！

不行！决不能放他回父母家去！说什么也不行！阿文太天真了，居然还要主动打电话把一切都告诉母亲……

电话！

Steve心中猛然一惊，掉头跑向医院大楼，穿过狭长的楼道，一把推开病房的门。

林俊文却正探身把乳白色的电话听筒放在机身上——病房里配置的座机，装在床头的墙壁上。看见Steve推门闯进来，林俊文吃了一惊，立刻满脸堆笑，摆出典型的销售式表情："我说过吧？我妈真的相信我说的！她还要说服我爸去报警！她急着要来接我回家！不过……"阿文眨了眨眼睛，一脸得意之情，"我说我需要休息，让她务必等明天中午以后再来。你一定有很多事情要嘱咐我。对吧？我们一共还有二十四个小时！"

4

初秋的午后，大概是一年中最懒散的时光。尤其是忠孝东路三段附近的那些小巷子，一堆灰旧的老楼立在阳光里，拦腰插满了晾衣杆子，杆子上的衣服都死气沉沉地垂着，仿佛被烈日晒昏厥了。街边的摊子和小店都大敞着招客，行人却被头顶的太阳赶到不知什么地方去了。

奶茶店的柜台前有几只苍蝇在飞，看店的女孩儿却懒得驱赶。这样热乎乎的午后真是什么都懒得做，就连打开收音机的心思都凑不起来。

这时却来了一位客人，静静地浏览挂在墙边的价目表。女孩没立刻招呼客人，只抬眼看着他，担心招揽半天却没生意，白白浪费了精神。

这男人三十多岁，清瘦的身材，穿泛白的牛仔裤和发皱的布衬衫，头戴一顶半旧的棒球帽。乍看是个干装修或者送快递的，皮肤却过于白皙，下巴小巧精致，两片薄嘴唇紧闭着，一条挺拔的窄鼻梁，直插到帽檐的阴影里。再往上，是陷在黑暗里的一双眼睛，正炯炯地注视着她。

女孩发现了那双眼睛，不禁站起身来招呼客人。那人微微探过身颔首致意：“我找老张。他在吗？”

女孩心中一诧：从没有陌生人到这里找过老张，更不必说有大陆口音的。女孩板起脸来：“哪个老张？”

“这里还有几个老张？”男人看着女孩，目光柔柔地粘住她的眼睛，躲不开甩不掉的。女孩随手抓起一块抹布在柜台上抹：“这条街到处都是姓张的。”

“我要找的，是楼上的。”男人抬起下巴向楼上点了点，手中变魔术似的多出一张名片来，“放心。是朋友。”

女孩接过名片，掉头跑上楼。没多一会儿便又下来，把男人领上楼去。那上面有个阴暗的套间。女孩让他坐在外间的旧沙发上，自己又跑下楼去照顾店面了。

Steve扫视这狭小的外间，也就七八平方米的面积，屋角胡乱堆着些杂物，几扇门都关着，又没有窗户，所以漆黑一团。业内知名的“宝岛征信社”的“总部”，原来竟是这个样子的。

过了大概两三分钟，一扇门突然打开，走出一个干瘪的男人，个头虽然不高，腰板却挺得笔直，有些军人风范，加之一头灰白的板寸，又添了几分威严之气。那人向Steve伸出手，操着浓重的台湾南部口音问：“周总？您怎么大驾光临了？”

Steve起身和对方简短握手。这大概就是宝岛征信社的经理老张了。过去的五年中，GRE都是通过老张来完成在台湾的调查任务的。

“麻烦过您那么多次，早该登门拜访了！”

“哪里！是您一直照顾我的小生意！”老张向着Steve竖起大拇指，“在贵公司面前，我们都不值一提！”

“您客气！”

“我可是说真的！”老张环视自己的房间，“宝岛征信登记的可不是这个地址！”

Steve笑而不答。GRE原本就是调查公司，对自己的服务提供商哪能不摸清底细？早在五年前第一次合作之前，Steve就曾秘密到台湾了解宝岛征信和老张的背景，知道公司虽然在业内小有名气，其实也是个皮包公司，核心调查人员就只有老板一人；注册地址是个代收信件的秘书公司；而供老张平时隐身的，正是自家奶茶店的二楼。

台湾小征信公司不计其数，良莠不齐。大多打着征信的名义接私家侦探的活儿，和本地法律打擦边球。比较正规的大公司虽然也有，但收费就昂贵许多。GRE 在中华区的案件之中，涉及台湾虽然不算太少，但多为针对在大陆台商的背景调查，案子的核心在大陆，台湾的调查只是辅助，不能耗费太多成本。

两人又寒暄了几句，话头扯到服务上。Steve 谢过老张——冒充《自由时报》记者打电话给林董事长夫人。举手之劳，老张并没收取任何费用。但接下来的任务，老张恐怕不会再免费了。Steve 取出一张纸条交给老张："帮我准备这上面列的东西。明早来取。"

老张打开纸条看了看："要多贵的？"

"针孔摄像机要彩色的，分辨率 400 以上，0.02 以上的敏感度，无线距离 50 米，有配套录音设备，体积要尽量小，男士胸针或者纽扣都可以。针管取样器也要尽量小。"Steve 极力压低声音，"另外，还需要一个微型无线耳麦。越小越好，但接收范围要在一公里以上。价格不是问题。"

老张点点头。既然不计成本，自然非同小可。

"这个，请帮我化验一下。"Steve 取出一个密封的小玻璃瓶递给老张，小指粗细，瓶子里有些白色黏稠之物。

"化验什么？"

"看有没有毒。"

"有方向吗？"

Steve 摇摇头："没有。不过，试试重金属。"

老张点点头。

"另外，请查三个人：林维仁、林李英、于晓琳。"

"林氏集团的？"

GRE 调查的目标通常是大公司的大老板，所以老张并不意外。但他还是习惯性地皱起眉头，"这个林老板历史太复杂，公司规模又很大。你想知道哪方面？"

"所有的，不仅限于商务。"

“这个不容易！”

“明白。在大陆和香港查过一些，我把结果交给你，可以参考。”

“好吧。这第三个是谁？”

“林家的儿媳妇。”

“哦？”老张眼中闪过一丝疑惑，“没听说过。她也参与了林家的生意？”

“不清楚。也许吧！她在香港有家公司叫琳琅商贸，曾经持有林氏不少股份，大概在八年前，把那些股份转给另外一家 BVI 成立的公司，叫作 L&L Limited。如果方便，也查查！”

“BVI？那里注册的公司查不出股东。”老张摇摇头。Steve 微微一笑：“别人查不出，你还查不出？”

老张也微微一笑：“Off record？”

Steve 点点头。

老张扬起眉毛：“看运气吧！那个……先付二十万新台币的定金？”

“可以。”

老张颇有些意外。Steve 一向很精明的。尽管 GRE 的项目费动辄数百万台币，和服务商讲价却斤斤计较。这次却格外的痛快。

“发票抬头跟以前一样？”

“不。”Steve 摇摇头，“这回我自己付，不需要发票。”

老张立刻明白过来：这是私活，而且价格不是问题。

5

林氏集团董事长夫人林李英一分钟也没耽误，中午十二点准时到达医院。其实她昨天就想来医院，可又怕儿子生气。儿子其实难得生气，林夫人很多年都没在意过儿子的脾气，没在意过儿子的任何事情：他早就是个大人了，留过洋，长期在外地，一年见不到几次。

但最近不知为何，儿子突然闯进自己的视线：一个邋邋遢遢的男人，就好像她印象里的大陆农民工。她惊讶地发现：她居然有这样一个儿子，林家有这样一位公子。她真的好奇：这些年来，丈夫到底对儿子做了些什么？错的品位，错的神态，错的举止，如今就连脾气都是错的——原本老实温顺，怎么突然变得神经质，非要闹着离婚？这是儿子身上突发的巨变，完全出乎她的意料。她并不在乎这个儿媳，但她只有一个儿子，年老之后也许能多少有些依靠。所以她决定在儿子身上多花些心思，还得小心翼翼的。儿子毕竟是成年人，享有法律赋予的一切权利。再不是小时候，教训一顿就会乖乖听话。

所以她没敢立刻行动。她按照儿子的要求，耐心等到第二天中午才来医院。她要做个温柔耐心的好母亲，尽管之前的三十几年都并没做到过。

*

Steve 并没露面。他在街对面找了个隐蔽的地方，远远看着阿文跟着林夫人上车。其实 Steve 心里清楚：即便自己不露面，恐怕也已在林家的视野里——儿子失踪了几天，突然来了电话。即便不让立刻去接，还不派人暗中盯着？

林夫人这次坐的奔驰轿车，之前的别克公务车并没出现。司机老刘和用人阿翠也没出现，换成两个穿西装的小伙子陪同，不知是林家的保镖，还是林氏公司的保安。反正功能都差不多。

林夫人亲手搀扶着阿文，看上去忧心忡忡又疼爱有加。阿文自然已换掉病衣，换作舒服宽松的休闲衣裤，虽然不是新衣也并不合身，却有了些大家公子的气质，和之前的楼盘销售判若两人，只是发型一时修改不了，还是乱蓬蓬的像一窝草。

Steve 心里稍微踏实了一些，却又不禁疑惑：那司机和女用人夫妇俩去哪儿了？既然林夫人说相信阿文的话，她打算怎么处置那对夫妇？是选择报警，还是“家法处置”？这么大的家族，总归不想把家丑外扬。“家法”又能怎么处置？即便是像林氏这样的大家族，也不至于采用过于暴力的手段：那都是电视剧里才有的情节。现在毕竟是法治社会，哪个家族都比不上政府强大。因此有钱人更喜欢息事宁人。反正都得花钱，不如安安分分太太平平。除非是花钱也解决不了的，那就另说。

但真正使 Steve 担心的，并不是那两个用人。要命的是于晓琳。那本来就是林董事长为儿子讨的老婆，又给生了孙子。名门更不能承受此等恶闻。阿文的父母不可能轻易就完全相信阿文，和儿媳妇决裂。所以证据是关键。其实如果 Steve 是阿文，一定不会急着向父母告状。那样只会打草惊蛇，逼着敌人去构想更加高明的办法。阿文的心机显然是不够的。

情况紧急。Steve 得抓紧每一分钟。

*

Steve 却并不知道，其实林俊文在电话里并没向母亲提起两个用人，只说自己煤气中毒，所以被朋友送到医院来了。其间的一切细节都没提：电话里说不清当面再说。老刘和阿翠毕竟服侍爸妈多年。林俊文跟 Steve 说的那番话，只不过是为了让他放心的。

林夫人在医院尚且平静，坐上车立刻激动起来，眼睛里噙着泪，反反复复跟儿子絮叨：离开公寓的时候你还好好的；第二天再去，公寓里全是瓦斯味，人却没了！本想立刻报警的，又怕警察不受理，也怕是被人绑了票，事情传出去对公司对儿子都无益，只好耐着性子秘密派人寻找，许久没找到任何线索。多亏这时儿子打电话来，不然就要急疯了。

林俊文见母亲心神不宁，并不急着解释，先是柔声安慰一番，等她渐渐平静了，这才鼓足勇气，把事情经过说出来，但是把 Steve 的部分略过了，只说自己其实是被潜入公寓的人吵醒了，却故意装睡并没起身；之后悄然尾随着那人下楼，这才发现了老刘。之后身体不适，就找了家医院住进去，有了好转才给母亲打电话。这是早就在心中排练过的，说的时候仍好像背课文，只能盯着手背，不敢直视母亲。

林夫人大惊失色，等不及儿子说完就抢道：“怪不得哪！那两公婆昨天一早就请假回宜兰啦！说家里有急事呢！”林夫人满面怒容，“他们为什么要对你下毒手？忘恩负义！回家就报警！”

林俊文深感意外，不由得安慰母亲：“您不要动气。还是先和爸商量一下？事情如果传出去，对林氏大概也不好。”

林夫人倒好像下定了决心，咬紧后槽牙说：“不能饶了他们！还有幕后指使的人，如果让我查出来，绝饶不了他们！”林夫人痛骂一翻，又吊起八字眉，忧心忡忡地说，“阿文，你不要再跑去别处了！就在家里，在妈身边！哪都不要去！这样妈才放心！”

林俊文讪讪一笑：“不要气到爸比较好！”

林夫人却瞪圆了眼："都怪他！早该让你光明正大地进公司！偷偷摸摸的干什么？辛苦了这么多年，妈都见不到你！然后又派你做危险的事！弄到命都难保了！他还要生气？我还要找他理论呢。"

林俊文知道母亲只是说说。父命不可违，这是母亲也难以干涉的。自有记忆开始，父亲对他一直严苛，粗茶淡饭虽不至于，但绝无丝毫的骄纵溺爱。只有罚，没有奖，就连圣诞礼物也不记得有过。十八岁出国留学，父亲也只负担了本科四年的学费，一切生活费都是靠自己打工挣出来，甚至比别的家境普通的台湾同学更拮据些。被父亲从美国召回之后，更是一直在分公司做底层，按职位领薪水，并没有额外添补，就连最近在北京买的房子，也是在父亲名下，和他自己并没什么关系。倒是工作上不能有分毫的差池，事无巨细，必定是他的错。出了今天这样的乱子，少不了对他横眉立目，能让进家门就不错了。

车子疾速前行，拐上林荫山道。阳明山顶的大宅若隐若现。那宅子有着漆黑高大的木门。在童年的印象里，它就像一座巍然屹立的监狱，关住他的童年。父亲是凶恶的典狱长，对他用尽了"私刑"。如今人到中年，每次遥遥看见那宅子，心中还是会隐隐涌出一阵寒意。

车子驶入院门。林俊文吃了一惊：父亲竟然已站在门外，身穿黑绸长衫，手撑一柄黑檀木手杖，大拇哥上一枚翡翠扳指在阳光下熠熠生辉。林俊文顿时感到一阵慑人的威严，不禁提心吊胆。父亲却突然向着车子走来，脸上竟然流露出关切之意，这在林俊文的记忆里是从来没有过的。

林夫人果然不依不饶，下车就是一阵牢骚："哪是做爸的？儿子眼看就没命了！老刘这个没良心的奴才……"

"就你啰唆！"林董事长低声呵斥，瞪了老婆一眼，再使一个眼色，那意思是不要让用人们听见。

林董事长示意去书房，林夫人满脸不情愿："儿子这么虚弱，应该让他休息！"林董事长又瞪了老婆一眼。林俊文忙说有话要和爸说。林夫人这才勉强应允，自己却并不跟去书房，直奔着厨房去了。

宅子的确大，从大门到书房，曲曲折折一阵子走。书房里铺着熊皮，墙壁上挂着鹿头，这里的装饰几十年没变，林俊文每次进来都胆战心寒。

林维仁董事长命儿子关紧房门，眼中的一丝柔情顿时消失了。他在自己的大皮沙发上端坐了，瞪着眼看着儿子：“说吧！”

林俊文立刻呼吸困难，有想要逃跑的冲动。这是童年养成的条件反射：“爸，我……”

林维仁厉声催促：“不要吞吞吐吐的！你是个男人！”

林俊文硬着头皮，把车上跟母亲讲过的又重复了一遍，这一次只觉这故事漏洞太多，只能躲闪着父亲的目光。硬着头皮说完了，偷看一眼父亲，父亲脸上早已阴云密布。林俊文心中一抖，后背顿时冒出冷汗。

“你怎么想？”林维仁突然发问。

“我……”林俊文一时不知如何作答。

“你老婆指使的，对不对？”林维仁怒目而视。林俊文不敢点头，支吾道：“也许只是个意外……”

“不要口是心非！凌晨一点溜进公寓去打开煤气，能是意外？除非是你在撒谎！”

“不，我没撒谎！”林俊文连忙辩解，“老刘的确是溜进公寓里的，煤气也是他开的。”

“那就是你老婆指使的！不然还能有谁？你不是也一直怀疑她？”

林俊文吃了一惊，弄不清父亲到底什么意思，不敢轻易开口接话。林维仁倒是不再逼问儿子，凝着眉沉思了片刻，说道：“不能报警。一个是你老婆，两个是林家十几年的用人。报了警，林家会成为全世界的笑柄！我自己来查。查清楚了再收拾他们。”

林俊文完全没想到父亲会这样说，心中倍感意外，一时更是无语。林维仁却突然换了话题：“是谁送你去医院的？”

林俊文心中一慌。难道父亲早看穿了他的小把戏？正不知如何撒谎，林维仁却抢先开口道：“不要费事编故事了。我知道那个姓周的在台北！”

林俊文心脏一阵乱跳。眼前这个严厉威武之人，什么都瞒不住他。就像多年之前，什么都瞒不住。

“我警告你，帮你做个局，是为了让你有机会利用他。可不是让你假戏真做的！”林维仁炯炯地瞪着儿子。

“您的……我们的目的，的确是达到了。”林俊文低声解释，“他向银河隐瞒了调查结果，还帮我们把陈嘉康这个奸细给抓出来了。他还督促冯军做了决定……”

“难道你还需要我去感谢他？”林维仁狠狠瞪着儿子，“别以为我不知道他是谁。他能有今天，不该感谢我？”

林俊文狠狠打了个冷战，仿佛一下子掉进冰窟窿里。

林维仁微微眯起眼，眼缝里流出一道寒光：“我要是你，绝不会再跟他接触。”

林维仁又故意顿了顿，冷笑一声，“记得你当初是怎么从美国回来的？你的历史可不怎么样！”

林俊文的心脏猛烈抽搐。

书房的门突然开了，林夫人站在门外，用托盘托着一碗热滚滚的燕窝羹：“还没谈完呢？儿子身体不好呢！”

6

送走了阿文，Steve 又换了个住处。

并不是酒店或旅馆。他选择的是无需提供证件的住处——能过夜的洗浴中心，在台湾称作三温暖。他本来没有多少行李，一个带锁的柜子足矣。这样的三温暖台北有上百家，大都开在地下室里。他每天都可以换一个地方。

Steve 拿了一张毯子，占了个带锁的榻榻米隔间。门外人来人往，四周有各种暧昧声响，空气里飘浮着一些汗臊气。头顶的世界夜幕降临，喧闹的西门町灯红酒绿。这些都与他无关。躲在这黑暗的榻榻米隔间里，好像鼹鼠躲入地穴。这让 Steve 感觉到安全。就像回到十几年前，钻进月租一百五十美金的地下室。外面偌大一个世界，只有这十几平方米的黑暗巢穴属于他。那时他是个贫困的年轻人，不入流的外国人，他的孤独来自于贫穷和陌生。如今他既不缺钱，对世界也非常了解。他只不过要主动藏起来，让这世界找不到他。

第二天一早，五六点的光景，三温暖里鼾声一片。Steve 悄然起身，刷牙冲澡，换上另一套衬衫和牛仔裤，是昨晚在夜市买的便宜货，可以随便丢弃的。他把帽檐压得很低，和墨镜连成一片。Steve 走出三温暖，爬上一段台阶，走到路面上。又是一个晴天，在台北算得上难得。街上已经很热闹，随处可见冒热气的早餐摊子。

Steve 找了间网咖钻进去。这里与大陆的网吧功能相似，更显干净整洁，看上去好像大学的机房，只不过人员混杂，而且还提供餐饮，各色台湾小吃俱全，早餐可以在这里解决。

Steve 此次出行并没携带电脑。那台手提早就不保险了。网咖里的公共电脑对普通人或许是陷阱，对 Steve 却是最好的保密工具——随身背一根树杈也许会很显眼，但在森林里找一棵树，却要难着许多。

Steve 注册了一个新的邮箱，以此和老张交换邮件。不到两天时间，老张已经有了一些调查结果。首先出现在邮箱里的，是基本工商信息：老张罗列了五十多家公司，都是和林氏集团相关联的。Steve 快速浏览了一遍，都是些网上公示的公司注册信息，并没多少价值。Steve 立刻给老张拨通电话：

"您发来的这些公司信息，都和于晓琳无关？"

"没有。这些都是林氏集团的子公司。"

"价值不大。" Steve 言简意赅。

老张解释道："我发的只是初期结果。正在对这些公司进行进一步检索，选出有调查价值的，想办法获取更详尽的资料。"

Steve 知道老张要想的"办法"，多半是通过商业司（相当于大陆的工商局）里的内部人员，获取那些对公众屏蔽的保密信息。这"办法"是"灰色"的，不会轻易动用。但 Steve 是熟客，这一次出手又大方，老张自然尽心尽力。

"还有别的吗？" Steve 又问。

老张为难道："周总，这个项目不简单呢！于晓琳什么都查不到！在台湾没有注册公司，没有担任董事或监事，也没有任何新闻！"

Steve 沉默着并不接话。老张向来先报忧后报喜，Steve 猜他还有要说的。

"有件事情，也许您并不清楚。其实大部分台湾人都不清楚。"老张故意顿了顿，卖了个关子，"林维仁其实并不是林氏的人！"

Steve 的确感到意外。林氏集团的历史在商界并非秘密：第一代创始人林永乐本是上海资本家，1949 年把企业搬到台湾，后来把企业交给儿子林维仁继承。集团在林维仁手中迅速壮大，于八年前在香港上市。怎么又说林维仁并不是林氏的人？

老张顿了顿，算是小小地卖了个关子，继续解释道：“林维仁并不是林永乐的亲儿子。林永乐就只有三个女儿。”

“林维仁为什么一直被说成是林永乐的儿子？”

老张并不回答，只神神秘秘道：“林永乐的小女儿，叫林李英。”

“林维仁是女婿？”

“是的！我昨天去了台北市立图书馆。林家最早是从上海过来的，我想去查查上海那些老报纸。很走运找到民国三十七年的一份报纸的影印件；上面有一篇讣文，林家老太爷过世——就是林永乐的父亲。讣文上刊登了小辈的名字。里面并没有林维仁。林永乐名下列了三个女儿，也就是老太爷的三个孙女：林李媛，林李艾，林李英！大概因为林永乐的大老婆姓李。我找了一位早已隐退的商界老前辈打听了一下，是早年和林氏有过生意往来的。他告诉我，林维仁是林永乐来台多年后聘用的秘书，凑巧他也姓林，台湾原本就有很多姓林的。后来林永乐就把小女儿嫁给他，之后林维仁就索性以林家公子的身份管理公司。林永乐为人很保守，家风很严，不让女儿们抛头露面的。”

Steve 道：“在公司里挑个能干的，把女儿嫁给他，再传承家产，这倒也符合常理。”

“我倒是听说，林家的三个女婿本来都在公司里担任要职；而且大女婿二女婿更被重用。后来不知怎么公司就偏偏落到林维仁一家手里了。”老张又顿了顿，“有关林维仁和他老婆的事情，就听说了这么多。”

Steve 感觉老张并没把自己知道的都说出来，顺水推舟道：“还有什么办法知道更多？”

老张果然压低了声音：“找到一个住在台南的老先生，以前为林永乐的大女儿服务过。也许对林家的事了解得多一些！”

Steve 开门见山。他知道老张需要听到什么：“那就拜托您了！成本不是问题！另外有关林氏子公司的详细档案，也还要麻烦您！”

7

Steve 用随身携带的 U 盘清理了网咖电脑的硬盘，买了单，逛到大街上，心思却仍沉在老张提供的消息里：林维仁是倒插门女婿，林家的祖业其实是林李英的。看来林家自古就有重视儿子的传统。阿文是林维仁唯一的儿子，看来林氏迟早是要传给他的。想到此处，Steve略感欣慰。阿文在父母身边，或许真能更安全一些。Steve 昨晚已收到过一条来自阿文手机的短信："平安勿念。"

短信的确是阿文发的——Steve 和阿文的手机均换了新买的 SIM 卡，彼此都是陌生号码，刻意没储存在电话簿中，只默记在心头。别人即便拿到阿文的手机，也想不到给一个陌生的号码发一条这样的短信。

但短信中并未提及用人和于晓琳，这让 Steve 多少有些放心不下。躲在父母眼皮底下，就能让于晓琳善罢甘休？如果阿文坚持离婚，于晓琳总归要被扫地出门。林家在台湾法力无边，总有办法留下孙子的抚养权。就算赔她一笔巨额赡养费，一辈子衣食无忧，却从此和名门无缘，手头也不可能再像做林家少奶奶这般阔绰。

这倒有点儿奇葩：林公子过着县城小销售的穷酸生活，林少奶奶倒是风风光光做着阔太太。不过，林维仁董事长老谋深算，绝非心慈手软之人。既然让儿子在自己公司里做了"卧底"，总归要表演得像一些。但阿文性格原本柔弱，卧底做久了，难免假戏真做，反而更被于晓琳看不起。她胆子自然也越来越大。但谋杀亲夫绝非易事，杀人之后还能全身而退就更不容易，绝不是每个图财少妇都能做的。之前的煤气中毒事件准备得极其周密，不像是个养尊处优的年轻太太能独谋的。

但除了于晓琳，幕后还能有谁？

按照商业社会公认的普遍规律，动机似乎只有一个：钱。但那只是许多年轻调查师的误区。作为拥有十年经验的调查专家，Steve 的目光要深远得多。其实财富只是人的基本诉求里最肤浅的一个。权力欲望，荣誉尊严，爱恨情仇，这些往往是更根本的动机。钱就只是工具和过程。钱并不是病根，是被误以为能包治百病的一剂方子。

于晓琳又能有什么感情需求？肯定不是阿文。这对夫妻只是做做样子，没一点儿真情实感。在医院匆匆的几眼，Steve 就已经把于晓琳看穿了，演技只在业余水准，眼神和肢体动作统统出卖了她那几句粗滥的台词。

她会不会另有情人？对于一个年轻貌美又无事可做的年轻女人，答案几乎是肯定的。那人和林氏有没有关系？会不会是林氏的商业敌人？又或者，是潜伏在林氏里想要夺权的内奸？

Steve 心中一震：夺权！

如果阿文不在了，谁会成为公司权力的继承者？阿文的儿子还小，林董事长又已年高。这里还有谁会是受益者？

突然之间，有个念头闯入 Steve 脑海：几天之前，在北京大街上，那两辆试图置他和阿文于死地的大货车，真的是中原的车吗？中原的老总这么马虎，要让挂着登记在自己公司名下牌照的汽车去制造一起致命事故？而且，他犯得上如此铤而走险？说到底，他也不缺这七位数。

Steve 立刻掏出手机，连着打了两个电话。第一个是给台北的老张，请他务必在调查林氏集团子公司时，多留意一下：除了林维仁之外，谁在集团子公司中出任股东或董事最频繁。

第二个电话打给远在北京的老方，把两辆货车的牌照号码告诉他，让他“深入查一查”。其实，若非事态紧急，Steve 绝不会轻易动用老方：这来自“体制内”的家伙，心眼儿绝对不比“资源”少。好在老方面临下岗危机，二老板的任务绝不会怠慢的。

和老方的通话刚刚结束，短信又到了。还是来自阿文的号码。早晚各一条报平安，是他们事先约定好的。然而这回却并不是“平安勿念”。短信里只有几个字：

快离开台湾！保重！

*

在阳明山顶的大宅里，林俊文迅速把手机塞进裤兜。发短信，删除短信，一气呵成，只用了几秒钟。他就只有这几秒钟的时间。一名保镖被林夫人叫出去帮个忙，另一名保镖去了洗手间。这两名保镖是从林氏集团的保全人员中特意选拔的，身强体壮，聪明伶俐，昼夜陪伴着阿文。这是林夫人下的命令，即便是在自家大宅里也生怕儿子再遭人暗算。

林俊文的“卧室”也是特意准备的，安保水准可谓超一流——那其实是位于大宅底端的一间私密会客厅。这套大宅里空着五套带卫生间的客卧，却要专门再布置一个，目的有三：第一，那一间比较宽敞，家具又少，为保镖临时安置床铺也不拥挤；第二，那会客室处于走廊尽头，窗外就是山崖，绝无从窗户进出的可能；第三，那会客室出入就此一条走廊，两侧空置的卧房都上了锁，因此进出的人都很醒目，就连上厕所也需昭然过市——会客厅本身不带卫生间，里面的人如需“方便”，必须沿着长长的走廊走出来，使用客厅里的这一间。

保镖转眼回到林俊文的“卧室”，喊他去早餐厅吃早饭。林夫人独自走下楼来，一脸悻悻的表情。林董事长正在书房里打电话，不许林夫人进去。

*

林维仁站在窗前，阴沉着脸，低声对着电话说：“你说什么？有人在调查林氏？”

电话那边小心翼翼地汇报：“是的林总。刚刚接到商业司姜科长的电话。他说昨晚司里有人来申请调取十五家林氏集团子公司的商工登记档案，理由是例行性排查。但有些反常的是，例行性排查很少会一口气调取这么多家公司的档案。姜科长设法打听是哪个部门在排查，一直查询不出，就更觉得可疑，所以姜科长今天一早就打来电话告知。”

林维仁眯起眼睛问：“这位姜科长为什么这么积极？”

“因为我们一直有跟他公关，维持很好的关系呢！”对方忙不迭回答，“要不要告诉姜科长，设法阻止调取这些材料？”

“不！”林维仁眉头一皱，计上心头，“不必为难姜科长。让他尽管把材料交出去。而且……麻烦姜科长在交出去之前，再往档案里补充一件东西。”

“这个……”对方有些迟疑。

“不必担心！只是一笔费用的证明。绝不是伪造的，而是真实发生过的。有了它，档案只会更加详尽！”林维仁右侧嘴角微微一抖，似笑非笑道，“不管是谁来查，总不能叫人家白辛苦了！”

8

宝岛征信的老张果然名不虚传，当天下午就给 Steve 打电话说，和台南的老先生联系过了。

那位台南的老人，早年的确在林永乐大女儿林李媛在南部的公司工作过。具体在公司里做什么，老人并不愿多说。其实老人什么都不愿意多说，老张拐弯抹角，软磨硬泡了半天，老人这才勉强承认在林李媛身边多年，鞍前马后的，操心的也不只是公司里的事。待老张再多问，老人却说已经退休十几年，没再见过林家任何人，早先的事情都记不清了。老张当然不能轻易放弃，用尽了“手段”，终于挤牙膏似的从老人嘴里挤出只言片语。

Steve 知道这“手段”必定是好处费。在以往的调查中，Steve 通常并不鼓励这种做法。用钱买来的消息，常常不够可靠。提供消息的一方为了多得些好处，往往会添油加醋，甚至节外生枝。如此得来的信息顶多作为线索，不能作为结论写进报告里，因此性价比过低。

但老张是经验丰富的老手，应该能够通过受访人的态度和语气，判断信息到底有多可靠。Steve 对老张向来放心放手，从不过多干涉。而且眼前这案子又与众不同：报告是不必写的。不论用什么方法获得的信息，Steve 都志在必得。

按老张所说，老人提供的消息并不多，但确实有些意思：林家祖上的确曾有家规，家业不传外姓。林永乐——阿文的爷爷——却只生了三个女儿，因此家业只能留给女儿，一旦女儿再往下传，就要传给“外姓”，这算是他的一块心病。

据说在三个女婿中，林永乐并不看重林维仁。皆因他出身平凡，借工作之便和小女儿偷偷恋爱，被林家反对，女儿还狠狠斗争了一阵。后来父母让步，把女儿下嫁。虽然林维仁在林氏集团里埋头苦干，却总比别人矮着半头——另外两个女婿都跟林家门当户对，学历体面，修养不凡。林维仁根本没有出头的机会。

但林永乐观念老旧，为了遵循家规，立下规矩：哪个女儿为他生了外孙子，家业就传给谁，但女婿外孙都必须改姓林。改姓倒是三个女婿都乐意的，毕竟林氏是外省入台的富商，很有些政治资源，前景很是宏伟。可谁想三个女儿都迟迟不育，不要说外孙，连外孙女也没有一个。三对夫妻都想尽了办法，四处求医拜神，却还是多年没有动静。林永乐眼看年过八旬，来日无多，几乎对此事绝望了，小女儿林李英却居然生下一个儿子。林永乐欣喜万分，把公司大权交给二女婿林维仁，之后不久就撒手人寰。这些都是三十多年前的事了。

老张说到这里，突然吞吞吐吐："大概打听出这些，也不知有没有用处。事先没经过您同意，我就自作主张……"

Steve 打断老张："花了多少？"

"二十万定金，已经花了一大半了。"

"我再额外付你十万，权当是付给这位老先生的。请再和老先生多谈几句，也许还能问出些什么。"

老张连声致谢。

Steve 又问："林氏公司的档案呢？"

"到了到了！拿到十五家的。"老张忙不迭地回答，"我都浏览了一遍，找到三家公司，有点儿异样。"

"哦？"Steve 知道老张经验丰富。他觉得异样，必定有点儿意思。

"公司名字里虽然都有'林氏'字样，却并不是林氏集团的子公司！这三家公司的全资股东都是一家叫作 L&L Limited 的公司！听着是不是很耳熟？"

Steve 当然耳熟！L&L Limited，于 BVI 注册成立，八年前从于晓琳的琳琅商贸有限公司收购了林氏集团 10% 的股票。现在发现它还持有三家以"林氏"命名的公司?!

"这三家公司都是做什么的？"Steve 问。

"物流、物业、保险经纪！"

Steve 心中顿然明朗：物流公司可以运输建筑材料，物业公司可以管理建好的房地产，保险经纪也是房地产项目需要的服务！这三家公司并不直属房地产开发的主业，却能依靠着林氏的主业赚取巨额利润！因此不必归入上市公司范围之内，赚的都是"私房钱"。不仅如此，这三家公司的股东 L&L Limited 还在八年前从于晓琳手中获得了林氏 10% 的股份。八年前发生了什么？Steve 飞速搜索记忆：林氏集团在香港上市！一旦上市，股东将变得透明！用一家 BVI 公司持股，才便于隐藏受益人的真实身份！

这公司为何叫作 L&L Limited？它和于晓琳背后的那个假设的“情人”有没有关系？

“这家 L&L Limited，要麻烦您加紧查一查！”Steve 加重了语气。

“BVI 注册的公司……”

“老张！我知道你有办法！”Steve 截断老张。他知道老张多年来铺建了一张无形的网，深入许多在港台运营的中小型企业秘书服务公司之中。它们专门负责在海外完成公司注册和变更手续，保管有关股东和受益人的秘密文件。替客户保密，是这些小公司的饭碗。但小公司里的小员工难免唯利是图。当然这种具有砸饭碗风险的利益绝不会随便就“图”，老张也绝不随意动用。但 Steve 是大客户，而且这次出价很大方。

“唉！试试看！”老张口气有些为难，但听得出确有几分把握。老张又问：“已经到手的这十五家公司的商工登记档案，您过目了吗？”

“明天一早，我自己过去看！”

Steve 收起手机，深吸一口气。他正漫步在北投附近的一条蜿蜒的街道上。西斜的阳光钻过云层，在阳明山上照出亮绿的一块。就在那光圈的角落里，遥遥地露着房子的一角，巨大的圆弧玻璃窗，在阳光下闪闪发着金光。

那是座被绿树掩映的豪宅，仿佛飘浮在半空中，海市蜃楼般地可望而不可即。过去的几个小时，Steve 已经绕着大宅仔细转过一遍，知道有高墙和保安把守。宅地占领了小半个山头，少说也有十几亩，院墙距离宅子的最短距离也在一公里以上，超过了无线耳麦的使用距离。那大宅子里到底藏着多少秘密？

林永乐的小女儿怎么就那么幸运，偏偏在老爸就要过世之前得了个儿子？

阿文到底安全不安全？为何让 Steve 立刻离开台湾？

于晓琳的情人是谁——如果他果真存在的话？

阿文的儿子，真是阿文的吗？

问题一个接着一个钻进 Steve 脑子里，支离破碎，却又暗藏玄机。Steve 凝神琢磨了一阵，再次掏出手机，用繁体字编辑一条短信发出去：

“为答谢新老客户，台湾电信携手国泰人寿保险公司为您提供意外险保障服务！诚邀面谈，有意请回电！如您不需此服务，请回复‘退订’。”

Steve 按下发送键。一道无形电波，向着头顶的“海市蜃楼”飞去。

*

手机在裤袋里轻轻一振。是短信到了。林俊文心中一阵悸动，心想怎么找个机会偷偷看一看。儿子小宝刚刚放学到家，今天显然有点儿心情不佳。客厅里因此有点儿混乱。司机用人团团转，两个保镖自然也有分神的时候。

小宝今年正好九岁，上国小三年级。从小被爷爷奶奶宠爱，伤不得，病不得，冷不得，热不得，境遇和林俊文小时候天差地别。

当然林维仁对孙子绝不一味溺爱，毕竟是林家未来的接班人，因此也有诸多管束：卫生习惯要好，零食不许吃，成绩不许差，举手投足都要像模像样。小宝惧怕爷爷，奶奶则并不怎么管事。妈妈虽然经常露面，却忙着美容和购物。只有好脾气的爸爸偶尔出现时，才有人肯尽情地惯着他。可爸爸偏巧就不出现，半年一年也难得见一面。

在小宝的记忆里，这一次爸爸在家的时间最长，却一直不带他出去玩，这让小宝心里烦躁。奶奶说爸爸身体不好，要不好到什么时候？可爷爷奶奶都在家，小宝知道不能硬来，不然爷爷会罚。小宝坐在沙发上，噘着嘴赌小气。爸爸却突然出现在眼前，隔着管家用人，朝小宝使了个眼色。

小宝心里大喜，眉毛却皱得更卖力，双手捂在肚子上，开始扮演肚子痛。这是父子俩人的默契，每年都会演上一两回。

客厅里立刻团团转起来，管家和用人都像走马灯，林俊文这个做父亲的反倒被挡在外面。林夫人不得不从卧室里出来。小宝看见奶奶，表演得更加卖力。林夫人连忙去叫林维仁。林维仁下楼来，听小宝叫着让爸爸带他去医院，心里倒是明白了大半。林夫人说不如打电话叫家庭医生，林维仁倒是懒得兴师动众，怕为了这样的小事把医生叫来，传出去又成了林家的笑话。

林俊文终于走上前来：“要不，我就带小宝去医院？到急诊部查一查，大家也放心！”

林夫人正要点头，看一眼丈夫，却又面露难色。林俊文又抢着说：“平时都是二老费心。这次正巧我在家。这种小事情，就让我尽一次父亲的责任吧。”

林夫人再看一眼林维仁，忙说：“不要吧！你身体也……”

林维仁却突然开口打断林夫人：“让他去吧！那本来就是他儿子！”

林夫人吃了一惊，林维仁撇了撇嘴：“他身体没什么吧？你整天给他喝燕窝粥，也不能白喝了！”

小宝差点儿跳起来欢呼，看到爸爸的眼色，赶快坐好不动了。林俊文感谢父亲，林维仁却并不理会，只侧目对两个保镖说：“你们知道该怎么做，如果出了问题，我拿你们是问！”林夫人跟着打圆场：“阿文，夜里凉，你再多添件衣服！外面不安全，你小心啊！”林维仁瞪了老婆一眼，让她别再继续往下说。

林俊文借着回屋穿衣的机会，上了趟卫生间，发了一条短信，又偷偷往耳朵里塞进一粒小东西。

9

去医院用的又是别克公务车，只不过司机不再是老刘。一车五个人：司机、林俊文父子和两个保镖。司机也是临时从公司挑选来的。

林俊文选了一家位于市中心的医院，从阳明山开下来，路途不算太近，还有不少红绿灯。虽然已经过了高峰期，街上的车流却并不算稀。果然耽误了不少时间。

到了医院，林俊文带着小宝挂了号，坐在急诊室门外的长椅上等着。这家医院算得上台北最好的，也算台北最忙的。即便是夜晚，仍有许多人看急诊，排队等待护士检查，分好轻重再挂号看医生。其实医院有特殊通道，如果通过林家的家庭医生来联络，必定无需排队。但林维仁和林夫人都没提，林俊文就更不会主动提。他心里比谁都清楚，小宝根本没事。要不是两个保镖跟着，他们现在就在游乐园了。

小宝前面起码还有十几个等待检查的急诊病人，每个情况都比小宝严重，有高烧，心脏病，酗酒和车祸的，有的还有警察作陪。场面混乱还略有些血腥。林俊文和护士打了招呼，索性把小宝带到僻静的走廊坐等。保镖一左一右坐着，把父子俩和闲杂人等隔开。林俊文抬眼四处寻望。不多时走过来一群医护人员，帽子眼镜口罩都齐全。最后一个遮挡得最严实，走着走着一拐弯脱了队，拐进卫生间里去了。

林俊文耳朵里的小东西突然出了声音。当然只有林俊文听得见。

林俊文起身对小宝说："爸爸去一下卫生间，你留在这里等爸爸。不要害怕，这两位叔叔陪着你。"

两个保镖交换了眼色。一个要起身跟着，林俊文指指卫生间大门，满脸堆笑道："就几步远，我还是自己去吧！那个，我不习惯别人看着我……我就几分钟！"

林俊文走进卫生间，里面却空无一人。只听耳朵里又有嘤嘤细声："左手第一间。"

林俊文走到左手第一间，开门进去。Steve 站在马桶边，马桶盖是盖上的，上面放着一只塑料袋，封得严严实实。林俊文反身关了隔间的门，拿起塑料袋坐在马桶上。也顾不得场所，扯开袋子掏出一只汉堡包，两三口就吞掉了。把剩下的半袋子饼干塞进外套里。他今晚故意挑了一件最肥大的外套。

林俊文紧赶着吞下嘴里的汉堡，正要说谢谢，Steve 却抢先开口："有几个保镖跟你来的？"

"两个。怎么？"林俊文不解。

"不止。还有。"Steve 答。林俊文一惊，心中倒是恍然大悟：怪不得父亲答应得这么爽快，忙说："你快走！"

"为什么？他们能拿我怎么样？"

"不……不能怎样。"林俊文含糊道，"我爸是为了保护我。不过……你不是一直在调查林氏？"

"他们还没发现我。"Steve 沉默了片刻，掉转话题，"你家里没饭吃？"

"别换话题！你必须立刻离开！离开台湾！"

"事情还没办完。"

"我的事？"

Steve 默不作声。

林俊文道："我很安全，你放心好了。"

“我只相信自己的调查。”

“你回北京再查！”

“你能不能帮帮我？完成了，我立刻离开台湾。”

“帮你什么？”

“把你儿子借给我五分钟！”

*

林俊文从卫生间里出来，回到小宝身边坐定。他能看得出来，两个保镖松了口气。尽管他离开了还不到三分钟。

小宝的确是有些烦了。没有游乐园也没有零食吃。林俊文轻声在儿子耳边许诺：再等十分钟。护士不来，我们就去吃冰激凌。不到五分钟，护士阿姨就来了，戴着大口罩，白帽子下面压着乌黑的大波浪头发。阿姨的身材很好，高个子细腰，胸脯鼓鼓的，惹得两个保镖都多看了两眼。

林俊文吃了一惊，不禁暗暗佩服。

“是林智宝吗？”

护士隔着口罩说话，声音有点儿太小，嘤嘤的听不太清楚。林俊文连忙点头，心里更加佩服。

“请跟我来做几个检查。”

林俊文拉着小宝起身，跟着护士往前走。两个保镖自然也紧跟着。走到楼道尽头，护士打开一扇房门，回头看见这许多人，眯眼皱眉地说：“只能进来一位家长！”

林俊文回头看看保镖，三人面面相觑。林俊文问：“需要多久？”

“顶多两分钟。”

“那我们都不进去了。”林俊文揉着双手，对小宝挤挤眼，“乖，听护士姐姐的话！一会儿爸带你去吃冰激凌！”说罢一屁股在门外的长椅上坐下来，也不去看那两个保镖。保镖也就心安理得地坐定了。他们的重点本来不在孩子身上。

*

“护士姐姐”领着小宝走进房间。其实这间房间的主治医生已经下班了，今夜并没什么用场。“护士姐姐”拿出一块巧克力，是小宝最喜欢的，也是爷爷严格禁止的。小宝毫不客气，接过巧克力："又要扎针啦？"

"护士姐姐"摸摸小宝的头："爸爸常带小宝来扎针？"

"没有啦，只有一次！很久以前了！就在上面！"小宝伸手指指房顶，突然捂住嘴巴，瞪圆了眼睛，"爸爸不许我说的！"

"护士姐姐"笑道："我今天不给你扎针！我们玩一个游戏好不好？"

"什么游戏？"小宝眼睛亮了亮。

"我来猜一件事，如果猜对了，小宝就输了。如果猜错了，小宝就赢了！好不好？"

"好啊，猜什么？"

"我猜小宝有白头发！"

"哈哈！"小宝张大嘴笑道，"那一定要输啦！小孩子怎么会有白头发？"

"一定会有啦！不信，我拔下来一根给你看？"

10

五分钟不到，小宝自己推门走出来，脸上笑嘻嘻的。"护士姐姐"却没跟出来。

林俊文领着小宝去兑现冰激凌的承诺。两名保镖赶紧跟着。四人离开了，楼道里又闪出两个男人，悄然走到小宝刚才做检查的房间，推门进去。屋里却早就空了。

刚才那位"护士姐姐"，早变回了"医生叔叔"，从另一扇门走了。他上了一层，在楼道里来回走了两遍，仔细观察每间房间的门牌。然后到卫生间里换回便装，下楼走出医院，又故意多绕了几个街口。这才打了一辆计程车，直奔忠孝东路三段附近的一家伯朗咖啡。

老张已经坐在墙角的位置。他选择座位的习惯和 Steve 不谋而合——都是极不起眼，却能同时看到每个进出口的位置。

老张面前放着一台手提电脑，样子相当过时，像是用了很多年，大概连蓝牙都不支持。但这样也许更好，免得被别人入侵。反正它今晚唯一的任务，就是向 Steve 展示那十五家公司的 PDF 档案文件。原本需要几个纸箱子来装的文件，扫进电脑里是个省事的办法。规矩是早在电话里讲好的：只能用眼睛看，不能用U盘拷贝。PDF文件都是加了密的，二十四小时后自动销毁。老张知道林氏集团的厉害，他可不打算留下任何痕迹。

Steve在老张对面坐定，并不急着看电脑，静静注视着老张，看他有没有要说的。

老张果然凑近Steve，低声说："于晓琳已经离开台湾了。两天前，从桃园机场出的境。"

"去哪儿了？"

"搭乘去洛杉矶的航班。不清楚是不是终点。"

Steve感到意外，却又颇在情理之中：煤气中毒计划失败了，用人跑了，于晓琳也跑了。莫非，林维仁夫妇真的相信了儿子的话，到底还是站在儿子一边？

"南部那位老先生又说了什么吗？"Steve问。

"只说了一点点儿。"老张的表情突然神秘起来，好像不吐不快似的说，"林永乐的大女儿一直没生出孩子，所以去医院做过检查。"

老张故意顿了顿，进一步压低了声音："是家族遗传的毛病。"

Steve心中狠狠一沉，他已经猜到老张要说什么。老张果然又缀了一句："二女儿也是，一直没有生育。"

Steve的眉头抽搐了一下，抬眼看着老张："你的意思是……"

老张连忙摆手："我可没什么意思！林维仁，我们都惹不起！"

Steve尽量压低了声音，几乎是在耳语，心情愈发沉重："那位南部的老先生说的？林永乐的女儿们不会生育？"

老张点点头。

Steve沉思片刻，从衣兜里掏出两个小塑料袋。袋子乍一看是空的，细看才能发现，每个袋子里都有几根头发。一个袋子里的略粗也略黑些，另一个袋子里的则细一些，还微微发黄。

"亲子鉴定，能做吗？粗的是父亲的，细一些的是儿子的。"

老张接过塑料袋，凑到眼前仔细看了一番："有毛囊的，可以。需要两万新台币，最快两到三个工作日。"

"不止两个。还有一个……"Steve话只说了一半。

老张追问："头发在哪里？"

“信义区台北 101 附近，松平路巷口，有一家高级发廊。林维仁的太太林李英，每周都会去两三次。”

老张一脸惊愕：“你想让我弄林太太的头发？”

Steve 点点头：“以你的本事，在发廊洗头的小妹还能搞不定？”

“我不是刚刚说了！林家不能惹！”

“再加十万。”Steve 口气很坚决，面不改色，像是刚刚叫了个外卖。

老张皱紧了眉头，颇有些为难地说：“再说，谁知道她什么时候会去？别一等等了好几天……”

“明天下午三点，她约了染头发。”Steve 在阳明山转了两天。林夫人乘车出来，他就打车跟着。

老张皱着眉头不说话。

“今晚就付。”Steve 又说。

老张愕然看着 Steve，不知他是不是说真的。按照 GRE 的惯例，全款都是办完事才付的。Steve 直视老张，眼睛里没一点儿开玩笑的意思。

老张勉强点点头，抬手要合电脑。Steve 说：“给我看看。”

老张把电脑转过来冲着 Steve：“其实没什么可看的，公司档案而已。”

Steve 的指尖轻轻滑动鼠标，却突然又停住了。老张不解，提醒 Steve 说：“那三家公司的档案，应该还在最后面。”

Steve 却并不继续滑动鼠标。他的目光凝固在电脑屏幕上，脸色铁青地问：“这是什么？”

老张凑过来看了一眼：“费用审批表而已！”

“怎么会出现在商工文档里？”

老张解释道：“这种资料一般只会在做审计时按要求提交，确实不是商工登记中必须包含的。不过呢，由于某些原因，商工登记资料中有时也会掺入这一类资料的。”

Steve 对老张的解释毫无反应，仍死死地盯住屏幕，眼睛里竟然射出寒光。老张不禁再次探头细看那审批表，左看右看却看不出什么名堂：“好像很普通啊，从北京到深圳的机票，和机场租车的开销……看上去只是普通的差旅费而已嘛。哦，林维仁的签字……这样的差旅报销，也需要董事长亲自批准？”

Steve 并不答话。他就好像遭受了魔咒，瞬间凝固成一座雕塑了。

有东西在 Steve 的裤兜里轻轻地振了振。是手机。自从抵达台北，Steve 把两部手机都静了音，却从不忽视任何一次振动。可这一次，他却没心情搭理它们。

说实话，他这会儿很想把它们都砸烂，最好让他这辈子都不再收到那个人的短信了。

11

一个小时之前，在阳明山顶的大宅里，林俊文听到有人拧动卫生间的门把手，忙把手机塞进裤兜里。其实手机上并没有任何短信。旧的早删了，新的并没按照预期到来。而且门是锁住的，没人能进来。

林夫人轻轻敲着门："阿文，粥要凉了！"

怎么又是粥？不是刚刚喝过燕窝粥？林俊文放水冲了马桶，洗了手走出门来。林夫人正手捧粥碗，面带忧色："最近又有哪里不舒服么？上厕所这么频繁？是不是吃坏了肚子？"

林俊文忙摇头说没事。林夫人换作笑脸："刚煮的鱼翅粥！你爸让我给你多补一补！"

之前是一天三顿燕窝，今晚又添了鱼翅。林夫人不放心用人，天天亲自下厨煮粥。也算几十年没发生过的事了。

林俊文从卫生间出来，忙接过了粥，随林夫人走回自己房间。房间里正在值班的保镖倒是很识相，见母子俩一同进屋，自己就躲了出去，顺便带上房门。

林俊文当着母亲把粥喝光，又想去厕所。林夫人却拉住儿子，一脸忧虑地问长问短，还说要叫医生来家替他做检查。林俊文只好拉母亲在床边坐定，说自己一切都好。林夫人的兴致高起来，跟儿子聊了一阵子，话题又扯到儿子的婚姻上，这次却是站在儿子的立场，抱怨林维仁脾气不好，行事不力，早不该逼儿子娶条毒蛇进门；万不该事事偏袒儿媳妇，不让儿子离婚；如今儿媳妇和两个用人都失踪了，也不知他派人查得怎么样了。

林俊文听说于晓琳也失踪了，先是愣了愣，随即露出欣喜之色，好像长出了一口气似的，反倒来为父亲开脱，说他要为整个林氏集团操心，难免没时间花太多心思在家里的。

林夫人叹了口气，点头表示同意："唉！为了青岛的项目，你爸也是够受了。为了凑预付金，他把老脸拉下来，香港和台湾都借遍了，现在欠下这么多钱，这项目要是出了问题，林氏就要破产了！也不知会不会把合同顺利签下来。"

"爸是不是后天要去北京？记得和中原的签约仪式是三天后。"

林夫人迷惑地摇摇头："不知道。没听你爸说过。"

"这样吧！我陪爸一起去北京！还能帮帮他！和中原那边的联络工作，本来就是我在做！"林俊文握住母亲的手微笑着说。

"北京的事不用你管！你就留在家里，哪里也不要去！"门不知何时推开了缝，林维仁拉长了脸站在门外。

"对对！还是留在妈身边，把身体养好了再说！"林夫人忙附和着，使劲点着头，额角精心吹成的发卷也跟着一起发抖。

林俊文鼓足了勇气，赔着笑脸站起来说："可是爸，冯军本来就是我联络的……"

"你惹的麻烦还不够多？"林维仁瞪了儿子一眼，转身就走了。林俊文怅怅地坐下来。林夫人也不知如何安慰，也找借口走了。林俊文见保镖尚未回来，房间里恰巧没人，连忙趁机又跑进厕所，坐在马桶上写了封短信。刚按下发送键，又有人来拧卫生间的门。林俊文忙着删除短信，心想门是锁着的。可门却一下子开了，这次竟然是父亲，沉着脸站在门外。

林俊文手忙脚乱，想要提裤子，手里还攥着手机。林维仁皱了皱眉，关了卫生间的门。林俊文从此心里惴惴的，总觉得有什么不妥。临睡觉时，手机果然被保镖要走了。保镖说是夫人吩咐的，少爷身体不好，需要静养，手机有辐射，睡觉时不宜放在身边。

林俊文心中一凉，知道手机明天也未必能拿回来。随即又感到庆幸：最后那一条短信，毕竟已经发出去了。

第七章

终极较量

1

Steve搭乘华航的班机，由台北桃园机场起飞，两个半小时后抵达北京首都国际机场。正是初秋的午后，没有雾霾的晴朗日子。这是个临时决定，完全打破了计划。

如果按照Steve几天前来台时的路径，他该五点起床，搭乘立荣航空的螺旋桨小客机，从台北松山机场起飞，半小时后在金门机场降落；再由金门搭船到厦门，从厦门乘机返回北京。从那藏在台北西门町小巷子里的三温暖，到北京CBD的GRE办公室，一共需耗时十四个小时，能够避免经过台湾岛内任何机场海关的盘查。Steve这次却图了个方便：在三温暖的地下巢穴里睡到日上三竿，洗漱整齐，穿回自己的西装，把在夜市买的廉价衣服都扔进三温暖的垃圾桶里，打车直奔桃园机场，值机、安检、出关，一切顺利。正如他所料想的，离开台湾是让某些人放心的事，根本没人想要找他的麻烦。

Steve走进GRE在北京国贸A座38层的分公司，前台Linda先是一脸惊异，瞬间转为笑脸，笑得春光灿烂，比以往任何时候都更殷勤些。公司高层的变动往往是传播最快的新闻，就连北京办公室的前台秘书也难免有所耳闻。Steve向Linda点头示意，却并没有微笑。走进这座大厦，他彻底恢复Steve Zhou的角色。表情是一种工具，而非随意而为的事。即便是在公司之外，他本来也该如此。最适合他的角色只有Steve Zhou。

Steve默然走过公司大堂，保持挺拔的身姿，目光直视前方。他知道有许多双眼睛正在悄然看着他。Steve并没去自己的办公室，而是直奔总负责人苏珊的办公室。门正紧闭着。

Steve轻轻敲了两下，垂着手静静等待应答。其实现在已与过去不同，他完全可以直接推门走进去。

苏珊坐在办公桌后面，双手撑着头。桌面空空一片，只剩一部合着的笔记本电脑和几只空着的文件筐；一切私人物品都已经消失。桌面因此显得特别空旷巨大，苏珊的头和肩膀也就显得格外瘦小。她其实并不瘦，中年发福的身体有向梨形发展的趋势。但一张脸却始终小得能用一只手抓牢。此时是两只手捧着，尖下巴深深刺入两只手掌的交缝里，脸就几乎看不见，只剩一双茫然张开的大眼睛，蓝眼珠子仿佛被刺破了，流了满眼浅褐色的光。

苏珊长长叹了口气，双手放开下巴去撑桌面，委婉地站起来，身体打着弯。今天她没穿中性的职业套装，却穿了深红色的长裙，而且略施了脂粉，抹了鲜红的唇膏，却反而显得比平时还老着许多。她把重心放在左臂之上，右手轻抚着左肘，似笑非笑地看着 Steve 说："这么快就回来了？提前结束休假了？"

Steve 点头："总公司让我尽早回来。"

Steve 说得并不完整。其实是总公司新上任的 CEO 尼克亲自通知他，让他尽早回北京和苏珊交接工作。

大约十七个小时之前，GRE 全球董事会在纽约总部举行了一次临时紧急会议，讨论突发的紧急状况——除了总裁杰森之外，每一位董事都在前一天夜里接到一封匿名邮件，核心内容是说，GRE 日本办公室负责人马克，暗中制造虚假客户和项目，贪污两千万美金。邮件附有清晰的账目文件，有关那些客户背景的调查报告，以及从马克电脑硬盘中获取的伪造的公司注册文件等等。马克大概已经得到了内线消息，再也联系不上。日本当地的法律繁琐复杂，即便联系上也是鞭长莫及。

董事会在总裁杰森缺席的情况下，就只用了十五分钟，顺利达成以下共识：

·此事决不能公开，亦不能报警，已经损失的两千万美元，以东京分部的亏损以普通坏账名义入账；

·立刻撤销马克东京办公室负责人的职务，并将其立刻开除；

·董事长杰森·布朗亲手提拔的日本负责人出现严重欺诈行为，使公司账面损失两千万美金；而之前又因杰森·布朗的决策失误，在巴基斯坦南部葬送了三位 GRE 员工的性命，使公司支付了上千万美金的赔偿。鉴于以上事实，董事会要求杰森辞去董事长及 CEO 的职位；

· 由 GRE 全球副总裁尼克接替杰森担任总裁职务。

尼克随即打电话给苏珊，通知她董事会决议，给她一个选择：继续留任中国区负责人，但保证她待不过明年的业绩评估；或者立刻提出辞职，接受十万美金的辞职补偿。这对苏珊而言，完全不难选择。

“是刚接到的通知吧？动作很快啊！”苏珊笑道。Steve 的动作的确很快。努力了十年，就是为了这一天。

“你的动作也很快！”Steve 快速环视四周，耸了耸肩。办公室里没有纸盒子的影子。该是已经被苏珊运走了。GRE 的员工离职，原本不可以在交接前擅自把任何东西拿出公司，包括私人物品。但苏珊是大领导，Steve 又不在，没人会阻止她。

苏珊扬了扬眉，不置可否。她从办公桌后走出来，展开双臂：“恭喜了！都是你的了！”

“谢谢。”Steve 直视苏珊，脸上波澜不惊。

“其实，中国，我也是待够了。总是空气污染，总是有人加塞儿、有人大声喧哗！一个缺乏教养的地方！”苏珊愤愤地说着，摇身从 Steve 身边飘过，像一只突然获得自由的蝴蝶，带着一股浓烈的花粉香气。Steve 目送她走出房间。

她却突然又回过身来：“东京的秋天漂亮吗？”

Steve 点点头。

“我有个建议。”苏珊冲 Steve 挤挤眼，“我要是你，就不再踏上日本的土地。就算再美，也不去了。”

“谢谢！”Steve 再次道谢，目送苏珊走远，这次她没再回头。

Steve 尾随着苏珊走出办公室，这也是 GRE 的规定，和离职员工交接的领导必须亲自送对方离开公司。但 Steve 并未一直跟到公司大门。他只走了几步，经过一扇房门，脚步突然迟疑了。他扭头看看那门上的标识：电话调查间。那里有许多小隔间，配备 IP 电话和录音设备。是专门为调查师们做电话调查设置的。

Steve 犹豫片刻，开门走进去。选了最角落的隔间，关门上锁。

在椅子上坐定了，没有开灯，也不碰桌子上的IP电话机。他从西服上衣的内兜里取出那只简陋的翻盖手机，打开来。上面有一条短信，是昨晚在台北的咖啡厅里收到的：

“回北京了没？能不能帮我个忙？三天后和中原在北京签约，但我爸不让我去！这是我的项目，我必须参加的！也许可以通过冯军？我知道你有办法的！：-)”

这还是Steve从阿文那里收到过的最长的短信。阿文用了六十九个字符，请求Steve的帮助。

十年来，Steve从不认错。但这一次，他承认自己错了。阿文一直都是个好演员，和父亲联合上演了一出好戏——在龙关镇飞车把他从陷阱里救出来。可是，他父亲竟然给他报销了机票和租车费用。他可真蠢！十年了！他以为他早变成另一个人，可他其实还是这么蠢！

Steve环视四周。狭小的电话间里一团漆黑，角落里却仿佛蜷缩着一个身影，正在向着他窃笑。是的，夏冬赢了。在不知不觉中成功收复了这副躯体。但这是临时的。他不能再次心慈手软，要彻底把这孩子消灭掉！Steve向着角落怒目而视。那孩子仿佛是怕了，竭力缩紧身体，眼睛里瞬间充满了凄凉。

透过那双眼睛，Steve突然看到许多年前，在一辆破旧的丰田车里，身穿侍者制服的年轻男孩正坐在自己身边，双手紧握方向盘，满脸凝重的表情。他留着干练的短发，结实的肩膀塞满白色衬衫，身上散发着厨房里的油烟气味。Steve转回头来。车窗上，是一张因伤痛而苍白扭曲的脸。那男孩不顾损失整晚的收入，主动开车送他去医院。两柱车灯，照出一条白花花的雪路，直插进茫茫的黑夜里。就在那淡淡的油烟气息之中，疼痛渐渐轻了。

他从来不曾了解阿文。十一年前不了解，现在更是不了解。

Steve抬手遮住脸，指尖深深陷入眼窝里。白花花的雪路破碎开来，化成许多扩散的亮圈子。

Steve猛睁开眼，拿起电话。权当还清一切陈年旧账：帮夏冬找工作，教夏冬开车，借钱给夏冬，在车祸后飞过三千公里来照顾夏冬……不，并不是他欠的账。他才不欠林俊文什么。都是夏冬欠的，那个藏在他躯体里的脆弱的可怜虫！是到了必须彻底消灭那只可怜虫的时候了！Steve仿佛看见夏冬蜷缩在角落里，瑟瑟地向他祈求着，在离开这个世界之前，偿还他所欠的。好吧！那就满足了他最后的愿望吧！

今晚之后，一切也就真的结束了。

2

中原集团总公司总经理冯军，正端坐在总经理办公室里。五十多岁的中年男人，算得上威风凛凛。身材虽然有些臃肿，但面颊仍光滑细嫩，只是眉间有深深两道纵纹，平添了不少年纪。

他环视四周，这间办公室比他之前那间大得多也亮得多。办公桌和座椅都更宽大气派。但新头衔的最大区别并不是这些。他只搬进来几周，对新的变化已有深刻体会。

冯军心里很明白，他所做过的一切都是值得的。从四十年前那个上山下乡的孩子头，一直到今天国企集团的老总，一切辛苦都是值得的。但今天这把交椅却绝非他的终极目标。他太了解官场，这里没有哪把椅子是彻底安全的，下面总有一块活动地板，由某个遥控器控制。只消轻轻一按，地板就会分开，连人带椅一起跌进万劫不复的深渊。屁股底下的椅子越大，手里的遥控器就越多，却偏偏没有控制自己座椅的这一只。大家就这样彼此握着对方的遥控器，谁都怕自己掉下去，却又都盼着别人掉下去。

所以椅子再大也只能是工具，并非目标。作为一个务实的人，终极目标只有一个：财富。足以让他销声匿迹的财富。

有人在门外轻敲了三下。冯军知道是谁，随口说“进来”，并不收拾摊在桌子上的文件——一份青岛项目的合同打印稿，和一份有关林氏集团背景和股权结构的尽调报告。

一个面目秀美身材婀娜的女人，走着猫一样的步子进屋来了。她穿着一身黑色修身套装，一张鸭蛋小脸被衬托得格外白嫩。她看上去只有三十出头，目光里透出的精明世故却不是三十岁的人能有的。她正是冯军的老下级，中原集团下属企业华夏房地产公司的副总经理，赵安妮。

赵安妮掩上门，手指轻动，“啪”的一声上了锁。这才扭动腰身，

“飘”到冯军身后，提手帮冯军按摩肩膀。冯军继续阅读文件，并不抬头，任由那双白皙的玉手在肩头游走。赵安妮边揉边说：“小董刚刚告诉我一件事，是有关林氏集团的。”

赵安妮故意停住不说，手还在继续忙着。冯军挺直了背，仰头闭目，满脸舒适地说：“林氏集团怎么了？”

赵安妮停住手，俯下身，把嘴贴近冯军的耳边：“小董刚刚接到一个电话。是个男的打来的，不愿意告诉我们他是谁。”

“哦？”冯军哼了一声，依然闭着眼。

“那个人说，之前林氏派来联系你的那个李怀安，其实是林维仁董事长的儿子。真名叫林俊文。”

冯军顿时睁开眼睛，抬头盯着赵安妮。

赵安妮再次凑近冯军的耳朵：“那男的还说，林家最近出了点儿麻烦，所以李怀安消失了，估计也不会出现在后天的签约仪式上。”

“哦？什么麻烦？”冯军凝起眉头。

“据说是一点儿家庭矛盾。”赵安妮顿了顿，用更低的声音说，“那人还说想提醒冯总，这么重要的合约，当然是要跟管事的人来签。而且，现在正管事的，未必能一直管下去。他还说……”

“还说什么？”冯军追问。

“林维仁就那么一个儿子。所以，是林氏唯一的继承人。”

赵安妮站直了身子，表示该说的都说完了。她手指微微加力，一心一意地给冯军按摩。

冯军长长呼出一口气，全身放松了，再次闭上眼，轻声道：“看来，咱们打听到的，也不是空穴来风……你说，这所谓的家庭矛盾，能是什么？”

赵安妮答：“大概就是皇帝要废太子，或者太子要篡权，之类的事情呗。”

“嗬，你可真聪明！”冯军把胳膊往下一垂，手顺势落在赵安妮的小腿肚子上，“那你说，这皇上和太子，谁能赢呢？”

“那就不知道了。”赵安妮轻轻一笑，“我看，那要看咱们想让谁赢了。”

“那咱们该向着谁？”冯军边说边把手缓缓往上移动。

赵安妮耸耸肩：“这可说不好。当朝的皇上，总归胜算大些？”

冯军却收了笑脸，手也离开了赵安妮的身体，一声不吭了。

赵安妮深知冯总的习惯，连忙取出一根香烟，点着了递到冯军指间。冯军深深吸了一口，吐尽了烟雾，再把眼睛睁开：“我看，应该向着太子。让小董联系一下林氏，就说一直是跟李怀安先生联系的，请他务必来参加签约仪式！”

赵安妮琢磨了片刻：“你是担心太子以后万一得了权不认账，现在就让他也在合同上画押？也是啊，爹妈也不会真的跟孩子记仇的。”

“不止如此。”冯军眯起双眼，悠悠道，“我倒是希望他立刻就能登基。一个年轻的小皇帝，总比老皇帝更容易对付吧？你说呢？”

赵安妮撇了撇嘴，浅笑道：“就数你最坏。你说什么就是什么呗！”

“哈哈！”冯军仰头笑道，“好！那就索性好好掺和掺和！告诉小董，除了李怀安，把林氏董事会的董事全都请来！你再用用你的人脉，给我多请几家媒体，特别是港台的！把签约仪式弄得再热闹点儿！”

“好的。要不要到国贸或者三里屯租个时髦的场子？”赵安妮忽闪着大眼睛。

“不。就用楼下的礼堂！还是家里最方便也最正式！”冯军冲赵安妮挤了挤眼，手又悄然回到那裹着丝袜的腿上去了。

3

十五分钟之后，两千公里之外。

林氏集团董事长林维仁从书房走出来，在客厅里转了一圈，没看见儿子林俊文，也没看见妻子林李英。有个新来的用人在打扫，他向用人询问，用人只是摇头。

林维仁突然有点儿不踏实，迈开大步，向着走廊深处儿子的卧室走去，却见那由会客厅布置成的“卧室”突然敞开门来，由一个保镖扶着门，林夫人托着一个托盘，心满意足地走出来，托盘上摆着一只空碗。林维仁知道一切如常，儿子就在房间里，暗暗松了一口气，停下脚步等老婆走近。

林夫人最近为了儿子分外操心，找来各种珍贵补品给儿子煮粥。当然这也是老公林维仁下的指令。他大概觉得这些年亏待了儿子，也想找机会稍作弥补。其实林俊文的身体还好，精神也还不错。倒是林夫人成天心神不宁，林维仁似乎也更加担心，自那晚儿子带小宝看过急诊之后，又从公司调派了安保人员，说什么也再不许儿子离开宅子半步。

林维仁把老婆叫进书房，关上了门，沉吟道："得让他跟我一起去北京！"

林夫人惊道："这怎么可以？别开玩笑了！都不知道那狐狸精藏在哪儿！"

"妇人之见！"林维仁瞪了老婆一眼，又缓和了语气说，"中原那边打来电话，坚持要求当初接洽他们的李经理参加签约仪式。"

林夫人不解道："这是为什么？"

林维仁摇摇头："不清楚。他们不肯细说，就说务必要他参加。不知道这小子是不是当初跟人家承诺过什么！"

林夫人试探着问："如果不去呢？中原会拒绝签约吗？"

林维仁缓缓摇头："不知道。"

"他们如果拒绝签约，那我们的损失就大了！借了那么多钱……"林夫人话只说了一半，下面一半自己都不敢说出来。林氏押上身家贷了两亿美金，借款合同签了就不能反悔，不论青岛的项目做或不做，高昂的利息都是必付的。

"这个约必须签！"林维仁断然道，"就带上那小子去北京！你还有多少燕窝？多煮一些带上！"

林夫人讶然道："那多不方便？让饭店的厨房煮不是一样？"

"啰唆！让你煮你就煮！"林维仁忍不住又瞪了老婆一眼，"去帮他收拾行李。只需要衣服，不需要别的。通知两个保镖，跟着一起去！我再多找几名保全人员随行！"

林维仁看着林夫人走出书房，心中仍觉有些不妥。他拉开抽屉，取出一只手机在手里摆弄着。这正是老婆从儿子那里"没收"的那一只。

北京并非林家的地盘，但能扰乱计划的人其实也没有几个。

*

下午六点，Steve 准时关了电脑，起身走出办公室。若在平时，这会儿他该干劲儿十足。但自台北回到北京，这公司里的一切，却似乎发生了微妙的变化。

偌大的办公大厅里正灯火通明。众多调查师正在紧张工作，敲击键盘的声音不绝于耳。正如苏珊所说，这些全都是Steve的了。

一个三十六岁的中国人，成为中国这个最具潜力的海外市场的负责人，这在GRE还属首例。在所有大型跨国企业中都很罕见。十年的努力没有白费，今朝终于修成正果了。Steve却怎么也提不起精神——国际顶尖商业调查公司的一颗巨星，无非是被人用感情收买的一件工具，背叛了客户，帮助了调查对象，完全失去了职业操守，更不必说专业精神。连这公司最初级的职位，他都不配的。

而且，当他认清这一切之后，竟然再一次违背了原则：按照那条短信的意思，打了个电话给冯军的秘书。自己到底有多愚蠢？在同一个坑里跌了两次，先后间隔十一年。

"这是我的项目，我必须参加！"

短信中的字符再次跳进Steve脑海。Steve一阵鄙夷。他又想起那张谄媚的笑脸，还有一身小县城中介的打扮，无比的卑微和低贱。他并没感觉到痛快，反而更加空虚，仿佛在那卑贱的脸上看到了自己，一具被高档西装包裹的精致的壳子。

他环视四周，紧张忙碌的办公大厅，信誓旦旦的青年才俊。他的这十年，到底在追求些什么？

Steve愤然迈开大步。就在一连串清脆的皮鞋敲击地板声中，Steve却隐约听见一声细响——是藏在西服内兜里的简陋的翻盖手机。

Steve立刻就猜到那短信来自谁。但他早已下定决心，知道自己该怎么做。他转身走回办公室，掩了门，这才掏出手机。果然，短信来自那个并不在电话簿里却早已熟悉不过的台湾号码。

"明天到北京！能不能见？"

Steve仰起头，深吸一口气，毅然打下他的回复："不必了。我很忙。再见，林先生！"

手机却好像不服软似的，突然狂叫起来。这次是来电，来自另一个台湾号码。是老张。Steve迟疑了片刻，按下接通键。早就应该告诉老张，立刻停止一切调查的。

老张的声音却异常兴奋："那家BVI公司，L&L Limited，股东查到了！一共有两个！一个就是于晓琳，占40%的股份。另一个，你猜是谁？”

老张故意停住不说。Steve立刻转身冲着墙，把手机用力紧贴耳畔，尽管办公室的门关着，屋里并无别人。手机里一阵嘤嘤细语。几秒钟之后，Steve又转回身，默默地把手机收回衣兜里。他那张冷峻的脸变得煞白。眉间出现几道深纹，仿佛是刀子刻上去的。

4

林维仁本来就是大老板，出行一直很有派头。这一次北京之行就更是兴师动众：除了儿子的两名贴身保镖，又从台北总公司挑选了三位身强体壮的亲信，再加上同行的八位林氏集团的董事，十几个人西服革履地占领了头等舱，使得空乘人员都更加严肃认真，丝毫不敢怠慢。

飞机抵达北京，北京分公司的总经理携多名中层经理夹道相迎，队伍浩浩荡荡。北京分公司总经理陪林家父子和两名保镖乘坐公务车，其他人员分搭八辆轿车，竟有些外国元首到访的派头。北京分公司的总经理是新换的。之前那位陈嘉康总经理据说发生了交通事故。林俊文并不知道，事故是不是很严重，陈总经理伤得重不重。但他并不打算问。他了解父亲的手腕，绝容不下叛徒。陈总经理的状况，他是猜得出的。

林俊文这一路显然是重点受保护对象，两名保镖片刻不离，即便去厕所也要紧跟着。手机自然也还是没有。父亲说得很直白：“你的任务就是陪我签约，扮演林家少爷的角色，其他都不必操心。”

林俊文也不多说什么。他知道自己是“特保对象”，自然要格外低调些。稍不留意，弄不好身上藏的其他“小东西”也被没收了。只要能到北京，也就有了希望。绝不能让林氏的家业落到别人手里。他回国多年，一直忍气吞声，隐姓埋名做着最基础的工作。签约仪式是“恢复真身”的最佳时机，尽管他尚不知到底该怎么做。不过，也许有人能帮他。他没有手机，但并非完全无法联络：在一公里之内，他的某件“小东西”就能把他和Steve连接起来。

Steve回京了吗？大概已经回了，而且联系了冯军。不然父亲不会临时改变决定，带他一同参加签约仪式。就在临行前，林俊文的新手机也被没收了，所以也不知 Steve 有没有回复短信。要回也必定回得很有技巧，不会让其他人看出名堂。林俊文对此充满信心。他曾为 Steve 的巨变而惊愕，就像对着镜子，他也常常为自己的变化而惊愕。但两种变化的方向是截然相反的。Steve 沉着、机智、才华出众，他原本已不敢仰视了。但是，在仁泽医院里，当 Steve 突然出现在他面前，他却又觉得，Steve 似乎从来不曾改变过。

但是，即便 Steve 真在北京，能找得到他吗？父亲应该不会让他住在 CBD 的公寓里。也许他该想个办法，通知 Steve 自己的住处。即便不见，能通过耳麦说几句也是好的。

车队果然并未驶向国贸，而是沿着北三环向西而行，一直开到一处老牌五星级酒店。林老板在此预订了一间总统套间和数间行政客房，自己带着儿子和两名保镖住总统套房，让保镖睡在套房客厅的沙发上。林俊文一阵失望，尽管一切都在意料之中：Steve 只知道 CBD 的公寓，无论如何也想不到这座酒店的。明天上午就是签约典礼，他得设法联系到 Steve！

机会终于来了。林维仁下楼去和众人开会，把儿子和两名保镖留在总统套房里。林俊文躲进主卧卫生间，锁了门，拿起安装在墙壁上的电话，却听到电脑提示音：“外线功能已经被关闭，请和前台联系。”

林俊文发了急，走出卫生间，大步朝大门走去。他心想反正保镖的任务是保护他，总不能跟他动粗。这里是酒店，走廊和大堂里都有电话。服务生也有电话。不可能所有的电话都被禁止了外线功能。两个保镖果然上前阻拦，抬手去拉林俊文的胳膊。林俊文用力甩开胳膊上的手，硬着头皮去拉房门。保镖们大吃一惊：少东家平时老实随和，不知怎么突然发了脾气。反倒不敢强行阻拦了。

林俊文一把拉开房门，门外却赫然站着一个人：父亲回来了。

林维仁立刻明白了，满面怒容道：“不知好歹的东西！”

林俊文从小惧怕父亲，自然是停住了脚。两个保镖赶忙把他拉回房间里。林维仁跟进来关了门，转身眯起眼睛说：“要去找那个姓周的？”

林俊文无以辩解，只能默不作声。他仿佛一下子回到了童年，面对暴怒的父亲，只能绷紧浑身的肌肉，等待暴风骤雨的降临。林维仁却并未发作，只长叹了一声，从裤兜里掏出一只手机，扔到儿子脚下："想联络就自己打电话吧！不过，先看看短信！"

林俊文弯腰捡起手机，正是最近被没收的那一部，心中隐隐有不祥之感。打开屏幕，几个字跃然眼中：

"再见，林先生！"

林俊文心中猛然一抖。再看之前的短信往来，心中立刻有数：父亲找人破译了手机内存中残留的短信，并且冒充自己联络了 Steve。林俊文抬起头。生平第一次，他用愤怒的目光看父亲："您跟他说了什么？"

林维仁却并无怒色，只是微微冷笑："我？我才懒得跟他说什么！是他搞到了我们公司的档案，那里面有不少文件。比如你最近去深圳出差的报销文件……"

林俊文顿觉两眼一黑！不久前的事情又在他脑海闪现：父亲突然命令他飞往深圳。父亲说："……本来打算给姓周的一些教训，不过我有些后悔，不该让当地警方介入这件事。我不想别人知道我临时改主意，所以，不要让任何人认出你……"

这的确是父亲的命令，但他从来没打算以此收买 Steve！

林俊文恍然大悟。父亲这是一箭双雕！绝佳的一箭！绝不是第一箭，却是致命的一箭！

第一箭是在十一年前。林俊文记得洛杉矶日料店的那一晚，当他突然当众宣布："我决定了，要回台湾去继承家业。"对面那双明亮的眼睛一阵惊愕，之后迅速失去了光辉，就像火炭燃尽成灰，漠然转向房间的某个角落。夏冬只当他无情无义，却不知他曾为此付出的斗争——他的对手是强大的家族，他毫无悬念地一败涂地。他必须乖乖地回台湾去，再度套上沉重的枷锁。十年之后，他们再度重逢。他本以为看到了一线曙光，如溺水者抓向救命的稻草……

林俊文鼓足了勇气，再度举起手机，按下 Steve 的号码，缓缓凑到耳边。

"对不起，您拨打的电话已关机。"

从这一刻起，一切的努力都已经没必要了。林俊文缓缓垂下手臂，手心里一片湿冷。

5

中原集团所选定的签约地点，就是自家总公司的大礼堂。

集团显然格外重视这场活动，不但邀请了多家媒体参加，还给自己公司的员工派了观摩任务，场面就像一场劳模报告会。仪式还有半小时开场，能容纳几千人的会场已经座无虚席，主席台上鲜花锦簇，工作人员蜜蜂般地在花丛上乱舞，不断发出“呜呜”的声音——有人不断测试着麦克风，生怕它们临时出点儿问题。

在林维仁的要求下，他这一行近二十人被分成两组，安排在会场二楼的两间休息室里，等待会议开始。他和儿子带着保镖占了一间较小的，其他董事和随行则在略大的一间。其实这一举措意义并不大——自昨晚在酒店房间的一幕，儿子已变成了一部听话的机器人，面无表情地跟着大家，对一切都漠不在意，好像战场上唯一活下来的战士，陷在敌人的阵地之中，既没有战斗的愿望，也没有逃生的可能。

大会即将开始，中原的人前来邀请林维仁董事长，并没提起“李怀安”。

林维仁决定还是自己先去，把儿子和保镖留在休息室里。这样正好可以探探中原冯总的口风，看看他到底为什么非要邀请这位“李怀安”。

冯军在自己的私密会客厅里接见了林维仁和其他几位董事，握手寒暄后就引领大家入主会场，并没提起“李怀安”，仿佛并不记得他曾特意邀请过那位先生，也没制造任何和林维仁“私聊”的机会。这倒出乎林维仁的预料。他本以为儿子之前和冯军提到过报酬，因此冯军才坚持要见到“李怀安”，以便和林家谈条件。这一步难道不该发生在正式签约之前？

但无论如何，赶快签约就好。台下这么多记者，新闻一发，股价必定大涨。林维仁紧跟着冯军，满面春风地坐上主席台。

*

林俊文在休息室里同保镖坐着，遥遥地听到一阵掌声，知道大会已经开始，心中突然升起一些疑问：Steve 到底是不是真的联系过冯军？不然的话，自己为何还坐在这里？本来也是。谁会帮助一个欺骗和利用了自己的人？

林俊文心中又一阵寒意，两颊却微微发热，有点儿无地自容。他茫然地起身，向着窗户踱过去。这是一栋老楼，房间也是老式的，屋顶高得好像一口天井。窗户也是竖立的长方体，规规矩矩由木框子框在墙上，外面镶着铁护栏。窗帘是天鹅绒的，厚重地垂立在两侧，缝隙中藏匿着无数尘埃。藏不住的便被硬挤出来，在透过窗玻璃的阳光中弥漫。

林俊文木然穿过乱舞的尘埃，把脸凑近玻璃。楼层不高，窗外恰是一棵松树的树冠。同样的松树还有五棵，并肩排列在楼前，仿佛站岗的士兵。Ann Arbor 中的“Arbor”就是“树木”之意。那座小城被密林包围，每年秋天都美得醉人。他不知自己为何又联想到了安娜堡。自昨晚从地毯上捡起手机的一刻，这一切都彻底成为了一场梦，如同这玻璃窗外的蓝天，可望而不可即。他把手指伸向那片蓝天，触到冰冷的玻璃。眼睛的余光之中，却突然有一团黑影一闪。

林俊文忙低头，透过松树的缝隙，依稀看见一个人影，正站在树下，抬头仰望着他。

他浑身微微一抖，心脏几乎停止了跳动。

树下之人抬手摸摸耳朵。林俊文这才猛然醒悟，连忙从裤兜里掏出一粒小东西，悄然捏在手心。他虽然心脏狂跳着，却故意放慢速度，缓缓地转身。两个保镖都在摆弄手机，没人注意到他。

*

“请放松。现在听我的。”耳麦中 Steve 的声音虽然细微，却字字铿锵，“找一个偏僻但视野好的座位，走过去坐好。不要紧张，也不要刻意装作若无其事。你耳朵里的声音不会被屋子里其他人听到。你说话只需用一点点儿气息，我就能听见。不过，尽量少说话。现在照我说的做。准备好了之后，小声清一清嗓子。”

林俊文按照 Steve 所说，转身走向沙发，找了个视线开阔的角落坐下。不知怎样才算是准备好了，心脏快要跳出嗓子眼了。不管怎样，他还是清了清嗓子。

“林先生。”孤零零三个字，从 Steve 口中一跃而出，前不着村后不着店，冷冰冰地悬在林俊文耳边。

“林先生，”Steve 又重复一遍，似乎有话难以启齿，又像是要充分引起听者的注意，“我将要说的，你也许不会相信，甚至会很愤怒。为了你自己的安全，请尽量克制情绪，不要引起别人的注意。你的处境比你自己以为的要危险很多。”

Steve 沉默了一阵，继续道：“事先没有征得您的同意，我对令尊林维仁先生，令堂林李英夫人，以及令妻于晓琳女士做了一些秘密调查。我首先向您道歉。我并不打算利用这些调查结果达到任何其他目的。我知道，以我们彼此信任的程度，这种做法很愚蠢。您随时可以让我住口。我会立刻离开，永远不再向任何人提及这些调查结果。”

Steve 再度沉默。

林俊文的心一下子沉下去，沉重得令他窒息。他轻轻咳嗽了一声，借着捂住嘴的机会，用连自己都几乎听不到的声音说：“请讲吧！我都会相信的！”

“我并不建议您过早地下结论。因为我要讲的事情，对这世界上的任何人而言，都将会非常难以置信。”

林俊文装作不经意地扫了一眼两位保镖，他们各自摆弄着手机，并没有注意到他。有什么可注意呢？这是一间并不宽敞的房间，房门紧闭着，屋子里一共就只有三个人，都安静地坐着。

他把头仰靠在沙发背上，闭目养神。隐形耳机中的声音细小如蝇，却清澈而富有磁性，仿佛蕴藏着能够摧毁宇宙的巨大能量。不远处的大礼堂里正时不时响起热烈的掌声，掌声穿过许多道门，隐隐地传进这间屋子里。他却浑然不觉，仿佛是睡着了，沉浸在一个巨大深厚的梦里。他的嘴角先是紧绷着，随后渐渐放松，直至微微上翘。仿佛梦境正变得美好起来。

*

此时此刻。

北京西客站的候车大厅里已座无虚席。从北京西开往九龙的直达列车，还有半个小时发车。在最靠近进站口的位置，坐着一个年轻小伙子，身边空着一个座位。那座位属于一位叫作黄美珠的年轻女士。她这会儿去了卫生间。小伙子本该跟着一起去的，可他不想扛着行李，也怕丢了座位。反正女厕所也进不去。再说，黄美珠又能去哪儿呢？北京的使命已经完成了，今天就要搭乘火车前往香港。这本来就是她一直期待的。

的确如此。这正是黄美珠一直期待的。在北京的每一分钟都是煎熬。她匆匆洗了手，快速走向卫生间的门。到北京以来，这还是她头一次出现在公共场所。卫生间里挤着许多人，等待着空出来的位置，没有明显的队形。她们向着她蜂拥，仿佛她才是真正的目标。这让她紧张得呼吸困难。她终于穿越了那些人，一把拉开门。

门外却堵着一个身材肥胖的中年男人，嘻嘻笑着问："请问小姐，几点了？"

黄美珠一阵惊慌。半天才弄明白对方的意思。她忙抬起左手。

闪电般的，一只冰冷的手铐，已然铐在她手上。黄美珠大惊失色，浑身瘫软，想叫却叫不出声。那胖子贴近她，握住她的手，暗中用力支撑住她摇摇欲坠的身体，顺手用肥大的上衣遮住两人腕子上的手铐：

"黄小姐，聪明的话，请不要激动。周围都是我们的人。"

"你……是……警察？"黄美珠的声音已颤抖得不成样子。

此人其实并非警察，至少这十年已经不是了。就在大约十天之前，他还出现在龙关镇她父母家门外。那时，他的身份是银行经理。

"我的身份并不重要。我是代表别人来的，想跟你商量一件事。"胖男人脸上始终充满笑意，就像果真能有商量的余地似的，"一百万美元，对你应该不会是个小数字吧？我们可以立刻支付五十万。剩下五十万，等你出来再付。不不，你不用害怕！我们会帮助你的。顶多在里面待上一两年，就能出来了。"

6

中原集团总公司的大厦建于九十年代末期，礼堂的装修显然有些过时，因此并非林维仁心目中最理想的签约仪式地点。

但会场里黑压压的观众和雷动的掌声，还有无数不停闪烁的闪光灯，基本弥补了林维仁的遗憾。这是在大陆，和大陆大型企业合作的仪式，本来就该充分具备大陆的特点，哪怕有些过时也没所谓。这样才能让所有人都更加相信，林氏集团是真的开始在大陆“分一杯羹”了。

按照中原和林氏将要签署的合约，青岛郊区城镇建设项目的总投资是60亿人民币。其中，中原集团以土地使用权和其他无形资产投入作为投资，折合成30亿人民币，占50%的股份；而林氏集团将以30亿人民币现金作为投资，占另外50%的股份。合同同时约定，在签署本协议时，林氏集团需支付相当于定金50%的预付款，共计15亿元人民币，该合同方可生效。

林氏在香港上市公司中原本算不上资金很雄厚的，近几年又屡屡决策失误，资金流出现巨大隐患，股价更是一跌再跌。此次拼命抢到中原的合约，也算是铤而走险。借着这份尚未签订的合约，林氏已经倾其所能，通过银行和各种其他途径短期借贷了两亿美金。巨大的风险暗示着更大的回报。就在几天前，林氏集团的股价猛涨了五成，皆因有关青岛项目的小道消息不胫而走；昨天更因媒体预报了签约仪式而翻了一番。如果今晚这些闪光灯的成效在明天登上头条，股价必定还会一路狂飙，补上资金流的巨大窟窿也就指日可待了。

想到这些，林维仁总经理努力展示出更加灿烂的笑容，并时常关注着主席台上嘉宾们的表情，就连自己发言的时候也要不停向两侧扫视，生怕有谁笑得不够灿烂，或者神态有些异样，再给媒体抓住质疑的机会。

林维仁的发言接近尾声，最后几句至关重要。因此他故意顿了顿，用格外沉厚而洪亮的声音说：“为了表示林氏集团的诚意，我们已经按照合约上所约定的，准备好了15亿人民币的定金！”

林维仁说罢，两个工作人员抬着一面由硬纸板做成的巨型支票上台。全场照例响起热烈掌声，许久不息，令人怀疑是回放的录音。林维仁也抬起手跟着鼓掌，同时微微侧过身子，恭敬地向身边的冯军点头致意。这硬纸壳做成的支票只是个样子，15亿巨款已经汇入中原集团的账户。这位中原老总总该表示点儿什么。

冯军却像是慢了半拍，并没立刻起身。他眯着眼坐着，似笑非笑地发呆。自从大会开始，他一直保持着这副心不在焉的样子，就像灵魂出了窍，坐在这里的只是一副空壳。过了大概几秒钟的光景，冯军突然点点头，仿佛灵魂终于回归了躯体。他缓缓地站起身，微笑着开始鼓掌。仿佛他的耳朵长在一公里之外，这礼堂里的声音要走很久才能抵达似的。

冯军却并没对着麦克风发言，只凑到林维仁耳畔，轻声道："李怀安先生呢？我怎么没看见他？"

林维仁心中诧异：冯总早不提晚不提，为何偏巧在这马上就要动笔签约的节骨眼上提？答道："李经理来了，在休息室里。今天台上的都是高级别的领导，我想不方便让他也上来吧？"

"有什么不方便的？只要林总您没意见……"

"我当然没意见！"林维仁一时摸不着头脑，只觉心里不太踏实，"可是冯总，为什么一定要让李经理来呢？"

冯军微微一笑，却并不作答。这一笑却让林维仁心头一颤。来不及多想，扬声器里已然响起司仪的声音："非常感谢林维仁董事长的精彩演讲！现在，让我们以热烈的掌声，欢迎林氏集团北京公司年轻有为的经理，也是林维仁董事长的公子，林俊文先生上台！"

林维仁大吃一惊，倒是明白了几分：冯军已经知道这位"李经理"的真实身份了！可他是怎么知道的？

林俊文转眼已到台前。刚才早有中原的人去休息室把他请了过来。两个保镖当然不能阻拦，也无法向台上的林董事长报信，也就只能紧跟着。

林俊文大步走到主席台中央，身穿合体的高档西装，显得格外挺拔健壮，长发虽未曾修剪，却也精心梳理过了，从头到脚都焕然一新，帅气十足。林维仁见到儿子，不禁一阵诧异：一身新行头是他叫人特意准备的，自从启程就见儿子穿着，怎么此刻才突然感觉好像是变了一个人？林维仁恐怕一时想不明白，衣服就只是陪衬。真正改变气场的，是精气神儿。这种变化，有时需要许多年，有时就只需几分钟。

台下顿时一片哗然，闪光灯更加热烈地闪烁着。林维仁侧目看着冯军，一脸的不解。冯军再次凑近他的耳边："这么重要的合同，总得您和您的继承人都点头了，我才能放心。"

冯军说罢，把脸摆正不再看林维仁，嘴角依然浮着笑意。林维仁跟随冯军的目光，再次看向台前的儿子。他正对着观众微微躬身，风度翩翩。那简直就不是他！

司仪拿着麦克风走上台来，向众人介绍道："林俊文先生是林维仁董事长和夫人的长子，也是他们唯一的孩子！林俊文先生不仅相貌英俊，更是才华横溢。正是'虎父无犬子'！林俊文先生曾就读美国名校密歇根大学和加州大学洛杉矶分校，归国后在林氏集团的许多分支机构里工作了近十年，深入了解公司各个基层部门的业务。这正是林维仁董事长的精心培养计划！"主持人把目光转向林俊文，"林董事长在今天这个对中原集团和林氏集团都意义非凡的日子里，特意带着公子一同出席，是不是为了告诉大家，您将是林氏集团未来的接班人，所以，要让您这位未来的新董事长来签署这份意义重大的合约呢？"

林俊文优雅地躬身："多谢父亲的栽培……"

"不是！"林维仁的声音突然以大分贝压过了林俊文的，音响顿时饱和，麦克风紧跟着发出刺耳的尖鸣。林维仁强忍满胸的怒火，转身对冯军说："冯总！能不能借个私密的地方说话？"

冯军故意做出惊愕之态，连忙点头表示同意，随即命司仪宣布会间休息。台下顿时又是一片哗然，闪光灯再次闪起来，记者的问题此起彼伏。林维仁当然顾不上这些，跟着冯军快步走向后台。冯军故意放慢了脚步，低声请林氏的董事们也一起跟上。主席台上转眼就空了。

然而就在距离主席台十几米的地方，拥挤扰攘的观众席最深处，有个穿黑色夹克戴黑框眼镜的清俊男人，正一动不动缩在座椅里。即便前排那些观众早都纷纷起立，人墙彻底挡住了他的视线，他也并不着急，完全没起身的意思。他索性闭上眼睛，仿佛在安静地欣赏音乐。

他耳朵里的确有一粒小东西，和林俊文耳中那只是一对。那小东西正发出一阵杂乱的脚步声，向着楼道深处涌进去。

7

原班人马被再次领进冯军的私密会客厅，这次多了一个林俊文。

林维仁带来的保镖自然是不能入内的。

冯军请各位落座。林维仁坐定了，面色铁青，一时却不便发作。各位董事也都坐定了，神态大都既紧张又好奇。唯有林俊文不坐，面色平静地垂手站着，毕恭毕敬地开口：“爸，对不起。我也不知道主持人会那样说。”

“笨蛋！”林维仁努力克制着情绪，低声斥责儿子，“让你上台你就上？你算是老几？”

“林总，这是怎么回事？”冯军接口，满脸诧异地问，“是不是我们弄错了？莫非这位并非您的公子？”

“这……”林维仁迟疑了片刻，“冯总，这是我们的家事。”

“哦！”冯军仿佛恍然大悟，满脸失望地说，“那太抱歉了。我可没有干涉您家事的意思！不过，作为中原集团的总经理，我还是希望确认一下，中原未来将会跟谁合作？”

“当然是我！”林维仁答了一句，勉强又摆出笑容，“我看上去好像还能活一阵子吧？哈哈！”

“当然！您老当益壮！”冯军也笑道，“但是，咱们不得不承认，这世界没人能永生。我也一样。所以我希望在有生之年，能对中原的未来尽职尽责。”

林维仁耸耸肩：“对不起，我现在还没法告诉您，在我之后，谁将成为林氏的董事长。”林维仁扫了一眼林氏集团的几位董事，“其实，这要由他们共同决定。不是吗？”

“哈！”冯军再次朗声一笑，“看来，不管这到底是林家的家事，还是林氏董事会的事，反正是不关我的事了！那好，我回避一下，你们继续谈！”

冯军说罢立刻起身，带领自己的人向门外走，双目直视前方，仿佛这屋里的一切都着实和他无关。却偏偏在经过林俊文身边时，飞快地瞥了他一眼，低声道：“如果你真当了董事长，希望咱们合作愉快！”

*

会议室的大门在冯军身后关闭。屋里就只剩下林氏父子和林氏集团的八位董事。这些董事大都来自林氏的几家大股东，和林家也素有交往，大都知道林维仁有个儿子在美国，有人甚至曾经见过年少时的林俊文，却没人知道他已经回到林氏默默工作了十年。因此也都倍感吃惊，很想再多听一些究竟。

林维仁猛然起身，对着大伙儿宣布："这个约暂时不签了！立刻回台湾去！"

听林维仁所言，董事们自然都着了急，纷纷劝林维仁不要动气，先把合同签完再说。林俊文则一直默立一边，尊敬地垂着目，等众人说得差不多了，他才开口道："爸，各位董事前辈说得是。为了这份合约，您冒了极大的风险。不惜……"林俊文稍作停顿，偷看了父亲一眼，继续说，"不惜做出违法的事情，现在眼看就大功告成，怎能功亏一篑呢？"

会客厅里立刻寂静无声，董事们都愕然看着这对父子。

"一派胡言！我什么时候做违法的事了？"林维仁愤怒地质问儿子。

"爸，也许您不了解大陆的法律，或者是记忆力不太好了。让我提醒您一下，就在不到一个月之前，银河东莞有位年轻的女出纳，从公司保险箱里偷出了一份重要的转账凭证，交到了您手里……哦，这位出纳小姐还顺手牵羊地偷走了保险箱里的二十万元人民币。这当然不是您指使的。"

"畜牲！你疯了？在这里胡乱造谣？"林维仁气得脸色煞白，却偏偏此时突然响起敲门声。冯军那位姓董的秘书开门走进来，对林维仁说："对不起林总。公安局打来电话，找林氏的领导。要不要转过来，请您在这里接听？"

林维仁又是一惊，只觉大事不好，却又无法拒绝。董秘书转身出去，会客室里的座机立刻响起来。

电话是个男人打来的，打着官腔，自称是北京某分局的警官，刚才有位女士前来投案自首，请求宽大处理。她称自己是银河东莞公司的出纳，从公司保险箱里偷了二十万人民币后逃逸到北京。这位出纳在北京住的旅馆房间是订在一位林氏集团员工名下的。打电话过来，是希望林氏能配合调查。

林维仁一语不发，怒不可遏地挂断电话。林俊文急道："爸！这里又不是龙关镇，公安局的电话怎能随便挂断呢？如果事情闹大了，林氏的麻烦就大了！事情传出去，中原哪敢继续和我们合作？"

林维仁恍然大悟，两眼喷火地吼道："原来你早知道？这电话一定是骗子打来的！是和你串通的骗子！"

林俊文却不急不躁，低声对父亲说："这电话到底是不是公安局打来的，这很容易查清楚。黄美珠现在的确就在公安局，这我可以发誓。不过据我了解，她暂时并没打算揭发林氏。她目前的罪行，就只是偷了二十万元人民币，而且主动自首，能从轻量刑。对她而言，商业间谍只能罪加一等。当然，让她不说，也是有条件的。不过，她就只是个为了二十万人民币就会铤而走险的小出纳，她的胃口能有多大呢？再说，花一点点儿小钱，换取中原的合作，这本来就是我们的计划，不是吗？"

林俊文把脸转向众董事："当然，我也有一个请求：这些年，父亲为公司呕心沥血，现在年事已高，我想，的确到了由我接替父亲，为公司效犬马之力的时候了。"

众董事都面面相觑，不敢立刻赞同，却又实无反对之意。指使对手公司的员工盗取商业机密，此等丑闻不是哪家公司能够承受的。花点儿小钱来挽救林氏集团的名誉和现金流，这本来就够划算了。再说儿子迟早要继承祖业的，那只是时间问题。

林维仁却早已怒不可遏，浑身乱颤着说："原来是想篡你老爸的权！你休想！"

林俊文并不与父亲争执，转身对各位董事说："各位前辈，我明白各位都同意我刚才的建议。现在似乎只有我爸不同意。"林俊文稍作停顿，竟有两三名董事在微微点头，林俊文继续说，"所以，我想劝劝他。这大概就算我们林家的家事了，能不能让我和父亲单独谈谈？"

8

"只剩我们两个了。可以谈家事了。"

阿文首先开口，语气却瞬间不同了。即便是通过 Steve 耳中的小东西也能听出来，不但没有了一丝尊重，甚至多了一些嘲讽。刚才那段来自会客厅里的实况转播已经让 Steve 颇为意外了。一个像阿文这样唯唯诺诺的老实人，怎么突然就变强大了？

“混蛋！没什么好谈的！你的要求，不可能！”屋子里再无他人，林维仁再度提高了嗓门儿，震得Steve的鼓膜嗡嗡作响，“算我白养你了！”

“首先，谢谢你和妈的养育之恩！”阿文的语气依然波澜不惊，完全听不出丝毫的惊慌或恐惧。这让Steve愈发意外。看来至少有一点，Steve是对的：他从来不曾完全了解阿文。

阿文突然话锋一转：“只不过，你们两个其实并没有白养我吧？”

“你什么意思？”

“按照外祖父当年的家训，是不是家业只能传给有后代的女儿？而你们恰巧就是三个女儿里唯一有孩子的。居然还是个儿子？”

“你想说什么？你这个不孝之子！”林维仁再度提高音量，一句爆过一句，仿佛声音再大些就能震慑住眼前这个被他震慑了三十多年的人。但这一次，却显然失效了。

“好了，林董事长。不要再演戏了。你太太有家传的不育症！她和她的两个姐姐一样，都不会生小孩子！”

“放屁！你是从哪里听来的谣言？”林维仁声嘶力竭，像是要一锤定音。可Steve心里知道，这绝非谣言。老张的亲子鉴定结果不会有误。林维仁果然又多解释了一句，听上去有点儿画蛇添足：“你妈从来都没做过这方面的检查！就算她的两个姐姐有这种问题，也不能说明她就一定有！你读了那么多书，怎么那么蠢？”

“好！那就姑且认为她能够生育。”阿文故意顿了顿，突然加重了语气，“可是，亲子鉴定出错的几率只有千分之一！而你的头发，也不是那么难弄到的。”

Steve听到阿文所言，不禁又是一阵诧异：老张设法通过发廊小工弄到的不是林夫人的头发吗？怎么被阿文说成是林维仁的？莫非是阿文刚才没听清楚？当然，谁的头发都一样，结论只有一个：阿文并非林家的亲生儿子。

林维仁竟然安静了片刻，再开口时，声音略微压低了一些：“就算你是养子，那又怎样？没有少你吃，少你穿！还送你出国留学，给你娶老婆！你就这样报答我吗？”

“给我娶老婆？嗬！”阿文冷笑了一声，声音竟然也微微有些颤抖了，“有没有听说过一家BVI注册的公司，叫L&L Limited的？”

林维仁顿时沉默了。阿文继续说下去:“这家公司持有林氏10%的股份，还持有三家相当赚钱的私人公司。这L&L Limited靠着林氏赚了很多钱吧？它的股东又是谁呢？好令人意外啊，这公司恰巧只有两位股东，一位是你给我娶的老婆，而另一位，就是你自己！”

这也是昨天老张通过电话向Steve汇报的:L&L Limited有两位股东:于晓琳和林维仁。加上亲子鉴定的结果——阿文并非林李英所生，小宝也并非阿文的儿子。这些信息足以让Steve迅速得出结论:阿文是林维仁夫妇为了继承家业临时抱养的;而隐藏在于晓琳背后的真正“靠山”其实是林维仁！当年是林维仁和于晓琳共同设计了“酒后乱性”那一幕，小宝多半是林维仁和于晓琳的孩子！当然，这当中还有缺失的证据链。但阿文处境险恶急需警示，Steve没时间再细致求证了。

不过此刻，阿文的语气却让Steve突然有一种直觉:这警示似乎是多余的?

“你在基层公司卧底，我当然不能把股份直接写在你名下！我用你老婆的名字，那不也就等于是把股份给了你吗？这些都是为了保护你的利益！你却反咬一口！无耻！”林维仁理直气壮地反击。这正是Steve所缺乏的证据:两人合开一间公司，使儿子的老婆变成受益人，对于任何一个不够了解林家内情的人而言，都是非常符合逻辑的。

阿文却又冷笑一声说:“为了保护我的利益？你是有多疼我？想得多周到？给我娶了老婆，还帮我生了儿子！”

“你这个混账东西！”林维仁一声咆哮。Steve不由得替阿文捏了一把汗:尽管小宝和林维仁的关系非常值得怀疑，但他并没得到真凭实据。阿文这么贸然地说出来，倒是真有点儿大逆不道。却听阿文在耳麦中说:“我要没有证据，也不会说出这些。小宝比你配合得多，愿意让我带他去医院抽血。所以检查结果很精确。”

Steve心中顿时明白了！怪不得小宝看见“护士姐姐”手里的巧克力，立刻问是不是又要扎针！那座医院的取血处的确就在头顶一层！原来阿文早就怀疑自己和小宝的血缘，而且已经付诸行动了！他不仅带小宝抽了血，也偷偷弄到了林维仁的头发！他早知自己不是林维仁的亲儿子，小宝才是！可他却始终服服帖帖，唯唯诺诺！Steve的后背瞬间有了汗意。

“你！你！你……你这个畜牲！这些都不是事实……”林维仁嘴

上还在骂，声音里却明显有几分心虚了。

“住口！”阿文厉吼一声，打断林维仁，“我来告诉你事实是什么！于晓琳一直是你的情妇！她怀了你的孩子，闹着要名正言顺地进林家！你知道林家的家业其实都是你老婆带来的，离婚肯定行不通，所以为了瞒住你老婆，你就设计逼我回台湾娶她进门，连逼带骗，不惜牺牲我的一生！其实你们从来不打算让我继承家业！因为我只是个工具，是你为了骗取家产捡来充数的，后来又用我来帮你的情人和私生子登堂入室！迟早有一天，你们会除掉我！只不过，因为我闹着要离婚，你们就决定要提前动手了！”

“是你神经质！疯子！根本没人想要除掉你！”林维仁声嘶力竭地反驳，声音却沙哑起来。

“是吗？你情人带到仁泽医院里的粥里，没有添加一些很有‘营养’的成分？”

这正是Steve从老张那里得到的最后一条信息，也是最令他毛骨悚然的：于晓琳捧到仁泽医院的那一罐鸡粥，成本绝不亚于一顿昂贵的海陆空大餐。不仅因为稀有金属添加剂的成本昂贵，恰到好处的配方更是千金难求。也正是因为这一条信息，Steve才最终下定决心，把一切都告诉阿文。不论阿文是不是欺骗了他、利用了他，他是不能见死不救的！

但现在看来，自己却是自作多情。有些事，阿文显然早就知道了。Steve心中猛地升起一股厌恶。并非厌恶阿文，而是厌恶自己：一个自命不凡却天真幼稚的家伙！

“哈哈！真是可笑！”林维仁居然大笑起来，“你是不是读书读太多了，脑子出了毛病？到底在说什么？什么稀有元素？”

“钋、铊！剧毒金属材料！长期微量服用，不会立刻发病，最终却能致命！如果我一直躺在仁泽医院里，恐怕再有十天半月就要见上帝了吧？你们想得真周到！把我软禁在仁泽医院里一天天恶化，比在家里病危更容易避免嫌疑是吧？对了，忘了提醒您了！那家L&L Limited，也是仁泽医院的大股东吧？”

林维仁终于再次沉默了，阿文的声音却越来越激动，微微地颤抖着：“可惜！我朋友冒充记者给你老婆打了电话！她不得不到医院来把我接走！你们这才又设计了煤气中毒事件！十几年服侍你的用人，怎么可能随便被别人买通呢？能命令他们的恐怕就只有你自己！但很可惜啊！我朋友又把我救了！”

Steve胸口一阵沉闷。阿文真是这么想的？“我朋友”？“朋友”毕竟是能够加以利用的。Steve突然有一种冲动，想要立刻起身，把耳麦扔进垃圾桶，大步走出礼堂。可他不用睁眼也知道，走出去绝对不会那么潇洒。因为四周都是人，满满的拥挤的人，像一群苍蝇似的嗡嗡作响。

“你朋友？呸！就是那个下三滥的调查师？天生就是下贱东西！”林维仁再次怒吼起来，“你别以为我不知道他是谁！他才不姓周。他其实姓夏！是你以前在美国的狐朋狗友！地球上又不是只有他一个商业调查师！十一年前我能查出他的存在，今天我自然也能揭开他的真面目！我真该在十一年前就毁了他！”

“可惜你没有。”阿文冷冷道，“这是这辈子我唯一感激你的地方。十一年前，你算是守信了一回！”

“他妈的这是我这辈子最大的错误！就是信了你小子！难道不是你在电话里亲口恳求我，发誓说只要我答应不伤害他，你就立刻回台湾，再不和他联络的？他怎么又出现了？怎么跟着你也跑回大陆了？真是物以类聚！一对儿下三滥！”林维仁的咆哮之声，从耳麦猛地钻进Steve的大脑，原子弹似的炸开了。

Steve猛然睁开双眼。

礼堂里果然很拥挤，众人纷纷在他眼前晃动着。Steve却突然一动不能动，浑身的血液在瞬间凝固了。

他终于明白十一年前，阿文是怀着怎样的心情离开美国，回到那坚固而危险的牢笼里去的。原来，逼他回去的真正筹码并非家业或孝心，而是那个叫作夏冬的“哥们儿”！Steve的双眼突然湿润了，攒动的人影模糊成一团，他仿佛再次看到那条穿过树林的河。他们并肩坐在河边。阿文垂着头，闷声说着：“可我不想回去，不想结婚，也不想继承祖业！”

直到此刻，Steve才真的懂了。

*

会客厅里的交锋还在继续着。林维仁怒目圆睁，一只拳头狠狠砸在桌面上，巨大的翡翠扳指儿散发着寒光。

林俊文却把双眼眯成了线，微微仰起下巴，用嘲讽的口吻说："你也不是没尝试过除掉他。杀人，大概对你也不是什么难事吧？一个多礼拜之前在北京，失控的大货车？当然，也可以顺便除掉我，一箭双雕！你以为你换上假牌照，就能栽赃给中原的乔昆？"

"谁能证明……"林维仁正喊着，突然改了口，"什么大货车？跟我有什么关系？"

"别装了！您以为我是傻子？那两辆大货车中的一辆，几天前不是又发生了一起严重事故？在高速上失了控，把一驾小轿车撞得稀巴烂！轿车司机一命呜呼！顺便说一句，那司机叫陈嘉康，是林氏集团北京分公司的经理！您不会不记得陈经理吧？目前交警认定是疲劳驾驶引起的事故，但他们并不知道，这位陈嘉康经理其实是个刚刚被林董事长识破的奸细！要不要请警方深入调查一下？"

"你血口喷人！你不要以为这样就可以吓唬到我！你刚说的一切都只是推断，没有真凭实据！有本事就去告我好了！离开了林家，你都请不到一个像样的律师！"林维仁抬手指着林俊文，指尖不住地颤抖。

"是吗？林董事长？我猜到您会这么说。真巧，最近我带了几样小东西到您家里去，还真派上用场了！我亲爱的母亲林李英女士每天都给我煮粥，可她却不知道，您到厨房里，往粥碗里偷偷放了什么？那些贵重的稀有金属，不能随便浪费吧？尽管不如在仁泽医院里来得方便完美，林家大宅也不错哦！谁敢劝痛失爱子的林董事长去解剖儿子的尸体呢？当然，那些粥，我倒是没喝几碗。只要有机会，我就会去厕所吐掉。不仅如此，我还取了样，藏在您找不到的地方！另外，厨房里安装了微型摄像头，没想到吧？角度很合适呢！当然，这些或许还是不能足以让法官相信您是杀人犯，因为林家有很多的钱，能请非常好的律师。或者干脆行贿法官。不过，别忘了刚才说起的亲子鉴定，北京的大货车，哦对了，还有那个 L&L Limited——是林维仁的'林'和于晓琳的'琳'吗？这些都加起来，就算法官坚持说不信，董事会也该相信了吧？全世界都该相信了吧？"

"你！你！你！"

原本并不宽敞的会客厅，仿佛被突然抽空了氧气。林维仁憋得说不出话，两只眼珠鼓出眼眶，浑身剧烈颤抖。一口气终于顺了，他迅速扫视一圈，一把抓起一只巨大的玻璃烟灰缸。

房间里却突然响起董秘书的声音：“林总手下留情！这只烟灰缸可是很贵重的！”

林维仁大吃一惊，连忙抬头寻视。门却仍是关着的，会客室里就只有他和林俊文两个人。董秘书的声音再度响起来，他这才发觉，声音是从墙壁上的扬声器里发出来的：

“林总，真对不起，忘了通知您了。这办公楼的每个房间都是安装了监视器的。因此您二位在这里说过的一切，都不能算是完全意义上的秘密。不过呢，请您放心！中原集团一直都很善于为朋友保守秘密的！”

林维仁一屁股坐下去，却并没坐到椅子，而是一直坐到地板上，再也站不起来了。

第八章

新的战斗

二十四小时之后，一辆崭新的黑色奔驰轿车，正疾驰在机场第二高速上。

车上有两个年纪相仿的男人，开车的一位略瘦一些，面目清秀白皙，身穿修剪考究的高级西装，足蹬一尘不染的高级皮鞋，这是 GRE 中国区新任执行董事 Steve Zhou 的标准扮相。

坐在 Steve 身边的一位则更强壮，皮肤黝黑，面貌明显沧桑一些，多了中年男人的成熟刚劲。他上身是一件深灰色休闲西装外套，里面没有衬衫，只有一件被肌肉撑满的白色 V 领 T 恤；下身则是柔软服帖的牛仔裤，脚蹬一双老板鞋，平和中流露出非凡品位。这倒并非此人的一贯装束。这套衣服是在 Steve 的建议下买的。几个小时前，Steve 非要拉着他到高级购物中心，逼着他换了装束。毕竟他现在的身份与一天前已是天壤之别。Steve 还带他找自己的发型师修剪了头发，并且建议他把头发续长了，稍稍烫一烫，再混进一点点深棕色，这样在高尔夫球场上就会更夺目，也会吻合他当前的身份——香港林氏集团年轻有为的海归董事长。

就在最近的二十四小时，两岸三地的许多报纸都报道了一则消息：林氏集团总经理林维仁到京参加签约仪式，由于年事已高且疲劳过度，在签约当天中风发作紧急入院。林氏集团全体董事一致通过决议，由林维仁唯一的儿子林俊文接替其父担任林氏集团的董事长及总经理。

董事们并不知道林家父子在中原老总会客室里的大部分对话。但仅凭他们所知的部分，就足以接受林氏父子的决定。当然这决定主要是由林俊文口述，由中原集团的董秘书用电脑打印出来的。林维仁只是躺在病床上向大家动了动眉毛，流出几滴口水，然后由秘书拿着他的手，在决议书上签字，字体实在还不如小学生的工整。

其实林维仁的心脏和大脑都还好，只是腰部以下失去了知觉。也许是临时的，也许不是。但不论怎样，起码不需要在监狱里安度余生。作为报答养育之恩的条件，新任董事长林俊文答应以一千万美金收购 L&L Limited 的所有股份，这当然比那家公司的总价值（10% 的林氏上市公司 + 三家超级盈利的公司 + 一家很听话的医院）低得多，但还能奢求什么呢？林俊文已经承诺要将小宝抚养长大。当然林夫人拒绝再把小宝留在自己家里。林维仁也一样，出院了再也不能回阳明山顶的大宅。林夫人主动站在“儿子”一边，和丈夫一刀两断。当然，对于林氏这样的家族，上法院未必会闹得人尽皆知。林俊文的离婚就多半会进行得秘密而顺畅，尽管于晓琳不会在离婚协议书上签字——没人知道她在哪儿。但也许过不了多久，她就不得不露头了。原因很简单：她名下的一切不是作废就是被冻结。不仅是股票和房子，还有她所持的每一张信用卡，每一个银行账户，甚至连名品店和美容院的储值卡都被取消了。

*

Steve 用力踩油门，让车子加速到一百二十公里。阿文的航班还有九十分钟起飞。他得在二十分钟之内把阿文送到机场。其实阿文不太想走这么急，但 Steve 催他马上回台北去。一个新任总裁，必须立刻回到大本营巩固权力，以防夜长梦多。

这新买的奔驰车性能良好，绝不输给被大货车剐烂的那一辆。车是阿文买的。他坚持要把它送给 Steve，作为对上一辆车的赔偿。Steve 坚持不接受，不愿违背他一贯的原则。阿文十几年前就碰过钉子，知道 Steve 的个性，所以说：“那你就先开着。如果你买了新车，等我下次到北京，你再还给我。”

Steve 想了想，没再说拒绝的话。他们毕竟都长大了。他们之间所经历的，也不是用金钱能计算的。那是一条探险之路，前方美景连连，却又充满了危险。Steve 沉默着开了一段，突然用开玩笑的口吻问道：“是想用车收买我？”

“不。”阿文摇摇头，“是想用这个收买你。”

阿文说话间，指间出现一枚黄色吊坠。那是一个大写的英文字母

"M"，是密歇根大学的标志，不知在手里握多久了。Steve 笑道："这个还真的可以。"

阿文把吊坠系在奔驰车的钥匙上。两人又沉默了。正如十一年前，他们当年就缺乏交流，自以为沉默也是一种默契。是不是呢？Steve 从来不曾真的了解阿文，其实现在也还是不够了解。他像是一幅尚未完全拆封的油画，无论如何看不到全部。但仅仅是露出的局部，看似平凡，却隐藏着神秘的魅力。

"冬哥，那个……是什么，让你改变了主意？"阿文支吾着问道。

Steve 微微一笑，却没立刻回答。他当然明白阿文指的什么——堂堂国际顶尖调查公司的冷面总管，竟然为了曾经背叛过他的朋友赴险如夷。可其中缘由，又岂是一两句话就能说清的？Steve 沉吟片刻，开玩笑似的说："你的微博。"

阿文吃了一惊："你发现了我的微博？可我一直是潜水，从来没发过微博。"

"是你的头像。还有常用名。"

那天早晨，在龙关镇的网吧里，Steve 尝试了许多用户名，最终成功的一个，是"夏去冬来"。当 Steve 看到这四个字左侧的头像——安阿伯那被白雪覆盖的树林，他心中的确为之一震。尽管他当时并不能确定，这到底是巧合还是他自作多情。但此刻他已经能肯定，这正是阿文当年返台时的心情，也是他多年坚守的期愿。

阿文低垂了目光，嘴咧得大大的，眼角的"五线谱"里仿佛挤满了快乐的音符。其实他远比看上去要有心机。Steve 终于下定了决心，把心里埋藏已久的问题问出来："我也有一个问题……你是什么时候带小宝去医院验血的？"

阿文脸上的笑容凝固了。他挺直了身体，郑重地说："是两年前，我第一次有机会单独带小宝出门。"

"所以……"Steve 的喉咙有些发涩，"所以，你早就……"

"是的！"阿文抢过话头，"我早就怀疑了！自从很小开始，我就怀疑我不是林家的亲骨肉。后来，于晓琳说她怀了我的孩子，我也怀疑那个孩子不是我的！以前小宝还小，检验机构说，小孩子的头发也许会查不出，最好是抽血。所以，我一直等到有机会单独带他出门。我把我和小宝的血样，还有林维仁的头发拿去检验，本想证明我既不是林维仁的儿子，也不是小宝的父亲。但没想到，检验报告显示，林维仁是小宝的父亲！我立刻就都明白了！”

阿文正说着，见Steve沉默不语，突然反应过来，连连道歉：“对不起对不起！我不是故意隐瞒你的！但是……但是，我怕没人会相信我。”阿文用力吸了吸鼻子，好像又犯了鼻炎似的，“十年了。能想象吗？好比坐了十年的牢，而且还将永远坐下去，一直到死！但突然间，你出现了！”阿文抬起头，双眼熠熠发光：“你让我看到了希望！对于一个坐了十年牢的人而言，希望有多重要？它能让人往前走，甚至能创造奇迹！”

Steve心潮一阵澎湃，表面竭力保持着平静，低声缓缓道：“不，我没有怪你。我是想说，如果你早点儿告诉我，也许，我能早点儿帮上忙。”

阿文苦笑着摇头：“谁会相信这样的事？一定会当我是个疯子。更不要说你了。刚刚见到你的时候，你看上去……看上去是那么强大，那么理智！你简直就是另一个人。我不知道这十年你经历了什么。我不敢相信，你还是……还是以前的你。”

阿文顿了顿，表情松弛下来，嘴角露出淡淡的笑意：“后来，在仁泽医院见到你，我就确定了，你还是你，你并没有变！可是，正因如此，如果告诉你实情，你是绝不会让我再回林家的。对不对？”

Steve心中一震，突然升起一个念头：是的！他绝不会让阿文跟林夫人回家！但那是为了什么？因为“他还是他，他并没有变”？Steve Zhou呢？那个曾经统治这副躯体十年的强大灵魂呢？去了哪里？夏冬呢？那个可怜虫又去了哪里？Steve吃了一惊，身体仿佛瞬间被抽成了真空，只剩一具被高档西服所包裹的躯壳。

一阵尖锐的铃声，把灵魂硬塞回躯体里。但那并非Steve的手机，而是阿文的。

阿文把手机凑到耳边，停了片刻，脸色骤然变了。

阿文放下手机，万分焦急地说：“冯军居然反悔了！他拒绝签署那份合同！他说林氏高层发生了变故，现在股权不清，青岛的项目合同作废，定金也不归还！”

Steve紧锁双眉，低头沉思了片刻：“这只老狐狸，他终于要开价了。”

阿文连连点头，越发愁容满面："他会要多少？林氏现在外强中干，为了这定金已经倾家荡产了。还能给他什么？而且，中原撕毁合同这件事一旦公开，股票必然大跌，躲债都来不及，还能拿什么来给他？"阿文苦思片刻，眉头却豁然舒展开来，"不过，至少我现在自由了！为什么还需要林氏和林氏的股票呢？"

"傻瓜！"Steve 竟忍不住笑出来，"那些本来就是你该得的！"

Steve 踩牢刹车。车子已稳稳停在机场大门外。Steve 瞬间收了笑容，侧目去看阿文，声音严峻而真诚："战斗才刚刚开始呢！有我在，谁也别想从你手里抢走一分钱！"

阿文受了 Steve 的鼓舞，不禁也点了点头。

Steve 提起拳头。阿文也立刻提起一只。两只男人的拳头无声地撞击，然后张开来，紧紧握在一起。

Steve 的余光中，仿佛有一团黄色的光在轻轻晃动——是车钥匙上的吊坠。那吊坠瞬间变成一张笑脸。分明是夏冬那个可怜虫，正朝着他得意地笑。Steve 不由得转开视线，却撞上阿文沧桑而又清澈的目光。

Steve 仿佛突然听见直子小姐动人的声音："别骗你自己了，他就是你，我能从你的眼睛里，看见他。"

*

一个小时之后。

Steve 已经回到 CBD，坐在国贸 A 座底层的星巴克咖啡厅里。当然，他脸上早已恢复了 Steve Zhou 的典型表情——面无表情。就像他刚刚和阿文说过的：战斗才刚刚开始。他必须想出一个完整周密的计划，帮助阿文和林氏化解危机。而这计划的第一步，就是做好他的本职工作——GRE 中国区的负责人。拥有了这个崭新的头衔，他就拥有了许多隐形的力量。尽管这些力量也许用不了太久，但他本来并没有太多时间的。

他的时间一直都很昂贵，现在更是如此。

他来到这繁忙的咖啡馆里，是为了等待一位前来面试的新员工。已经等了十三分钟了。对方迟到八分钟。若是在平时，他早已经离开，那尚未开始的面试也早以失败告终。

但今天，他居然还等在这里。因为将要来面试的，是一位不同寻常的应聘者。

Steve 看着那漂亮的女孩气喘吁吁地推开玻璃门，隔着拥挤的人群看向他。他默然注视着她，用一种熟悉的眼神，就像他们已经认识多年。她身材修长，面容白皙美丽。她穿着高档时装，胳膊上还挎着爱马仕的皮包，但她眼中充满了无知和迷茫。

Steve 向应试者伸出手，用地道的英语说："我该叫您谭太太，还是谢小姐？"

"谢小姐。"

"谢小姐，您知道 GRE 是做什么的？"

这突如其来的问题，把眼前这位谢小姐问蒙了。是啊，她怎么可能说得清呢？她是个生物学博士，刚刚回国不到一个月，长这么大都没和商业或金融打过交道，更不必说秘密商业调查了。但 Steve 并不打算施舍丝毫的怜悯。他用冰冷的目光，狠狠盯住那双美丽而惶恐的眼睛。这本来就是一个弱肉强食的世界。做不了猎手，就只能做别人的猎物。他用低沉而冰冷的声音对她说：

我们的产品，是秘密。值钱的秘密。

2014 年 10 月 11 日第一稿

2014 年 11 月 20 日第二稿

2018 年 8 月 10 日第三稿

图书在版编目（CIP）数据

秘密调查师Ⅲ　家族阴谋 / 永城著． -- 北京 ：作家出版社，2019.4（2019.9重印）
（悬疑世界文库）
ISBN　978-7-5212-0152-9

Ⅰ．①秘…　Ⅱ．①永…　Ⅲ．①长篇小说 - 中国 - 当代
Ⅳ．①I247.5

中国版本图书馆CIP数据核字（2018）第174908号

秘密调查师Ⅲ　家族阴谋

作　　者：永　城
统筹策划、责任编辑：汉　睿
装帧设计：天行云翼·宋晓亮
出版发行：作家出版社有限公司
社　　址：北京农展馆南里10号　　**邮　　编：**100125
电话传真：86-10-65067186（发行中心及邮购部）
86-10-65004079（总编室）
E-mail:zuojia@zuojia.net.cn
http://www.zuojiachubanshe.com
永城作品版权由北京嘉印文化传播有限责任公司全权代理
业务合作：info@joy-ink.com
www.joy-ink.com
印　　刷：三河市兴博印务有限公司
成品尺寸：152×230
字　　数：190千
印　　张：13.75
版　　次：2019年4月第1版
印　　次：2019年9月第2次印刷
ISBN　978-7-5212-0152-9
定　　价：40.00元